吕梁学院高层次人才引进科研启动项目支持计划成果

山西省哲学社会科学规划课题（2022YY187）阶段性成果

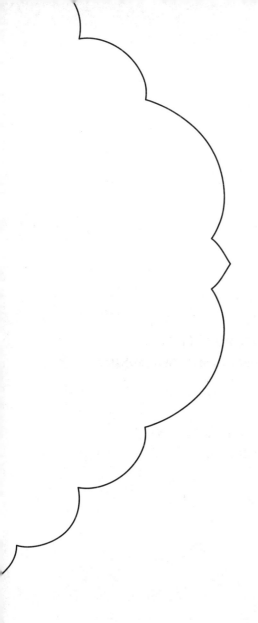

解读世界民间故事

以貌廷昂缅甸民间故事为视角

FOLK
STORY

张 智 ◎著

光明日报出版社

图书在版编目（CIP）数据

解读世界民间故事：以貌廷昂缅甸民间故事为视角 /
张智著．－－北京：光明日报出版社，2024.8. －－ISBN
978－7－5194－8235－0

Ⅰ．I337.73

中国国家版本馆 CIP 数据核字第 2024G7Q056 号

解读世界民间故事：以貌廷昂缅甸民间故事为视角
JIEDU SHIJIE MINJIAN GUSHI：YI MAOTINGANG MIANDIAN MINJIAN
GUSHI WEI SHIJIAO

著　　者：张　智

责任编辑：李　晶　　　　　　　责任校对：郭玫君　董小花
封面设计：中联华文　　　　　　责任印制：曹　净

出版发行：光明日报出版社

地　　址：北京市西城区永安路 106 号，100050

电　　话：010-63169890（咨询），010-63131930（邮购）

传　　真：010-63131930

网　　址：http：//book. gmw. cn

E － mail：gmrbcbs@ gmw. cn

法律顾问：北京市兰台律师事务所龚柳方律师

印　　刷：三河市华东印刷有限公司

装　　订：三河市华东印刷有限公司

本书如有破损、缺页、装订错误，请与本社联系调换，电话：010-63131930

开　　本：170mm×240mm

字　　数：238 千字　　　　　　印　　张：16

版　　次：2025 年 3 月第 1 版　　印　　次：2025 年 3 月第 1 次印刷

书　　号：ISBN 978－7－5194－8235－0

定　　价：95.00 元

序　言

获悉张智博士即将出版他的博士论文，我很是高兴。

张智是吕梁学院英语专业的年轻教师，读研期间做的是教学法的研究，而我是做缅甸语言文学教学科研工作的，原本我俩的生命之线不会交织在一起。2017年，他第一次报考广西民族大学外国语言文学专业博士研究生，投到其他导师名下，遗憾没被录取。2018年第二次报考前，他找到我，情真意切地表达了想读博的意愿，并述说了革命老区高校教师读博困难的情况，我被他感动了，加之那年自命题英语科目考试较难，报考我的几个考生中，只有张智上线，于是他便成了我带的第一个博士研究生。

把他招进来以后，刚开始我也很为难，因为我的研究方向与他的前期积累完全不搭界。如何发挥他的优势，同时又能兼顾我的研究方向，成了我长时间思考的问题。经过与张智的多次讨论，我们逐渐把选题聚焦到英国殖民地时期用英语写作的缅甸学者身上，前仰光大学校长貌廷昂博士就是他们当中的佼佼者。我希望张智能从一个小的切口入手，整体地、宏观地展现缅甸民间故事的结构特点及其文化土壤，读者能够从这本书中发现张智做到了这一点。

说来惭愧，2019年年初，我调到云南大学工作，好在张智的专业课都已经上完了。此后，我和张智主要通过网络和电话联系。在这期间，张智的学习也并非一帆风顺，印象中，他的开题报告和预答辩都进行了两次，好在张智不气馁，一而再、再而三地按照导师和专家的修改意见进行完善，而我每次都能在他发过来的论文中看到他的进步。我想，人生的意义和做学问的境界应该是一样的，就是要不断地超越自我，哪怕风雨兼程，也要奋力前行。这是我从张智身上得到的收获。

　　论文答辩时，答辩委员会的专家们对张智的论文评价较高。作为导师，我深知没有十全十美的研究成果，张智的论文还有很多不足之处，我们都是由稚嫩走向成熟的，张智还年轻，希望他不忘初心、继续前行。

　　是为序。

寸雪涛

2023 年 11 月

　　序言作者简介：寸雪涛，博士，云南大学教授，缅甸语言文学方向博士生导师。近年来，寸雪涛教授在国内外出版专著及编著 5 部、教材 3 部、译著 3 部；公开发表学术论文 10 余篇；主持完成国家社科基金年度项目 1 项、教育部人文社科青年项目 1 项；获全国外语非通用语优秀学术成果著作类三等奖两项。寸雪涛教授是 2019 年度教育部国家级一流本科专业建设点（缅甸语）负责人、2019 年度云南省虚拟仿真实验教学项目负责人，并担任教育部高等学校外语教学指导委员会非通分指委委员。

目　录
CONTENTS

第一章

缅甸自然人文地理概况

文化生态学的观点认为，应该从人、自然环境、社会环境、文化的交互作用中研究文化的产生与发展，以探索不同民族文化形成与发展的特殊样貌与模式。其中，自然环境是指地形地貌、气候、土壤、植被等要素构成的综合体，它是文化产生和发展的前提与基础。为此，不论在何种文化研究中，脱离当地的自然与人文环境，研究结果的可信度和说服力都会遭到质疑。在正式进行貌廷昂缅甸民间故事研究之前，有必要简要介绍缅甸的自然和人文地理概况，展现滋养缅甸文化的"土壤"，有利于全面准确地理解。

第一节　自然地理概况

缅甸，全称"缅甸联邦共和国"（The Republic of the Union of Myanmar），地处中南半岛西部，面积 676,581 平方千米①，是中南半岛上面积最大的国家，是东南亚面积第二大国。缅甸东北部、北部与我国西藏自治区、云南省接壤，中缅边境线长约 2185 千米；西北部与印度、孟加拉国相邻；东南和东部与老挝、泰国相接；西南和南部濒临孟加拉湾、安达曼海。缅甸海岸线长 3200 千米。从地形上看，缅甸的形状很像一只拖着长尾巴的风筝②，南北长约 2051 千米，东西最宽处长约 936 千米。

---

① 钟智翔，尹湘玲，扈琼瑶，等. 缅甸概论 [M]. 广州：世界图书出版公司，2019：1.
② 李谋. 缅甸与东南亚·前言 [M]. 广州：世界图书出版公司，2014：1.

从地形地貌上看，缅甸北高南低，多山地和高原。在西部山地和东部高原之间是广阔的中部平原，由伊洛瓦底江和锡当河冲积而成，这里土地肥沃、雨量充足、人口密集，是缅甸现代工业和农业的中心地带。从山脉、河流、湖泊上看，在缅甸境内，主要有葡萄山脉、那伽山脉、钦山山脉、若开山脉、高黎贡山、多纳山脉、德林达依山脉、勃固山脉等，这些山脉形成一个 U 字形状，环绕在缅甸东、西、北三边。流经缅甸的主要河流有伊洛瓦底江、萨尔温江（怒江）、湄公河（澜沧江）、锡当河、钦敦江等，其中，前三条河流均发源于中国。伊洛瓦底江是缅甸最长的河流，也是最重要的水运航道，养育着众多缅甸人民，江边聚集着大量城镇。缅甸境内湖泊星罗棋布，主要有茵道基湖、茵莱湖、茵雅湖、坎道加莱湖、坎道基湖等。其中，茵莱湖是缅甸第二大湖泊，因湖面上漂浮着一块块水上菜园，又被称为"浮岛"，是缅甸著名旅游胜地。陈毅元帅游览莱茵湖后，写下了"飞艇似箭茵莱湖，碧波浮岛世间无"的诗句。莱茵湖还养育着近万户缅甸儿女。从气候上看，缅甸跨越了温带、热带和亚热带，而大部分国土处于热带，物产丰富多样。全年有暑季（3—5 月）、雨季（6—10 月）、凉季（11 月—次年 2 月）三个季节。从生物资源上看，这里的生物资源主要是对人具有一定经济价值的动物和植物。缅甸境内动物种类多样，主要有大象、牛、猪、鳄鱼、羚羊、犀牛、鹿、蛇、孔雀、兔子等。鱼、虾、蟹等产量也很大。缅甸森林覆盖面积广，占全国土地面积的 50% 以上，是世界上森林覆盖面积最广的国家之一。从人口状况上看，根据人口金字塔网站统计结果，到 2023 年，缅甸总人口为54,577,996 人。[①] 缅甸人口分布极不均衡，由于城市化程度较低，城市人口所占比重较小。缅甸国民识字率较高，2007 年时成人的识字率就高达 94.75%。[②] 从行政区划上看，缅甸有 7 个省、7 个邦和 1 个联邦直辖区，它们分别是实皆省、曼德勒省、马圭省、勃固省、仰光省、伊洛瓦底省、德林达依省，钦邦、若开邦、克钦邦、掸邦、克耶邦、克伦邦、孟邦，内比都联邦区[③]。在缅甸，

---

① 缅甸人口数据［EB/OL］.人口金字塔网站，2023-11-01.
② 钟智翔，尹湘玲，扈琼瑶，等.缅甸概论［M］.广州：世界图书出版公司，2019：23.
③ 内比都是缅甸的首都，也是缅甸的联邦区。

省和邦属同级，主要区别在于民族人口比例。少数民族人口居多的称为邦，缅族人口居多的称为省。省、邦下设县、镇、村等，缅甸共有 65 个县，330 个镇区，137,447 个村组。①

第二节　人文地理概况

早在公元前后，缅甸就出现了早期的国家。9 世纪后，若干个中央集权王朝先后出现。11 世纪，阿奴律陀统一全缅，建立蒲甘王朝，这是缅甸历史上第一个统一的封建国家。后经东吁、贡榜两个王朝。从 1824 年起，英国先后发动了 3 次侵略缅甸的殖民战争，到 1885 年，缅甸全境沦陷，成为英国的殖民地。1886 年，英国将缅甸划归为英属印度的一个省。直到 1937 年，缅甸才脱离省属印度，而直接受英国总督统治。1942 年，缅甸被日本占领。1945 年，缅甸重新被英国统治。直到 1948 年 1 月 4 日，缅甸脱离英联邦，获得独立，实行多党民主议会制。1962 年，缅甸国防军参谋长吴奈温将军发动军事政变，缅甸开始进入军政府时期。1974 年 1 月，颁布新宪法，成立人民议会，组建"社会主义纲领党"，定国名为"缅甸联邦社会主义共和国"。1988 年 9 月，军队接管政权，成立"国家恢复法律与秩序委员会"（后改为"国家和平与发展委员会"，简称"和发委"），改国名为"缅甸联邦"。

缅甸有 135 个民族，民族成分较为复杂。主要民族有缅族、克伦族、掸族、克钦族、钦族、克耶族、孟族、若开族等，其中缅族人口最多，占总人口的 65%。缅甸人民创造了丰富多样、特征明显的文化。从服饰习俗方面看，缅甸的传统服饰是筒裙，它们具有散热快的特点，这是缅甸人民为适应炎热气候而进行的创造。从饮食习俗方面看，缅甸主要作物有稻谷、玉米、豆类等。缅甸人的主食是大米。他们不吃牛肉、狗肉以及动物内脏，喜欢吃鱼和虾。按照佛教传统，一般情况下，缅甸人一天吃两顿

---

① 缅甸人口数据［EB/OL］. 人口金字塔网站，2023-11-01.

饭，分别在上午 9 点左右和下午 5 点左右。按照佛教戒律，僧侣应遵守"过午不食"的规定。从建筑习俗方面看，缅甸建筑主要是干栏式结构，也叫作高脚屋。一般分为上下两层，上层用于居住，下层饲养家禽或堆放杂物。从婚姻习俗方面看，在缅甸，为了确保婚姻关系的持续长久，形成了婚前三年观察的习俗。考察的主要内容是对方是否有赌博、酗酒、违法犯罪行为、与第三者保持暧昧关系。这与钟智翔、尹湘玲概括的缅族人的择偶标准具有一致性，即结实、有一技之长、人品好。① 按照缅族传统婚姻习俗，一般情况下，男子要入赘女方家。缅甸人认为妻子不能睡在丈夫右边，更不能枕着丈夫的右胳膊睡觉，否则，会给丈夫带来灾难或厄运。貌廷昂《缅甸民间故事》中的 A46 The Rainbon（彩虹）就对这一习俗进行了生动形象的说明。这则故事的基本情节为：（1）皇后在墓地生下一个女儿，国王认为不吉利，就在墓地附近为女儿建造房子让其居住；（2）河口另外一个王国的王子喜欢上了公主，但遭到其父王的拒绝；（3）后来，王子在鳄鱼的帮助下前来与公主见面；（4）一只母鳄鱼向这只鳄鱼求婚遭到拒绝；（5）母鳄鱼变成女子，假扮成公主的侍女，挑唆公主让王子将右胳膊作为枕头让自己睡觉；（6）结果，那次王子出意外去世了；（7）公主也因伤心而死；（8）两国同时举办葬礼，火化冒出的烟雾在天空中交织在一起。这则故事不仅讲述了王子与公主之间的忠贞爱情，还展示了鳄鱼变人的古老信仰，更为重要的是说明不能枕着丈夫右胳膊睡觉的传统习俗。从传统节日方面来看，缅甸的节会非常多。钟智翔、尹湘玲在《缅甸文化概论》一书中，将缅甸的节会分为 4 类，即新年节会、宗教性节会、农事节会、社交娱乐性节会，具体节会 40 余种，主要节会有泼水节、浴榕节（浴佛节）②、结夏节、③ 抽签布施节、赛舟节、点灯节等。

在缅甸蒲甘，流传着这样一则谚语："牛车轴声响不断，蒲甘佛塔数

---

① 钟智翔，尹湘玲.缅甸文化概论［M］.广州：世界图书出版公司，2014：155.
② 浴榕节，即浴佛节，在缅历二月月盈日举行。这天是悉达多出生、受四谛成佛、涅槃和菩提树出土的日子，人们去佛塔礼拜，给菩提树浇水、浴佛，以求佛祖心情舒畅。
③ 结夏节，缅历四月的传统节日。

不完，若问总计有多少？四四四六七三三。"① 这一说法虽有夸张成分，但整个缅甸境内确实存在成千上万座佛塔和寺院。故而，缅甸也被称为"万塔之邦"。这一文化现象，在貌廷昂《缅甸民间故事》中也有体现。A50《为什么蒲甘会有那么多佛塔》就解释了缅甸民众捐建佛塔之事。该故事的基本情节为：（1）以前，蒲甘人民非常贫穷，国王倾全国之力支持一位老和尚炼金；（2）由于国库空了，和尚请求国王再次征税，经过国王的耐心劝说，民众才答应；（3）但是，实验又一次失败；（4）老和尚挖掉自己的眼珠以谢罪，并让小和尚把实验材料扔到厕所去；（5）夜晚，小和尚发现厕所那边有光亮，告诉老和尚；（6）老和尚让小和尚找来动物的眼珠给自己装上，他发现实验成功了；（7）告诉国王，让民众准备好铜和铅，他可以点石成金。蒲甘人民有钱以后，纷纷捐钱建造佛塔。佛教在缅甸流传的历史长达上千年。在历史上，佛教曾被定为国教，得到历代国王的护持，使得佛教繁荣昌盛，缅甸也一度成为佛教传播中心。1885 年，缅甸沦陷，成为英国的殖民地。在英国的殖民统治下，缅甸文化遭受严重破坏，佛教的影响和地位下降，逐步走向衰落。即便这样，在反抗殖民统治的时候，缅甸知识分子还是以"佛教"名义组建团体，领导反殖民族独立运动。1948 年，缅甸独立后，佛教开始复兴，再次成为缅甸人民的精神寄托和传统文化核心。现在，85% 以上的民众依然信仰佛教。可见，从古至今，佛教对缅甸的政治、经济、文化、社会生活等方面都产生着重要影响。为此，李谋、姜永仁指出"佛教文化就是缅甸文化"②。在佛教实践上，寸雪涛从两个层面来进行阐释，即核心层面和世俗层面。他认为核心层面由禅修传统和古典经院传统构成；世俗层面由一般的道德修养行为和各种相关信仰活动构成。③ 禅修传统是对上座部僧团精神训练体系的继承。古典经院传统是对上座部佛教圈学经古制的继承。世俗层面是指民众世俗生活中的实践活动和行为。这方面的内容主要包括在家持五戒、布萨日持八戒、布施僧侣食物、为僧侣义务劳动、关心家庭、尊敬长辈等。除佛教

---

① 李谋，姜永仁. 缅甸文化综论［M］. 北京：北京大学出版社，2002：69.
② 李谋，姜永仁. 缅甸文化综论［M］. 北京：北京大学出版社，2002：69.
③ 寸雪涛，赵欢. 缅甸传统习俗研究［M］. 北京：民族出版社，2008：33.

外，还有少部分民众信仰其他宗教，如伊斯兰教、基督教、印度教、原始拜物教等。在宗教信仰的同时，缅甸民众还有很多神灵信仰。人们拜佛、持戒、行善，目的是积攒功德，以求来世福德；而拜神的目的多是消灾祈福、护佑平安。寸雪涛认为缅甸民众大多相信大地、虚空、太阳、风、雨、火、树木和森林、山谷、家宅、村寨等都有精灵司理，都应该按照一定仪式进行祭祀。① 此外，缅甸民众还有鬼魂信仰习俗、占卜吉凶习俗、动植物崇拜或信仰习俗等。时至今日，这种信仰传统依然在很多地方盛行。

缅甸民间艺术主要包括三个方面的内容，它们分别是民间口头文学、民间歌舞、民间游戏。寸雪涛总结认为，缅甸民间口头文学主要包括民间故事、谜语和说书；民间歌舞活动包括音乐、舞蹈、戏曲等艺术创造和表演活动；民间游戏分为成人游戏和儿童游戏。成人游戏主要包括打陀螺、丢沙包、下象棋、雅德谁撒游戏、布利游戏、迷城游戏等；儿童游戏主要有虾米游戏、藏脚游戏、鸡飞鸟飞游戏、吹虫子游戏等。②

总之，缅甸自然人文地理是缅甸民间文学，乃至整个缅甸文化产生和发展的沃土，能让读者从整体上了解和把握缅甸地理概貌、民族特色、风俗习惯、宗教信仰、民间艺术等内容，为更好地理解缅甸民间文学做好铺垫工作。

---

① 寸雪涛，赵欢．缅甸传统习俗研究［M］．北京：民族出版社，2008：59．
② 寸雪涛，赵欢．缅甸传统习俗研究［M］．北京：民族出版社，2008：167-170．

第二章

选题依据与理论方法

本章着重介绍选题缘起、研究对象、研究现状、研究目的、理论框架、研究方法、研究创新、基本概念等内容。这章内容是本书合理性与合法性的整体规划与阐释。

第一节　选题缘起、对象与现状

在新中国与缅甸关系发展史上，始终能够看到民间故事的影子。貌廷昂的《缅甸民间故事》就是其中的代表之一。在我国，不同翻译家在不同历史时期将其翻译成汉语。然而，它们多以普通读物形式存在。学术界对其忽视既不利于中缅两国人民之间"民心相通"，也不利于中缅"一带一路"和"命运共同体"建设。鉴于此，本书以貌廷昂三部具有代表性的民间故事集为研究对象，即《缅甸民间故事》《缅甸法律故事》《缅甸僧侣故事》，按照"从结构到文化内涵"的路径进行探索，并进行反思，探寻中缅友好关系的民间文学之路。

一、选题缘起

民间故事产生于无文字时代，以口耳相传形式流传，在继承中不断地创新，积淀深厚，内涵丰富，是传统文化中一颗耀眼的明珠，深受人民大众喜爱。有人类的地方，就会有故事讲述活动。人类最古老且最基本的话语方式就是讲故事，它成为人类文化生活中不可或缺的内容，否则就不称其为人。① 由于世界各民族在社会发展、自然环境、宗教信仰、政治制度、经济状况等方面存在差异，每个民族都产生了烙有自己民族印记的民间故事。尽管它们在形式上、内容上、数量上、文化意义上各有千秋，但它们都承载着各个民族持久的文化基因。刘魁立指出："每一个（故事）文本都有它自己独特的文化内涵，都有它充分的存在依据，都有它实实在在的内在逻辑。"② 因此，民间故事的文化属性不言而喻，"民间故事是最通俗的艺术形式，同时它也是国家或民族的灵魂"③。这一论断再次高度概括了民间故事的文化特质。

然而在很长一段时间内，民间故事都受到极其不公正的"待遇"，被视为"不登大雅之堂，不为学士大夫所重视"④。近现代以来，随着资本主义国家扩张欲望的膨胀，向其他国家发动殖民侵略战争，使得很多国家变成殖民地。殖民者盘剥当地民众、掠夺资源、倾销商品、侵蚀文化。在这样的时代背景下，知识分子才深刻地认识到包括民间故事在内的民间文学的重要价值，纷纷走向乡村，搜集与整理民间故事，寻求民族传统文化根基，唤起民众文化认同感，激发民众民族文化保护斗志。知识分子搜集与整理民间文学，以重构民族文化精神是一个时代潮流。如 18、19 世纪之交，德国不仅被法国征服和统治，而且处于分崩离析状态。这一现实唤醒了德国民众的民族主义意识，他们要求振兴民族文学，重构日耳曼精神。在此背景下，作为德国启蒙运动思想家、"狂飙突进运动"⑤ （Sturm und Drang） 引路人、德国浪漫主义先驱的约翰·戈特弗雷德·赫尔德⑥ （Johann Gottfried Herder, 1744—1803） 播撒民族主义种子，并在多国开花

---

① 浦安迪 . 中国叙事学［M］. 北京：北京大学出版社，1996：309.
② 刘魁立 . 民间叙事的生命树：浙江当代"狗耕田"故事情节类型的形态结构分析［J］. 民族艺术，2001（1）：63-77.
③ 伊泰洛·卡尔维诺 . 意大利童话［M］. 刘宪之，译 . 上海：上海文艺出版社，1985：2.
④ 郑振铎 . 中国俗文学史［M］. 北京：中国文联出版社，2009：1.
⑤ 狂飙突进运动：它是 18 世纪中后期发生在德国的一场资产阶级文学运动，是启蒙运动在文学领域的延伸与发展。
⑥ 赫尔德，德国哲学家、神学家、诗人。他的著作《论语言的起源》（德语：*Abhandlung über den Ursprung der Sprache*；英语：*Treatise on the Origin of Language*）是浪漫主义狂飙运动的基础。

结果，如斯拉夫国家、挪威、芬兰等。他倡导搜集与整理民间文学，把民间创作视为群体的和民族的。在这一思想影响下，赫尔德亲自搜集编写《民歌集》（1778）①，不仅收录德国民歌，还收录欧洲其他国家民歌。赫尔德在其著作中反复强调：民俗文化集中展现着一个民族的内在本质和性格特征。为此，如果没有任何其他原因，民俗文化不仅应该被收集，而且应该被珍惜。② 这样看来，赫尔德非常重视民间文化所蕴含的力量，并倡导从民间文学中去寻找民众生活和梦想。赫尔德的思想对歌德（Johann Wolfgang Von Goethe）、布列锡格（Breisig）、史宾格勒（Oswald Spengler）、格林兄弟（Grimm Brothers）等产生重要影响。举例来说，在赫尔德思想影响下，格林兄弟坚信民俗文化是通往德国正统文化源头的必由之路。于是，他们出版了《儿童与家庭童话集》（*Household and Children's Tales*, 1812）③。他们都认同民间文化力量，并把民间文化视为德意志民族文化的根源，能够从中重构德意志民族文化与日耳曼民族精神。可以说，德国知识分子的举动并不是个案，地处中南半岛的缅甸在 20 世纪二三十年代也出现过类似情况。

1824 年至 1885 年间，英国向缅甸发动了 3 次大规模殖民侵略战争④，致使缅甸最终沦陷，成为英国殖民地。殖民主义者在政治上对缅甸进行殖民统治；在经济上加紧对缅甸进行资源的搜刮；在文化上强力推行西方文化，极力破坏缅甸传统文化，致使缅甸文学开始衰落。用马昂的话说：

> 殖民主义者加紧进行文化奴役和侵略，采取窒息缅甸民族意识和扼杀缅甸民族文化的办法，将缅文从课堂上排挤出去，推行殖民主义奴化教育制度，致使传统文学奄奄一息。⑤

---

① 1807 年，该书再版时，亨利希·封·米勒将书名改为《诗歌中各民族人民的声音》，该书同赫尔德的《关于人类历史哲学的思想》《关于促进人性的通信》集中体现了赫尔德总体主义、民主主义、历史主义思想。
② STOREY J. Inventing Popular Culture［M］. New Jersey：Blackwell Publishing，2003：2.
③ 该书俗称《格林童话》。
④ 三次英缅战争：英国分别于 1824 年、1852 年和 1885 年向缅甸发动殖民侵略战争。
⑤ 马昂. 缅甸"实验文学"与中国"五四"新文学之比较［C］//钟智翔. 东南亚文学论集. 广州：世界图书出版公司，2017：450-467.

　　20世纪二三十年代，缅甸先进知识分子首先觉醒，他们的民族主义意识得以增强，要求重振缅甸传统文化，纷纷将目光投向偏远乡村，搜集、整理、出版缅甸民间文学作品，并对其进行理论思考，以重塑缅甸传统文化精神。貌廷昂就是这一时期最活跃的缅甸知识分子之一。他一生共搜集、整理、翻译、出版缅甸民间故事作品集9部，代表性作品有《缅甸民间故事》（*Burmese Folk Tales*，1948）、《缅甸法律故事》（*Burmese Law Tales*，1962）、《缅甸僧侣故事》（*Burmese Monk's Tales*，1966），它们均以英文出版。关于貌廷昂有没有出版缅文故事集这个问题，笔者也做过调查，得到的结果并不令人乐观。①

　　在缅甸，"讲故事"传统盛行。正如季季玛（Kyi Kyi May）和尼克拉斯·纽金特（Nicholas Nugent）所言："缅甸民俗文化兴盛。孩子们听着民间故事长大。在电视和电脑游戏传到缅甸之前，孩子们总是喜欢听长辈讲故事。"② 在貌廷昂民间文学作品和缅甸故事传统双重作用下，貌廷昂缅甸民间故事集理应成为当今学术界挖掘和探索缅甸民族文化优秀传统的重要内容。然而时至今日，无论在缅甸现代文学史上还是思想史中，都鲜有人对貌廷昂整理和出版的缅甸故事集做过全面、系统的考察，更不用说从类型与文化意义角度予以关注。鉴于此，本书试图将貌廷昂三部代表性民间文学作品纳入同一框架进行系统研究，从更加广泛的视域探索缅甸民间故事内在结构特征，将其与世界民间故事结构进行对比分析，凸显其与世界民间故事之间的内在联系和自身独特性，反映特定时期缅甸知识分子文化观的转向，并探讨这种转向对现代缅甸国家的影响。

二、研究对象

　　本书以貌廷昂的《缅甸民间故事》《缅甸法律故事》《缅甸僧侣故事》

---

① 2019年5月13日，笔者与新加坡社科大学梭玛伦博士就这个问题进行探讨，她坦言貌廷昂没有出版缅文版缅甸民间故事集。他这么做，在梭玛伦看来主要是为了向英语读者介绍和传播缅甸文化。

② Kyi Kyi May, Nicholas Nugent. Myanmar［M］. 北京：高等教育出版社，2017：100.

为研究对象，见图 2-1、图 2-2、图 2-3。三本故事集共收录民间故事206 则。

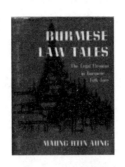

图 2-1　《缅甸民间故事》　　图 2-2　《缅甸法律故事》　　图 2-3　《缅甸僧侣故事》

　　将它们作为研究对象，主要是基于两方面考虑。一方面，貌廷昂的民间故事集是缅甸社会历史发展到一定阶段的产物。20 世纪二三十年代，在国际政治、经济和社会思潮影响下，缅甸人民渐渐地开始觉醒，反抗英国殖民统治、争取国家独立的意识不断增强，并开始付诸行动，如学生罢课，成立团体，政党组织领导反殖民族独立运动。在这样的历史背景下，貌廷昂意识到民族文化的重要性。然而，在英国长达几十年的殖民统治下，城镇里的缅甸传统文化已经遭到严重浸染和破坏。所以，他只能走向殖民统治影响薄弱的偏远乡村，寻找缅甸传统文化，搜集与整理缅甸民间故事，重构正统的、纯洁的缅甸民族文化，竖起缅甸文化大旗，为反殖爱国主义运动注入精神食粮。

　　另一方面，故事文本作为研究对象是民间文学发展的一个重要趋势。谈及民间故事及其内容特征，学者们纷纷表达自己独到的见解，如阿马里（H. L. Amali，2014）指出：

　　　　虽然民间故事大多没有具体的作者，但是可以反映出故事原型所在地的文化。尽管如此，民间故事在所有文化共同体中、人们的生活中占据重要的地位。通过讲故事，劳作一天的人们放松放松，感到愉悦；还可以缓解社会紧张，教育民众。最重要的是，民间故事能够折射所在文化区人们集体的文化价值。①

通过这一论述可以知道民间故事具有重要的社会功能，承载着丰富的文化意蕴，是研究故事流传地文化的重要内容和视角。我国学者刘守华也表达过类似观点：

> 民间故事是艺术和知识的混合物，是民间文化的综合表现，它涉及人类经验的一切方面，是社会学、文化人类学、文学、语言学等学科的另一种表达方式，包容着许多学科，具有多方面的学术研究价值。②

这一论述充分说明民间故事的文化价值，并在此基础上肯定民间故事的多学科特性，这也再次证明民间故事文化内涵的丰富性。人民大众为何要创作这种文学样式？以什么方式进行创作？要达到何种目的？杜学金对此有过精辟论述：

> 民间故事有自己独特艺术传统和表现手法，人民大众总是以自己特有的修养和技巧，去塑造人物、构思情节，去反映他们所感受到的现实生活，表达他们对美好生活的憧憬和追求。③

从以上论述可以看出，民间故事是民众集体创作和享用的文化产品，它们内涵丰富，类型多样，是民众理解和表达社会生活的重要方式。在早期，民间故事主要以口耳相传形式流传。随着印刷术技术的发展，人们开始有意识地搜集、整理、书写民间故事。正如金姆（H. Kim，2010）所言：

> 民间故事是一种文化和传统遗产，在文化共同体内一代又一代地传承。长久以来，民间故事常常保存在口头传统中。直到印刷技术到

---

① AMALI H L. The Function of Folktales as a Process of Educating Children in the 21st Century: A Case Study of Idome Folktales [J]. 21st Century Academic Forum Conference Proceedings, 2014, 2 (1): 89-90.

② 刘守华. 比较故事学论考 [M]. 哈尔滨：黑龙江人民出版社，2005：2.

③ 《世界民间故事宝库》编委会. 世界民间故事宝库：东亚·东南亚卷 [M]. 沈阳：沈阳出版社，1996：3.

来，文字记载才成为可能。①

这说明，文化随同社会一起发展，文化并不会因为传播形式的改变而消失，而是会适应社会发展，总会寻找更加有效的途径和方式进行保存和传播。

三、研究现状

（一）研究成果

学术界对貌廷昂缅甸民间故事研究始于 20 世纪 50 年代，主要形成下列研究成果。

第一，学术界普遍认为貌廷昂使缅甸文化闻名世界。自貌廷昂民间故事集出版以来，国外和国内学者对其关注方式和程度存在明显差异。在国外，学者关注貌廷昂缅甸民间故事的主要成果以书评形式出现。评论者不仅介绍书中主要内容，还发表见解，主要表现在以下两方面：一方面，肯定貌廷昂民间故事集的典型性与价值。莫里斯·克里斯（Maurice Collis）认为：

> 尽管《缅甸民间故事》中只有 18 个幽默故事，但是几乎所有的民间故事都有逗乐或令人发笑的特征。这些故事既简洁，又具有童趣，故事中充满了高明的手段；这些故事既不深奥，也不令人感到可怕，故事中充满了欢快的、愉悦的、友好的气氛；直到今天，这种情感依然在缅甸村庄中盛行，难怪缅甸人具有那样的性格。②

克里斯通过貌廷昂的《缅甸民间故事》不仅看出缅甸人的性格特征，而且还抓住缅甸民间故事叙事中的气氛。即便故事中主人公是鬼怪、夜叉、猛兽，也不会令读者或听众感到恐惧和害怕，而是有一种轻松、欢快、愉悦的感觉。阿彻尔·泰勒（Archer Taylor）认为这部故事集充实了学术界对远东地区民间故事的收录，是开展长期对比研究的重要素材，具

---

① KIM H. Telling Tales from Southeast Asian and Koran［J］. Teacher's Guide, 2010 (6)：2.
② COLLIS M. Review of Burmese Folk Tales［J］. Pacific Affairs, 1949, 22 (3)：315.

有重要的价值和意义。① 这说明缅甸民间故事不仅是东方国家人民的宝贵财富，同时也是世界人民的共同财富，具有重要的研究价值与文化意义。

另一方面，肯定民间故事的文化记忆价值。佛兰克利巴（Frank M. LeBar）指出《缅甸僧侣故事》讲述者的意图，即对佛教和缅甸传统社会的坚守与维护。讲述者游走于缅甸各地，通过这种文学样式捍卫缅甸传统，对抗英国殖民侵略和统治。② 这些民间故事不仅反映了缅甸乡村生活的本质特征，还表达了人们的普遍诉求。

在国内，相关成果多以貌廷昂《缅甸民间故事》汉译本形式出现。③ 从译介对象选取方面来看，我国学者主要通过三种方式将译介的缅甸民间故事呈现给读者。第一种是直接翻译貌廷昂的《缅甸民间故事》④；第二种是在区域或世界文学著作中编入一定数量缅甸民间故事；第三种是直接翻译个别或少量民间故事，在报纸杂志上公开发表。下面对这三种情况逐一进行介绍与评述，以展现其全貌。从缅甸民间故事集方面来看。1949 年以来，我国先后出现多个版本的《缅甸民间故事》或《缅甸民间故事选》，见表 2-1。至于为什么要翻译缅甸民间故事，丁振祺做过这样的解释：自古以来，中缅两国之间就有着"胞波"情谊，现在将貌廷昂的《缅甸民间故事》翻译成中文介绍给中国广大读者，以求在中缅友谊瑰丽的花环上献上一束放着异彩的鲜花。⑤ 可见，当时丁振祺已经认识到民间故事在中缅交流中具有重要影响。通过翻译缅甸民间故事，中国读者可以更好地了解缅甸文化，有利于延续中缅两国"胞波"情谊。

① TAYLOR A. Review of Burmese Folk-Tales by Maung Htin Aung ［J］. Journal of the American Oriental Society，1949，69（3）：184.
② LEBAR F M. Review of Burmese Monk's Tales ［J］. The Journal of Asian Studies，1966，26（1）：127-128.
③ 20 世纪 50 年代，并不只是缅甸民间故事单向地传入我国。缅甸作家也将我国民间故事翻译成缅文进行传播，如缅甸诗人、小说家、文学评论家、儿童文学家、语言学家、词典学家敏杜温（မင်းသုဝဏ်）分别于 1956、1957 年将我国《白蛇传》《神笔马良》《田螺姑娘》翻译成缅文，发表在缅甸《儿童杂志》上。
④ 目前，在国内尚未发现任何版本的《缅甸法律故事》和《缅甸僧侣故事》。
⑤ 貌廷昂. 缅甸民间故事选 ［M］. 丁振祺，译. 昆明：云南人民出版社，1984：188.

表 2-1　1949 年以来我国缅甸民间故事译介情况一览表

序号	书名	译者或编者	出版时间	出版社
1	《缅甸民间故事》①	章甦，杨友，李慰慈，等	1955	少年儿童出版社
2	《缅甸民间故事》	施咸荣	1957	人民文学出版社
3	《缅甸民间故事选》②	殷涵	1982	中国民间文艺出版社
4	《蛇王子》③	章甦	1982	少年儿童出版社
5	《缅甸民间故事选》④	丁振祺	1984	云南人民出版社
6	《缅甸民间故事》	姜永仁	2001	辽宁少年儿童出版社
7	《缅甸民间故事选》	毕重群	2001	云南省文学艺术界联合会
8	神奇的丝路民间故事：《缅甸民间故事》	杨国影	2018	安徽文艺出版社

从区域或世界民间故事集方面来看，除专门的缅甸故事集以外，还有一些缅甸民间故事被收录在区域或世界民间故事或文学中，比如，东南亚文学、东南亚民间故事、东方文学、世界民间故事等，见表 2-2。从这些书中可以看出缅甸民间故事是东南亚、东方和世界民间文学宝库中的重要成员。缅甸人民创作和传承的民间故事得到学术界认可。

---

① 从版本信息来看，章甦和杨友等人依据貌廷昂《缅甸民间故事》（1948）进行翻译。貌廷昂 1948 年版《缅甸民间故事》中共收录故事 70 则，但章甦和杨友的《缅甸民间故事》译本中只有 28 则故事。至于译者为什么这样处理，他们并没有给出解释。从他们的只言片语中，我们发现他们主要选译貌廷昂《缅甸民间故事》中的"动物故事"。也有少量"浪漫故事""神奇故事""幽默故事"被选译。他们选译的标准和原则到底是什么，现在还不得而知。

② 在殷涵翻译的《缅甸民间故事选》中，貌廷昂将缅甸民间故事分为平原的民间故事和山地的民间故事两大部分，并将它们具体分为动物故事、奇迹故事、谚语故事、幽默故事、鬼怪故事、法律故事等。

③ 1982 年，章甦依据貌廷昂《缅甸民间故事》（1948）选择其中 30 则故事进行了翻译。

④ 丁振祺依据貌廷昂第三版《缅甸民间故事》（1959）而翻译的《缅甸民间故事选》（1984）。在第三版《缅甸民间故事》中，貌廷昂共收录缅甸民间故事 60 则。

表 2-2 收录有缅甸民间故事的区域或世界民间故事集

序号	书名	译者或编者	出版时间	出版社
1	《东南亚民间故事》（上、下册）	姜继	1982	福建人民出版社
2	《亚洲民间故事选》	邵焱	1982	黑龙江人民出版社
3	《东南亚民间故事选》	栾文华，等	1982	长江文艺出版社
4	《东方神话传说：东南亚古代神话传说》	张玉安	1994	北京大学出版社
5	《世界民间故事宝库：东南·东南亚卷》	《世界民间故事宝库》编委会	1996	沈阳出版社

　　从零星存在于其他书籍或报纸杂志上的民间故事方面来看，还有一些零星的缅甸民间故事收录在一些其他书籍和报刊中。如刘寿康在《世界文学》上发表了题为《船主和船夫》①的民间故事。刘寿康翻译的这则民间故事，原来收录在貌廷昂的《缅甸民间故事》中。

　　第二，貌廷昂缅甸民间故事相关研究成果不断涌现。②除书评和译介相关成果以外，其他形式研究成果也在不断涌现，主要体现在以下三个方面。

　　（1）专著方面，新加坡社科大学的梭玛伦博士（Dr. Soe Marlar Lwin）

---

①　刘寿康. 船主和船夫（缅甸民间故事）[J]. 世界文学，1964（4）：86-88.

②　2019 年 5 月 13 日，笔者与新加坡社科大学梭玛伦博士就缅甸国内有关貌廷昂缅甸民间故事集研究成果进行了探讨。在她看来，缅甸国内可能会有一位学者研究过貌廷昂缅甸民间故事集，但她同时表示，她对这个猜想也没有十足把握。2021 年 10 月 3 日，笔者联系了仰光大学蒙蒙昂教授（Mon Mon Aung）。我们共同探讨了同一个问题，除貌廷昂那些民间故事集作品外，蒙蒙昂教授也无法提供更有价值的素材。在与缅甸留学生苏清莱舞（Su Khin Lay Oo）、帕苏玛（Pathuama）、北邱泽（Benjamin）就这个问题进行探讨时，均未得到有效信息。再联想到缅甸军政府出台的《印刷和出版商登记法》（*The Printers and Publishers Registration Law*，1962），明确要求出版商在书籍出版前向新闻审查委员会提交书籍和杂志副本，凡是违反国家出版法的将被关进监狱，有的判刑长达 7 年。甚至，作者之间也不能传递手稿，否则会有牢狱之灾。因为作品而入狱的学者不在少数。尽管 2012 年 8 月，这项法规被废除，但是缅甸作家和学者的创作与写作能力严重衰退。综上所述，缅甸国内没有或者很少有学者研究貌廷昂民间故事集就可想而知了。

是系统研究貌廷昂的《缅甸民间故事》（*Folk Tales of Burma*，1976）① 的一位重要学者。她出版了《缅甸民间故事的叙事结构》（*Narrative Structures in Burmese Folktales*，2010）一书。作者运用弗拉基米尔·雅可夫列维奇·普罗普（Владимир Яковлевич Пропп，Vladimir Propp，1895—1970）的故事形态学、奥克斯和卡普斯（Ochs and Capps）的线性叙事理论，归纳出缅甸民间故事的 44 个功能项。② 这项研究重要价值和意义在于有力地将缅甸民间故事研究推向世界，使世界民间故事研究学术界有机会更加深入全面地了解缅甸民间故事和文化，为世界民间文学界继续研究缅甸民间故事提供重要参考。毫不夸张地说，这本著作是目前为止第一部全面而系统研究貌廷昂《缅甸民间故事》的专著。

（2）硕博论文方面，加拿大亚伯达大学博士生伊拉莎白·F. 希尔（Elizabeth F. Hill）完成题目为《缅甸、加拿大、约巴鲁民间故事的文化、叙事与语言对比研究》（*A Comparative Study of the Cultural，Narrative，and Language Content of Selected Folktales Told in Burma，Canada，and Yorubaland*）③ 的博士论文。该研究以 19 个民间故事为研究对象，其中，缅甸 5 个④，加拿大 5 个，约巴鲁 4 个。缅甸 5 个民间故事分别来自貌廷昂的《缅甸民间故事》和《缅甸法律故事》。这项研究不仅采用比较故事学方法，而且将其与外语教学、文化交流与理解结合在一起，是对民间故事价值与意义的进一步拓展，为民间故事的"活态"存续和传承寻求到另一条路径。约瑟夫·谢尔曼出版了《故事讲述者与世界民俗：神奇、智慧、智

---

① 梭玛伦博士选取的研究对象为貌廷昂的《缅甸民间故事》（*Folk Tales of Burma*，1976）。这部故事集共收录缅甸民间故事 27 则，其中有 11 则故事来自其《缅甸民间故事》（1948）。

② 张智. 以书刊为媒介的缅甸民间故事辑录与研究［J］. 科技传播，2021，13（15）：43-46，73.

③ HILL E F. A Comparative Study of the Cultural，Narrative，and Language Content of Selected Folktales Told in Burma，Canada，and Yorubaland［D］. Edmonton：The University of Alberta，1990.

④ 这 5 个缅甸民间故事分别是：A4《兔子感冒了》（*The Rabbit Has Cold*）、A17《乌鸦与鹪鹩》（*The Crow And The Wren*）、A23《为什么秃鹫没有羽毛》（*Why The Vulture Is Bald*）、A55《醉汉与吸毒者》（*The Drunkard And The Opium-Eater*）、B23《七位乞丐》（*The Seven Mendicants*）。

障、英雄故事》（*World Folklore for Storytellers—Tales of Wonders，Wisdom，Fools，and Heroes*，2015）。在青蛙新娘中，作者从缅甸、俄罗斯、捷克、美国四国各选取一则青蛙新娘故事。其中，缅甸故事选自貌廷昂《缅甸民间故事》中的 A30 Little Miss Frog（青蛙姑娘）。作者在评价缅甸这则故事时指出，它的主题具有世界普遍性，即期待已久的孩子除外形是动物以外就是一个正常的孩子。在这类故事中，动物外形只是一个外壳，人形随时可能会出现，无须打破什么魔法。① 缅甸民间故事的选入，一方面说明貌廷昂的《缅甸民间故事》（*Burmese Folk tales*，1948）受到国际学术界关注；另一方面说明缅甸民间故事是世界民间文学宝库中不可或缺的一员，缅甸民间故事丰富和繁荣了人类民间文学或文化，具有重要地位和价值。

（3）期刊论文方面，1989 年，信漂琼昂登（Sin Phyu Kyne Aung Thein）发表《缅甸民间故事》一文，他在文中对缅甸民间故事的类型进行归纳。同年，吴敏南（U Myint Nan）发表《少数民族民间故事》一文，该文主要概括缅甸少数民族的民间故事类型。2000 年，王晶发表《论缅甸民间故事与我国傣族民间故事审美倾向的一致性》一文，这是国内较早有关缅甸民间故事研究的成果之一。文章将貌廷昂的《缅甸民间故事》与傅光宇等编著的《傣族民间故事选》进行对比分析，归纳出智慧母题、傻儿母题、善良母题、狡诈母题四种代表性典型，采取比较故事学方法研究这些母题的审美取向，其实应该还有更大拓展空间。刀叶喊完成题为《傣、泰、掸"灰姑娘型"故事比较研究》② 的硕士学位论文。作者对比分析 9 篇傣、泰、掸"灰姑娘型"故事，从结构上将它们分为两类，一类是单一型故事，另一类是复合型故事，探讨其在不同国家傣、泰、掸民族中的流传、变异情况，以及文化内涵。这篇论文着重研究具有典型性的民间故事类型，即灰姑娘故事。在一个较小范围内进行个案研究，对深入研究缅甸故事具有一定的参考价值。韦惠玲发表《中缅蛇郎故事之比较》③ 一文，

① SHERMAN H J. World Folklore for Storytellers：Tales of Wonders，Wisdom，Fools，and Heroes ［M］. London：Routledge，2015：1-2.
② 刀叶喊. 傣、泰、掸"灰姑娘型"故事比较研究 ［D］. 昆明：云南民族大学，2010.
③ 韦惠玲. 中缅蛇郎故事之比较 ［J］. 南宁职业技术学院学报，2011，16（1）：86-89.

作者在文中回顾我国学者对蛇郎故事的研究，认为他们采用文献学、历史学和文化人类学等方法对这类故事的主题、情节以及各种异文进行梳理和研究。通过梳理中缅两个蛇郎故事的流变，在分析基础上探讨它们的文化表达，发现不同文化有着共同的普世价值，即孝道、知恩图报、善有善报、恶有恶报。该文无疑是一篇中缅民间故事的比较研究，通过比较中缅蛇郎故事，探讨两国同一故事中不同文化表达的普世价值。泰国奥努萨·苏万普拉斯特（Onusa Suwanpratest）博士在《国际人文社会科学期刊》（*International Journal of Social Science and Humanity*）上发表《通过相似民间故事分析亚洲人主要的文化价值观》（"An Analysis of the Prominent Cultural Values of Asian People through Similar Folktales"）① 一文，文章研究了亚洲6则以蛇为主题的故事，这6则故事分别来自泰国、缅甸②、印度尼西亚、中国、韩国和日本。张智指出："通过对比分析，他发现六个价值观，即感激之情、因果报应、超自然物的信仰、神灵信仰、男权和内在美德等。尽管这些价值观形成于过去，但是直到今天，它们依然对人们产生着影响。"③ 这项研究将缅甸民间故事与亚洲其他5个国家的故事纳入同一研究框架，分析出亚洲人共同的价值观。虽然这项研究只是个案研究，在6个国家中，每个国家只选取一个以"蛇"为主题的故事。但是，作者从中看到亚洲人共同的价值观。这可谓以小见大，具有大格局。这是民间故事文化内涵研究的个案，但是有利于开阔我们的视野。李小凤和木拉迪力·木拉提发表《民间故事"老鼠嫁女"在丝绸之路上的西传及流变》④一文，文章研究"老鼠嫁女"故事的原型及其传播路线。在结语部分，作者采用比较故事学方法分析貌廷昂《缅甸民间故事》中的"老鼠嫁女"故事。通过这则故事，可以看到它所反映的缅甸生活场景和思想感情。近

① SUWANPRATEST O. An Analysis of the Prominent Cultural Values of Asian People through Similar Folktales [J]. International Journal of Social Science and Humanity, 2016, 6 (11).
② 这则缅甸故事是A44The Snake Princess（蛇王子）。
③ 张智. 以书刊为媒介的缅甸民间故事辑录与研究 [J]. 科技传播, 2021, 13 (15): 43-46, 73.
④ 李小凤, 木拉迪力·木拉提. 民间故事"老鼠嫁女"在丝绸之路上的西传及流变 [J]. 喀什大学学报, 2018, 39 (5): 44-49.

年来，张智和寸雪涛发表了几篇有关貌廷昂缅甸民间故事集方面的期刊论文，主要有：《我国缅甸文学研究的历史回顾与展望》（2019）、《东南亚文学史分期问题探析》（2019）、《廷昂博士：缅甸民间故事辑录与研究的先驱》（2021）、《以书刊为媒介的缅甸民间故事辑录与研究》（2021）、《廷昂〈缅甸法律故事〉中的"法官"形象研究》（2022）、《缅甸民间故事中的财富伦理思想研究——以缅甸作家貌廷昂搜集与整理的缅甸民间故事集为例》（2023）等。作者在文中称貌廷昂为"缅甸民间故事辑录与研究的先驱"①，肯定其在缅甸民间文学史上的地位与影响力。另外，张智还专门通过貌廷昂民间故事集研究了缅甸财宝型故事内容特征与缅甸人民的财富伦理思想。② 这一研究有力地说明貌廷昂民间文学作品重要的文化与思想价值。

第三，貌廷昂是缅甸民间故事辑录与研究的先驱。在缅甸，貌廷昂不仅较早地认识到民间故事的价值与意义，而且采取行动搜集、整理、翻译和出版缅甸民间故事集。貌廷昂不仅影响了一批缅甸国内学者，而且影响了很多西方学者，他们纷纷投身到缅甸民间故事搜集、整理、出版工作中，大量民间故事作品得以问世，见表 2-3。

表 2-3　国外缅甸民间故事作品一览表（部分）

序号	书名	采录者或编著者	出版时间	出版社
1	《缅甸民族民间故事集》	卢杜吴拉	1966	发展出版社
2	《一滴蜜失王国和缅甸其他民间故事》③	貌廷昂	1968	家长杂志出版社
3	《缅甸各民族故事集》（共43卷）	卢杜吴拉	1962—1988	发展出版社

---

① 张智. 廷昂博士：缅甸民间故事辑录与研究的先驱 [J]. 缅甸研究，2021（1）：142-150.

② 张智. 缅甸民间故事中的财富伦理思想研究：以缅甸作家貌廷昂搜集与整理的缅甸民间故事集为例 [J]. 文化与传播，2023，12（1）：9-14.

③ AUNG H. A Kingdom Lost For A Drop Of Honey：And Other Burmese Folktales [M]. New York：Parents Magazine Press，1968.

序号	书名	采录者或编著者	出版时间	出版社
4	《13 克拉钻石与其他故事》	钦苗漆	1969	不详
5	《缅甸民间故事》①	卢杜·吴拉	1972	吉普瓦耶出版社
6	《赋予神话人物生命之塔》	钦苗漆	1981	不详
7	《传统故事论文集》（上、下册）	吴丁拉，吴觉昂	1989	文学宫出版社
8	《虚构的故事：缅甸民间故事》②	乔安娜·特劳顿	1991	彼得贝德克出版公司
9	《笑之礼》	钦苗漆	1995	不详
10	《聪明的男洗衣工：缅甸民间故事》③	黛博拉·弗洛伊斯	1996	亥伯龙出版公司
11	《缅甸宫廷故事》④	哈罗德·菲尔丁·霍尔	1997	不详
12	《缅甸民间故事概论》⑤	格里·阿伯特，钦丹汉	2000	布里尔出版社
13	《爱儿故事集》	宁宁埃	2000	墨闵出版社
14	《生活之光故事集》	宁宁埃	2000	墨闵出版社
15	《掸族幸运之剑：重讲缅甸民间故事》⑥	珍美林	2000	艾迪生－韦斯利出版公司
16	《惊奇故事》	吴摩敏	2001	墨闵出版社
17	《蛇王子及其他故事》⑦	埃德娜·莱贾德	2007	互联出版公司

---

① HLA L U. Folktales of Burma［M］. Mandalay：kyi-pwa-yay Press，1972.

② TROUGHTON J. Make-Believe Tales：A Folk Tale from Burma（Folk Tales of the World）
［M］. New York：Peter Bedrick Books，1991.

③ FROESE D，WANG K. The Wise Washerman：A Folktale from Burma［M］. Connecticut：
Hyperion Press，1996.

④ FIELDING-HALL H. Burmese palace Tales［M］. Bangkok：White Lotus co Ltd，1997.

⑤ ABBOTT G，THANT H. K. The Folk-Tales of Burma：An Introduction（Handbook of Oriental
Studies/Handbuch Der Orientalistik）［M］. Leiden：Koninklijke Brill，2000.

⑥ MERRILL J. Shan's Lucky Knife：A Burmese Folk Tale Retold［M］. Oxford：Addison-
Wesley Publishing，2000.

⑦ LEDGARD E. The Snake Prince and Other Stories：Burmese Folk Tales［M］. New York：
Interlink Books，2007.

续表

序号	书名	采录者或编著者	出版时间	出版社
18	《狗吞月与掸族其他民间故事》①	掸邦民族青年学校	2009	不详
19	《桦族民间故事》②	威廉·C. 戈里格斯	2010	艾贝拉出版社
20	《缅甸民间故事和童话》③	利奈特·斯宾塞	2015	艾贝拉出版社
21	《缅甸民间道德故事两则》④	阿侬·E. 毛斯	2017	艾贝拉出版社
22	《漫漫智慧之路：缅甸故事》⑤	扬·菲利浦·森卡等	2018	其他出版社（Other Press）
23	《为什么兔子的鼻子抽动：改编自缅甸民间故事》⑥	桑德拉·费尼切尔·亚瑟	2019	青年戏剧出版社（Youth PLAYS）

从上面这些民间文学作品可以看出，自貌廷昂开创缅甸民间故事辑录与研究先河之后，学者纷纷效仿，投身缅甸民间故事辑录与研究中。在这些学者中，除缅甸本土学者外，还有很多西方学者。可见，貌廷昂在缅甸民间文学走向世界方面做出了卓越贡献。

（二）研究述评

虽然关于貌廷昂缅甸民间故事集已经有一些研究成果，但还存在一些不足，主要表现在两个方面。一方面，目前系统性研究较少，散论居多。综上所述，梭玛伦的《缅甸民间故事的叙事结构》（2010）是有关貌廷昂

---

① The Dog Holding the Moon in His Mouth and Other Folktales From Shan State［M］. School for Shan State Nationalities Youth，2009.

② GRIGGS W C. SHAN FOLK LORE STORIES – 9 Children's Stories from the Hill Country of Old Burma［M］. London：Abela Publishing，2010.

③ SPENCER L. Folklore & Fairy Tales from Burma［M］. Berkshire：Abela Pbulishing Ltd，2015.

④ MOUSE A E. TWO BURMESE FOLKTALES – Two Moral Tales from Burma（Myanmar）：Indaba Children's Stories［M］. London：Abela Publishing，2017.

⑤ SENDKER J-P, KARNATHL, SENDKER J, et al. The Long Path to Wisdom：Tales from Burma［M］. New York：Other Press，2018.

⑥ ASHER S F. Why Rabbit's Nose Twitches：Adapted from the Burmese folktale［M］. California：Youth PLAYS，2019.

缅甸民间故事研究最具代表性的成果。这部专著主要关注貌廷昂缅甸民间故事的叙事结构，而对其文化内涵、文化意义、文化价值很少涉及。也就是说，现有相关研究还停留在结构层面上，相对孤立，没有将其纳入缅甸主体文化系统内，更没有将其纳入世界民间故事研究话语体系中，因此无法充分展示貌廷昂民间故事集的重要文化价值与影响力。这是因为许多研究受限于语言、研究兴趣、理论范式影响，未能将缅甸民间故事研究真正地与缅甸传统文化、历史特征相互关联，更重视精英文化，忽视缅甸民间故事的文化特性和文化内涵，这也就变相地否认和忽视了缅甸民间故事的文化潜能。然而在缅甸，民间故事发展经久不衰，是缅甸文化的重要组成部分，"活态"民间故事依然大量流传在人们口头上。因此，在进行缅甸文化研究时，既要考虑缅甸民间故事的文化内涵，又要考虑民间故事在缅甸的重要地位与作用，同时还要观照民间故事所蕴含的历史记忆，审视它们在民族主义发展进程中的重要作用。另一方面，已有研究成果关注到了缅甸民间故事，却因为视角问题，主要对个别故事进行比较研究或者采用故事形态学进行功能分析，没有系统性地挖掘和呈现民间故事的文化整体观，导致相关研究没能注意到民间故事在行为引导、心灵塑造方面所发挥的作用。正是这些不足和缺陷，使得新时代语境下有必要运用新理念对貌廷昂民间故事集加以审视。貌廷昂是缅甸民间故事搜集、整理、研究的先驱，在其身上闪现着民间文学思想的火花。长期忽视其存在的价值与意义，既是缅甸文学史和文化史的损失，也是世界文学史和文化史的损失。

鉴于此，本研究主要从以下三个方面展开。

第一，不仅要全面正视貌廷昂的《缅甸民间故事》，更需要将其《缅甸法律故事》和《缅甸僧侣故事》纳入研究视野中，打破原有分类方法，重新进行整合，分析其内在结构特征及其分布情况，以母题为着眼点，探索其内在文化意涵和意义。第二，从历史记忆中探寻缅甸民间故事与缅甸传统文化之间的种种关系，是有效发挥民间故事文化作用，塑造缅甸人民心性的重要基础。第三，围绕缅甸民间故事的内在特征，运用故事形态学、叙事学、文化功能主义理论、民俗学、心理学、美学相关理论分析和解读貌廷昂缅甸民间故事，以挖掘其深层文化意义。

第二节　研究目的、理论与方法

本书研究目的和意义主要有两个，一个是揭示貌廷昂缅甸民间故事的结构特征与文化意义，另一个是在肯定貌廷昂文学贡献基础上反思民间文学在跨国交往中的地位与影响。要实现研究目的和意义，离不开理论基础和研究方法，它们能够增强研究结果的科学性和说服力。

一、研究目的与意义

（一）研究目的

本书试图运用故事形态学理论、民俗学、心理学、美学，兼顾故事比较法、故事文本分析法、主题法、案例分析法，以貌廷昂三本民间故事集为研究对象，在综合考察搜集与整理民间故事采集活动、主要作品形成时代背景、所收录民间故事具体内容、主要思想观念等基础上，探讨民间故事类型、文化意义以及启示。主要目的有三个：

（1）以故事形态学为理论指导，以故事比较法、故事文本分析法以及故事母题为主要工具和手段，归纳提炼貌廷昂缅甸民间故事的功能项、序列、回合等，探讨其内在结构特征，并在此基础上，对貌廷昂缅甸民间故事进行类型划分。

（2）在全面审视类型与母题基础上，探讨其所蕴含的文化意义，解读普通民众的心灵史和生活史，探讨 20 世纪二三十年代缅甸文化危机及其寻求文化传承之路。

（3）鉴于中缅"一带一路"和"中缅命运共同体"建设的时代需求，"民心相通"成为相互理解与密切合作的重要前提和基础，本书希望在探讨貌廷昂民间故事类型、结构与文化意义的过程中，使缅甸传统文化的历史面貌得以呈现，本质特征得以挖掘，缅甸人民的"民族心性"得以昭示，这些必将能够促进"民心相通"。

（二）研究意义

本书研究意义主要表现在学术意义和应用意义两个方面，具体而言：

学术意义方面，主要有三点。第一，丰富缅甸文化研究方法，有利于扩展适用于缅甸传统文化与民间文化研究的新思路。在中缅"一带一路"倡议、"命运共同体"建设、"经济走廊"建设中，"民心相通"至关重要。不过，以往缅甸文化研究多聚焦在历史、政治、经济、宗教、作家文学等方面，强调精英文化。本书则立足于缅甸民间故事这一形成于民、喜爱于民、传播于民的文化形式，寻求缅甸民间文化与传统文化之间的关联，为缅甸文化研究和跨国文化传播提供民间视角。第二，探索缅甸民间故事发展历程与文化内蕴形成，进一步印证民间故事形塑民族心性的价值。本书对历史上缅甸民间故事的形成与文化特征进行探索，揭示出民间故事中蕴含的为人处世智慧与思想的一贯性。不论是过去还是当下，民间故事都在推动、强化着群体的价值取向和认同判断。这能够弥补我国缅甸民间文化与精英文化研究对话不足的问题。第三，丰富和完善故事形态学理论。本研究通过研究貌廷昂缅甸民间故事集，发现故事功能项远远超过普罗普的发现，既体现了貌廷昂缅甸民间故事与俄罗斯神奇故事之间的相似性，又彰显其自身独特性，对丰富和完善故事形态学理论做出了应有的贡献。

应用意义方面，主要有三点。第一，提升民间故事在文化开发与研究中的地位和价值。在不同民族和国家中，民间故事的地位与作用存在一定差异。在缅甸，民间故事是人民生活的重要内容，直到今天依然如此。长期对其视而不见，无益于"民心相通"，无法真正打破交往中存在的隔阂。第二，拓宽文化研究视野，重视民间社会，理解大众，赢得信任。第三，从口述史中寻找文化史中的遗失，再现更加真实的文化史和心灵史。

二、理论架构

（一）故事形态学理论

普罗普以 100 个俄国民间童话故事（fairy tales）为研究对象，首先分离出故事的组成成分，再以此为依据对故事进行比较，最终得出具有形态学意义的结果，即按照故事成分及其相互之间的关系、成分与整体之间的关系，对民间故事进行描述，进而发现故事由功能（function）、回合（move）以及角色（dramatis personae）构成，并发现民间故事的基本规律。普罗普运用这种研究方法在俄国神奇故事研究中取得成功，令人鼓舞，其故事形态学理论得到学术界的普遍认可与运用。因此，运用该理论研究貌廷昂缅甸民间故事集也能够取得成功。以普罗普发现的 31 个"功能项"为参照，梳理和归纳貌廷昂缅甸民间故事的"功能项"，探讨它们是否也具有这 31 个"功能项"，进一步分析"功能项"的顺序、回合、彼此之间的关系，考证貌廷昂缅甸民间故事的"功能项"是否具有自身独特性。在结构分析方面，通过"功能项"的"回合"来呈现，探讨"回合模式"的普遍性意义。这样一来，既可以验证普罗普的故事形态学理论是否适用于貌廷昂缅甸民间故事，又可以从故事结构层面揭示貌廷昂缅甸民间故事的独特性。

（二）法国叙事学理论

既然角色是民间故事的重要构成要素之一，那么在民间故事研究中它就不可缺位。普罗普将民间故事中的角色划分为七类，即反角（villain）、捐助者（donor）、助手（helper）、被寻求者（sought-for person）、差遣者（dispatcher）、主角（hero）、假主角（false hero）。在民间故事"人物形象"研究中，为了避免与"角色"混淆，而使用法国叙事学家格雷马斯（Algirdas Julien Greimas）提出的"行动元"（actants）这个概念，探讨这七种行动元是否全部涵盖貌廷昂缅甸民间故事中的人物类型，并进一步探讨它们之间的关系。行动元之间的互动关系推动故事情节的发展，进而能够发现民间故事的一般性情节模式。

（三）布雷蒙的叙事逻辑理论

法国学者克洛德·布雷蒙（Claude Bremond）从逻辑学角度出发，探讨叙事作品的深层结构。他在对普罗普故事形态学理论研究的基础上，将叙事功能视为叙事结构的基本要素，并按照时间顺序对功能进行排列组合，提出叙事逻辑由三个功能构成的观点。这三个功能是：可能性功能（virtuality），即情况形成；将可能性变为现实（actualization），即采取行动；取得结果（goal），即达到目的。在第二和第三个功能中，均可能会出现两种情况，即变为现实与没有变为现实（absence of actualization）、达到目的（goal gained）与未达到目的（goal not attained）。本书按照布雷蒙的观点，将叙述角色划分为五种，即施动者（agent）、受动者（patient）、影响者（influenceur）、改善者（améloratateur）或恶化者（dégradateur）、获益者（acquéreur）或补偿者（retributeur），分别从"弱胜型"故事、"得宝型"故事、"公断型"故事、"滑稽型"故事中梳理出具体角色，运用叙事逻辑理论分析和探讨貌廷昂缅甸民间故事的情节发展特点。

（四）文化功能主义理论

文化功能主义理论（functionalism）① 的奠基者是布罗尼斯拉夫·马林诺夫斯基（Bronislaw Malinowski）。他将需求理论视为文化功能主义理论的核心，认为文化的存在就是为了满足个体基本的生理、生活和社会需求，并且详细描述每种需求对应的文化回应。这也就是说，"需要"和"功能"是马林诺夫斯基文化功能主义理论的两个核心概念。他将人类的"需要"分为两类：一类是基本需要，即生物需要；另一类是衍生需要，即文化需要。文化满足人的基本需要方式或肌体需要行为就是功能。这样一来，人类在基本需要满足的过程中，创造和传承着文化。民间故事是一种文化现象，它能够满足个体与社会需要。以文化功能主义理论为参照，能够分析貌廷昂缅甸民间故事在社会发展中起到的作用，能够深入解释故事人物与情节对缅甸人民的满足性。

---

① 文化功能主义，也称为功能主义。

三、研究方法

为了便于表述，本书对三部故事集中的作品分别进行编号，来自《缅甸民间故事》中的作品采用A1～A70进行标识，来自《缅甸法律故事》中的作品采用B1～B65进行标识，来自《缅甸僧侣故事》中的作品则采用C1～C71进行标识。这样标识的另外一个目的在于探讨这三部民间故事集之间的内在联系，消除人们对貌廷昂民间故事集名称所引起的"误会"①。在此基础上，本书主要采用故事比较法、故事文本分析法、主题法、案例分析法。

（一）故事比较法

貌廷昂三部代表性民间故事集共收录作品206则，对每一个作品都进行分析显然不现实。研究民间故事可以采用多种方法进行，比较法是重要的手段之一。不仅如此，民间故事也最适宜使用比较方法。主要是因为民间故事具有异文性，也就是说主题或母题相似的故事非常多。这就天然地决定了比较法是民间故事研究无法回避的一种研究方法。

（二）故事文本分析法

貌廷昂缅甸民间故事繁多、类型多样、内容庞杂，若不对其进行文本分析，很难准确地归纳出主要类型，研究工作的基础将不会牢固。为此，文本分析法是本书采用的重要方法之一。所谓文本分析法就是指从文本的表层描述深入文本的深层意义，进而发现那些不能为普通阅读所把握的深层意义。从文本分析种类上看，主要包含三方面内容：修辞分析、互动分析、内容分析。基于民间故事自身特点，本研究主要采用内容分析法，也就是以客观和系统的方法确认信息特征，并进一步推论出结果的过程。

（三）主题法

主题学发端于民俗学研究，它的故乡是19世纪的德国。学术界普遍

------

① 在这三部民间故事集中，貌廷昂在故事集命名中分别使用了"民间故事""法律故事""僧侣故事"，它们之间是什么关系？这三者是否属于同一个内容？貌廷昂为什么没有采用统一名称，如民间故事（第一卷）、民间故事（第二卷）、民间故事（第三卷）等？采用A、B、C分别标识这三本故事集，研究过程和结果能很好地解决这些问题。

认为格林兄弟首先运用主题方法搜集与整理欧洲民间童话。随后，一些学者在介绍和研究印度故事时，继续使用主题方法，使其跨文化影响研究更加凸显。然而，后来一个时期，研究者抛弃了这种研究方法。最近几年，随着民间文学研究的繁盛，主题法有明显回归的趋势。在本书中，运用主题方法归纳与提炼故事类型，能够使类型划分建立在可靠的方法论的基础上。

（四）案例分析法

本书将采用案例分析法对貌廷昂缅甸民间故事中典型故事进行结构与文化内涵分析。案例分析法是对具体作品进行微观研究，绝非以偏概全的研究。这是因为，所选案例属于类型中具有代表性和典型性的作品，经过详细分析能够发现所属故事类型的结构特征与文化内涵。诚然，同其他任何个案研究一样，每个案例都有其自身的独特性，不可一概而论，但其中理论发现可以推而广之。

第三节　研究创新与基本概念

在本节中，着重阐释研究创新点。本书创新点主要体现在研究材料和对象分类上。研究过程中，会使用到一些学术性较强的概念和术语，本节也一一列出。

一、研究创新

本书在综合考察前人研究成果的基础上，主要进行两方面创新，一是研究材料，二是研究对象类型划分。

本书在研究材料上有所创新。以往学术界多以貌廷昂的《缅甸民间故事》① 为研究对象进行研究，而并未对其《缅甸僧侣故事》《缅甸法律故事》进行明确界定，将其纳入研究对象的成果尚不多见。本书经过对比分

---

① 包括由这个版本改编而成的其他版本缅甸民间故事集。

析认为，貌廷昂的《缅甸民间故事》《缅甸法律故事》《缅甸僧侣故事》
都属于民间故事，三部故事集中均有相同或类似故事，这一点足以佐证。
因此，将三部故事集纳入同一框架进行研究不但具有可行性，而且还为相
关研究领域发掘了有益研究材料。

　　本书在研究对象分类上有所创新，兼顾故事形态学、故事主题、故事母
题等，将貌廷昂缅甸民间故事划分为"弱胜型""得宝型""公断型""滑稽
型"四个类别。在类别划分与分析基础上，探讨貌廷昂缅甸民间故事结构特
征。基于此，进一步运用故事母题，将貌廷昂缅甸民间故事划分为"动物"
母题、"怪异儿"母题、"法律公主"母题、"僧侣"母题，聚焦故事中心人
物，并对每个母题从民俗学、心理学和美学角度进行解读，诠释貌廷昂缅甸
民间故事内在特征和文化意义，追问其在跨国文化交流中的启示意义。

二、基本概念

（一）主题

　　主题学脱胎于民间故事。早在 19 世纪上半叶，格林兄弟在搜集、整
理和研究欧洲民间童话故事过程中就运用和丰富了主题学，这是主题学产
生的重要源头之一。主题学进一步完善得益于学者们对印度故事的介绍与
研究。随后，法国学者保罗·梵第根（Paul Van Tieghem），德国学者伊丽
莎白·弗伦泽尔（Elizabeth Frenzel），美国学者哈利·列文（Harry
Levin）、麦柯弗（Major Gerald Macgough），中国学者钟敬文、陈寅恪、季
羡林、赵景深、郑振铎、钱锺书、陈鹏翔，俄罗斯汉学家李福清（Ли
Фуцин）等对主题学不断进行拓展和延伸，使其成为比较文学研究的重要
领域之一。在主题界定方面，学术界有多种说法。主题指被一个抽象的名
词或短语命名的东西，例如，战争的无益、欢乐的无常、英雄主义、丧失
人性的野蛮。① 尤金·H. 福尔克（Eugene H. Frank）指出："主题可以指
从诸如表现人物心态、感情、姿态的行为和言辞或寓意深刻的背景等作品
成分的特别结构中出现的观点，作品中的这种成分，称之为母题；而以抽

---

① 门罗·C. 比厄斯利. 西方美学简史［M］. 高建平，译. 北京：高等教育出版社，2006.

象的途径从母题中产生的观点，称之为主题。"① 一般来说，主题是通过人物和情节被具体化了的抽象思想或观念，是作品的主旨和中心思想，往往可以用名词或名词性短语来表述。② 主题学探索的是相同主题（包括套语、意象和母题）在不同时代以及不同的作家手中的处理，据以了解时代的特征和作家的"用意"（intention）。③ 依据研究对象的现实情况，本书中的主题是指民间故事所表现出的题旨，即明确的抽象意念或信条。目的在于探讨以弱胜强、好人好报、案结事了、幽默滑稽等主题在不同民间故事类型中的呈现方式，进而研究其所蕴含的丰富文化内涵和意义。

（二）异文

从民间故事产生与流布过程来看，民间故事由民众口头创作，以口耳相传的形式进行传播。在传播过程中，传承者依据当地风俗习惯和文化特点对故事进行改编，但并未改变故事所要反映的主要思想内容，故而，同一主题下会出现很多故事，它们就构成故事原型的异文。异文性是民间故事一大特征。万建中认为："民间故事的生命力、讲述和学术的魅力均在于其异文。"④ 这一论述不仅肯定了民间故事异文多的特点，同时指出了异文的重要价值与意义。为此，在进行民间故事研究过程中，忽视异文不仅使研究显得空洞，而且会造成主题、类型等划分依据的缺失。

（三）类型

类型（type）是民间故事研究中一个重要概念，它由芬兰学者安蒂·阿尔奈⑤（Antti Aarne，1867—1925）在《故事类型索引》（*The Types of the Tales：A Classification and Bibliography*，1987）一书中首先提出，作者

---

① 尤金·H. 福尔克. 主题建构类型：纪德、库提乌斯和萨特作品中母题的性质和功用［M］//佛朗西斯·约斯特. 比较文学导论. 上海外语学院外国语言文学研究所，译. 长沙：湖南文艺出版社，1988.

② 陈惇，刘象愚. 比较文学概论［M］. 北京：北京师范大学出版社，2010：182.

③ 陈鹏翔. 主题学研究论文集［C］. 台北：东大图书公司，1983：15.

④ 万建中. 20 世纪中国民间故事研究史［M］. 北京：北京师范大学出版社，2011：155.

⑤ 安蒂·阿尔奈，闻名世界的芬兰民俗学家，发展了历史—地理方法，其最重要的著作之一是和汤普森共同完成的《世界文学中的民间故事的类型》（1928），这是此后欧美民俗研究的基石。

将其界定为贯穿于多种异文中的基本要素相同而又定型的故事框架。该书出版以后，影响极大，美国学者斯蒂·汤普森（Stith Thompson）在此基础上对其进行了补充和修订，他们的分类体系被广泛认同和使用，被称为阿尔奈-汤普森体系（Aarne-Thompson classification system），简称 AT 分类法。汤普森在《世界民间故事分类学》（*The Folktale*, 1991）一书中对类型进行了比较全面的解释，他指出：

> 一个母题是一个故事中最小的、能够持续在传统中的成分。要如此它就必须具有某种不寻常的和动人的力量……一种类型是一个独立存在的传统故事，可以把它作为完整的叙事作品来讲述，其意义不依赖于其他任何故事。当然它也可能偶然地与另一个故事合在一起讲，但它能够单独出现这个事实，是它的独立性的证明。组成它们可以仅仅是一个母题，也可以是多个母题。大多数动物故事、笑话和逸事只含一个母题的类型。标准的幻想故事［如《灰姑娘》（*Cinderella*）或《白雪公主》（*Snow White*）］则包含了许多母题的类型。①

刘守华在对大量民间故事进行深入研究的基础上，也指出：

> 母题是故事中最小的叙事单元，可以是一个角色、一个事件或一个特殊背景。类型是一个完整的故事。类型是由若干母题按照相对固定的一定顺序组合而成的，它是一个"母体序列"或者"母题链"。这些母题也可以独立存在，从一个母题链上脱落下来，再按照一定顺序和别的母题结合构成另一个故事类型。②

在谈到类型出现原因时，汤普森曾指出："它们在一切重要的结构方面都是十分相像的，它们像罐头、锄头，或者弓箭一样，有着人类文化的确定形式和内容。这些叙事作品的若干形式被相当普遍地使用。"③ 由此可

---

① 斯蒂·汤普森. 世界民间故事分类学［M］. 郑海，等译. 上海：上海文艺出版社，1991：499.

② 刘守华. 比较故事学［M］. 上海：上海文艺出版社，1995：83.

③ 斯蒂·汤普森. 世界民间故事分类学［M］. 郑海，等译. 上海：上海文艺出版社，1991：7.

见，自从"类型"这个概念诞生，就颇受学者青睐，它是研究民间故事乃至整个民间叙事的重要方法，在民间文学领域占有重要地位与价值。然而，类型的确立离不开民间故事记录文本，它们是进行民间故事类型研究的前提和基础。万建中指出："只有存在民间故事记录文本才能在同一时空中得到研究者所需的大量展示，而口头文本则难以提供人们确立类型的机会和可能性。"① 这一论述肯定了记录文本的学术价值与意义，为探讨记录文本提供了合法性依据。

（四）母题

汤普森认为：一个母题（motif）是一个故事中最小的、能够持续在传统中的成分。要如此它就必须具有某种不寻常的和动人的力量。绝大多数母题分为3类。其一是一个故事中的角色——众神，或非凡的动物，或巫婆、妖魔、神仙之类的精灵，要么甚至是传统的人物角色，如像受人怜爱的最年幼的孩子或残忍的后母。第二类母题涉及情节的某种背景——魔术器物、不寻常的习俗、奇特的信仰等。第三类是那些单一的事件——它们囊括了绝大多数母题。② 这类研究主张搜集不同地区相关民间故事的异文，并进行比较，力图确定该类故事形成的时间和流布范围，从而尽可能找到这种类型的最初形态和发源地。也就是把具有相同母题的不同类型的民间故事放在同一个层面进行考察，明确同一母题在不同类型故事中的分布及其在某一类故事类型中的流布，进而运用传统的民间文学方法发掘各种母题的"文化遗留"（cultural remains）。

（五）集体记忆

"集体记忆"（collective memory）这一概念首先由法国社会学家哈布瓦赫（Maurice Halbwachs）提出，并将其界定为"一个特定社会群体之成员共享往事的过程和结果，保证集体记忆传承的条件是社会交往及群体意识需要提取该记忆的延续性"③。从中可以看出，集体记忆具有群体性特

---

① 万建中. 20世纪中国民间故事研究史［M］. 北京：北京师范大学出版社，2011：151.

② 斯蒂·汤普森. 世界民间故事分类学［M］. 郑海，等译. 上海：上海文艺出版社，1991：499.

③ 哈布瓦赫. 论集体记忆［M］. 毕然，郭金华，译. 上海：上海人民出版社，2002：44.

征，是一种群体的社会行为，其主要功能在于凝聚群体成员。民间文学具有群体性特征，它由群体创作，在群体中流传，并融入了群体性的思想感情。因此，民间文学是集体记忆的重要载体和媒介。

（六）文化认同

文化认同（cultural identity）是指个体对所属文化以及文化群体形成的归属感和肯定性体认。文化认同有三个层次，即对群体文化遗产的认同、对民族国家同质化文化的认同，以及对超民族群体共同文化的认同。包括民间故事在内的民间文学兼具生活性与传统性、历史性与现代性，以及生活性、修正性、重塑性等特点，能够使个体与群体产生强烈的文化认同感。

小　　结

民间故事是传统文化中的重要内容。它诞生时间早，受众广泛，流传久远，积淀深厚，是传统文化的结晶。近现代以来，随着资本主义扩张，殖民地国家形成，人们重新审视民间故事，对其价值进行再发现。19 世纪初，德国首先在这一领域做出表率，从民间寻求德意志民族文化之根和日耳曼民族精神。20 世纪二三十年代，缅甸也出现这种情况。缅甸先进知识分子主要代表貌廷昂首先走向乡村搜集、整理、翻译、出版缅甸民间故事。民间故事是缅甸文化走向世界的重要内容。然而，学术界对其关注度比较低，这与"一带一路"倡议和"人类命运共同体"思想极其不相称。为此，本书选取貌廷昂三部具有代表性的缅甸民间故事集为研究对象，以故事形态学理论、叙事学理论和文化功能主义理论为理论观照，综合运用故事文本分析、故事比较法、案例分析法等，从结构分析走向其内在文化意义，全面展现缅甸民间故事内在结构特征和文化内涵，进而肯定貌廷昂的文化贡献，并反思中缅民间文学交流的可行性。

第三章

貌廷昂民间故事搜集整理的时代语境

貌廷昂是在怎样的时代背景下开展缅甸民间故事的搜集、整理、翻译与出版工作的，这是本章探讨的主要问题。本章着重从三个方面进行阐释，即社会语境、文化语境、文学语境。

第一节　社会语境：殖民与反殖民的对抗

从民俗学的视角来看，阿兰·邓迪斯（Alan Dundes）认为语境是民俗事象被表演或被使用时的真实场景。① 理查德·鲍曼（Richard Bauman）在对个人、社会和文化因素对民俗影响的基础上，将民俗语境分为社会语境和文化语境。他认为社会语境就是社会结构和社会互动。按照语境理论，民间文学与当地社会历史以及文化传统之间有着密切的关系。民间文学是社会历史与文化发展的产物，也是传统文化的重要构成要素。为此，要全面准确地了解貌廷昂的民间故事搜集整理，有必要了解当时缅甸社会历史发展进程及其对他产生的影响。

一、缅甸沦陷的过程

1824 年，英国以缅军驱逐刷浦黎岛上的英国军队为借口，发动了蓄谋

---

① DUNDES A A. Interpreting Folklore ［M］. Bloomington：Indiana University Press，1980：20-32.

已久的殖民战争，史称"第一次英缅战争"。在这场战争中，貌廷昂的高祖父英勇战斗，直至牺牲。战争断断续续持续了近两年，对双方来说，这都是一场非常艰苦的战争。最终，缅军不敌用现代武器装备起来的英军。无奈之下，派出代表到杨达波与英方进行谈判，签订了丧权辱国的《杨达波条约》①（*Treaty of Yandabo*）。该条约的主要内容有：第一，缅甸政府不得干预曼尼普尔、阿萨姆、克车地区的事务；第二，将阿拉干、兰里岛、曼翁岛、实兑割让给英国；第三，向英国赔款 1000 万缅元（34，510 人民币）；第四，英国可以派出拥有 50 人卫队的使臣驻扎缅甸首都，缅甸则委派一名使节驻在加尔各答；第五，英国船只可以自由进入缅甸港口，并且不得征税。条约的签订宣告了第一次英缅战争的结束和英国的胜利。第一次英缅战争改变了缅甸历史的发展进程，是缅甸古代史和近代史的分界线，使缅甸进入半殖民地半封建社会。英国对曼尼普尔、阿萨姆、阿拉干、丹那沙林等地的殖民统治，损害了缅甸的主权完整，并且随时可能遭到英军的进一步侵略。这场战争不仅削弱了缅甸的国力，而且使得缅甸人民精神上萎靡不振。缅甸社会陷入了空前的危机和矛盾之中。

英国在所辖地建立起了殖民统治，重新划分行政区域、吸纳缅甸人进行殖民管理、推行货币地租、强迫当地居民轮流服劳役、吸引移民、实行自由贸易、大肆掠夺资源、禁止贩卖奴隶等政策和制度的推行，巩固了英国殖民统治的地位。然而，缅甸并没有从第一次英缅战争的失败中吸取教训，依然故步自封。随着英国殖民统治的稳固和商品经济的进一步发展，当英国殖民侵略的本性再次暴露出来时，缅甸依然处于被动挨打的地位。

1852 年，英印当局以发生在仰光港口的几起事件为借口，发动了第二次英缅战争。这是英国发动的一次肮脏的侵略战争，暴露了英国殖民者贪婪、无耻、蛮横和凶恶的本性。②《泰晤士报》评论认为这是一场不光彩的战争。这场战争师出无名，缅甸军队节节败退，致使整个下缅甸沦为英国的殖民地，缅甸半壁江山沦陷。在英国殖民统治下，英属殖民地的人民

---

① 这是缅甸近代史上同西方国家签订的第一个不平等条约。条约的签订不仅削弱了缅甸国力，还助长了英国殖民者的野心，为整个缅甸被进一步侵略埋下祸根。

② 贺圣达. 缅甸史［M］. 北京：人民出版社，1992：241.

受到严重的剥削和压迫，商品经济快速发展，传统社会瓦解，传统宗教和文化被削弱。第二次英缅战争之后，貌廷昂的爷爷被任命为地方首席行政长官，职位与其高祖父相当。经过一番努力，其高祖父的庭院戏台得以重建，戏剧表演又在这里上演。后来，貌廷昂从奶奶、姑奶奶、姨奶奶等口中获得了这个时期缅甸戏剧的资料。戏剧表演的重现，使得她们能够亲身观看、感受和体悟缅甸戏剧的艺术风采和魅力。

随着英国对下缅甸殖民统治的加强，统治着上缅甸的国王感到了无比巨大的压力，有着强烈的危机感。为此，他试图寻求与西方其他大国的合作。这一举动引起英国殖民者的强烈不满和极度担忧，进而决定尽快占领上缅甸，以免让西方其他大国抢先。1885年，英国以"柚木案"①为借口，发动了第三次英缅战争。这场战争仅持续了半个多月，缅甸国王锡袍王就被押上军舰流放到印度西海岸的特纳吉里。至此，缅甸最后一个封建王朝统治结束。纵观缅甸封建王朝灭亡的过程，一方面，英国殖民者通过坚船利炮打开了缅甸的大门，通过签订不平等条约对缅甸实施政治、经济、文化侵略，是通过肮脏的、非正义的手段实现的。另一方面，缅甸自身比较弱小，加上王朝统治者不思进取，未能奋发图强以增强国力，最终才走向沦陷的命运。

二、缅甸殖民社会的形成

1886年1月1日，英印当局公布了吞并缅甸的决定："奉女王陛下的命令，过去由锡袍王统治的全部地区，现在已成为女王陛下领土的一部分，将按照女王陛下的意志，由英印总督委派官员进行统治。"②从这时

---

① 1885年4月，英国商人经营的孟买贸易公司从事柚木出口生意，违背协定，大肆偷税漏税。缅甸最高法院调查后，宣判孟买公司必须交出10.6万英镑（959,469.6人民币）漏税款和7.3万英镑（660,766.8人民币）的罚款。孟买贸易公司不但不服从判决结果，反而把这一事件看成鼓动英国政府吞并上缅甸的良机。英国政府向缅甸政府下了最后通牒，缅甸锡袍王号召缅甸人民用一切可能的方式保卫国家和宗教，反抗英国侵略。1885年11月13日，英国正式向缅甸宣战。这就是"柚木案"事件，它是第三次英缅战争的导火线。

② WOODMAN D. The Making of Burma [M]. London：The Cresset Press, 1962：54.

起，英国将缅甸划归为英属印度的一个省进行统治。许永璋和于兆兴认为
这是一项十分狡猾而恶毒的殖民统治政策。① 同年 3 月，英国宣布上缅甸
和下缅甸合并为一个省。在对缅甸进行殖民统治时，英国出于政治和经济
原因将缅甸作为英属印度的一个省。从政治上看，英国把缅甸变成"殖民
地的殖民地"②，有利于英国的统治、压迫和剥削。从经济上看，缅甸资源
丰富，但人口较少，这样就为实施移民政策提供了便利。既能剥削外来移
民，又能剥削缅甸人民，实为"两全其美"之策。

从行政制度上看，为了加强对缅甸的殖民统治，英国殖民者主要采取
了以下几种措施。第一，建立了一套完整的行政体系。在缅甸实行省、
县、镇、村四级行政管理体制，各级官员都对上级官员负责，而且县级以
上官员基本由英国人担任。虽然有很多缅甸人担任城镇这一级的官员，但
是在选拔过程中也有一定的要求，例如，要经过英语、税务等方面的考
试。在部门设置方面，英国在缅甸设立的部门主要有警察、司法、土地、
工程、农业、卫生等，从而建立起了一套完备的行政机构。第二，加强对
农村的统治和治理。为了预防和镇压缅甸人民的反抗，英国殖民者不断加
强对农村的统治。在 1887 年和 1899 年分别颁布了《上缅甸农村条例》和
《下缅甸农村条例》。这两个条例的基本特点："把英帝国主义的势力与缅
甸农村上层势力相结合，使缅甸乡村头人在取得过去谬都纪③所拥有的传
统权益的基础上，充当殖民政府的代理人，直接地和完全地服务于英国殖
民统治。"④ 这两个条例的主要内容有：（1）在乡村实行"一村一头人"
的制度；（2）头人享有一定的特权，可以取得报酬，享受免税权；（3）头
人对副专员（县长）负责；（4）副专员有权根据情况强迫居民搬迁或烧
毁村庄。这种制度的实行，强化了殖民主义者对缅甸乡村的有效统治。对
于这种制度，英国学者理查士·克鲁斯威特（Charles Crosthwaite）认为英

---

① 许永璋，于兆兴．英国对缅甸殖民统治政策之史的考察［J］．河南大学学报（社会科学
版），1995（2）：57-60.
② 贺圣达．缅甸史［M］．北京：人民出版社，1992：287.
③ 在缅甸，谬指的是地方行政单位，谬都纪就是负责地方税收和警务的官员。
④ 贺圣达．缅甸史［M］．北京：人民出版社，1992：288.

国在缅甸实行的乡村制度增强了英国的力量，使英国比采用其他做法更能有效地控制这个国家。① 第三，在处理民族问题方面，英国实行"分而治之"的政策。打破原来的整体性，把缅甸分为缅族人居住的缅甸本土和少数民族山区两部分，采取不同的统治政策，进而挑起缅族和其他少数民族之间的矛盾和对立，不利于缅甸人民的团结。1886 年 10 月，英国殖民者制订了一个征服少数民族的方案，利用缅甸各少数民族上层——土司、头人、酋长进行殖民统治。英国殖民者将缅甸分为缅族居住区和少数民族居住区。对前者进行直接统治，所有法令和法律都要得到英印政府同意才能颁布实施。对后者则实行间接统治，保留原有的社会政治组织、经济体制、民族上层的统治地位和世袭权，在少数民族上层中培植亲英势力，向英印政府缴纳贡赋，确保贸易畅通。招募民族雇佣军以镇压缅族或其他民族的反抗。英国采取的这项政策给缅甸民族关系带来了极其恶劣的影响，加深了缅族和其他少数民族之间的矛盾和对立，为日后缅甸的民族冲突埋下了隐患。第四，实行"以印治缅"政策。这是多种因素综合作用的结果。首先，随着资本主义的不断发展，英国的经济垄断地位逐渐丧失，需要不断掠夺殖民地资源以弥补损失，更无力直接对缅甸进行殖民统治。这项政策的险恶之处还在于可以将缅甸人民的反抗矛头指向印度，制造印缅两国人民之间的矛盾，转嫁缅甸军事和行政经费于印度，使英国从中获得最大限度的利益。

从经济制度上看，1886—1917 年是缅甸殖民地经济全面形成的时期。早在第二次英缅战争之后，缅甸殖民地经济特征已经基本显露出来，英国殖民者的经济掠夺本性暴露无遗。一方面，他们大肆掠夺缅甸的资源，使缅甸人民和部分印度移民成为廉价劳动力，压榨和剥削他们；另一方面，英国殖民者只允许有利可图的产业发展，如水稻、农林产品和矿业等，而限制其他产业的发展。这就造成了缅甸经济的片面畸形发展，缅甸完全成了英国物资的来源地和商品销售市场。与此同时，为了镇压缅甸人民的反抗，加速交通基础设施建设，这样既有利于军事镇压，也有利于市场扩

---

① CROSTHWAITE C. The Pacification of Burma［M］. London：Routledge，1968：81-82.

张。大量印度移民的到来，使得廉价劳动力不断得到补充。在继续发展稻作和木材的同时，加大对矿产资源的开发和掠夺，以获取更大的经济利益。到了 20 世纪 20 年代，缅甸殖民地经济发展达到高峰。但是，缅甸人民并未因此而获得利益。法朗克·塔拉基（Frank N Trager）认为："进步和新的经济生活使得缅甸人在他们自己的国家里却成了旁观者。在所有的发展中，缅甸人几乎一无所获。"① 造成这种局面的原因是多方面的，主要有以下几个方面的原因。第一，从缅甸经济地位和角色来看，缅甸仅仅是英国殖民者的原料来源地和商品销售市场；第二，追求利润最大化趋势的资本家只会投资有利可图的行业；第三，在各种势力挤压下，缅甸的民族资本主义发展缓慢；第四，在缅甸，工人和农民生活贫困，消费能力极低，造成缅甸国内市场狭小。这种局面的形成无疑会激起缅甸人的不满情绪，唤醒他们的民族主义意识。

在殖民地行政制度和经济制度逐步建立的过程中，缅甸从形式上到实质上都沦为英国的殖民地。英国殖民者在强化对缅甸人民统治、大肆掠夺资源、残酷的压榨和剥削之下，随着国际民族独立解放运动浪潮的风起云涌，缅甸人民必然会觉醒，民族独立意识必然会加强。

三、缅甸反殖民组织

缅甸沦为英国殖民地之后，社会阶级关系发生了重大改变。资本家、高利贷者、买办阶级成为压在缅甸人民头上的大山。缅甸民族资产阶级在这个时期也初步形成，但主要是缅族人，而且他们的经济实力比较弱小，难以成为民族解放运动的领导者。缅甸工人阶级形成早于民族资产阶级，他们具有明显的英属印度殖民地工人阶级的特征。主要表现在以下几个方面：（1）工人阶级主要由印度人构成；（2）不稳定，流动性大；（3）文化程度低；（4）深受宗教影响。正是这样的特征决定了他们组织性差和觉悟低的特点，还难以在政治上和组织上发挥作用。

---

① TRAGER F N. Burma from kingdom to Republic：A Historical and Political Analysis［M］. London：Poulmore Publishing Company, 1966：145.

在近代缅甸民族主义运动中，起关键作用的是缅甸近代知识分子。20世纪初，在缅甸，能够接受高等教育的人数非常少。因为英国殖民者控制着教育权，他们希望培养统治所需的公务员、办事员和下层官员。在这种背景下，能够前往印度或英国留学的人数极少。他们大多出身于地主、资本家和官员家庭，由于殖民地政治、经济和社会的落后，再加上自身地位和职业限制，他们对于西方的资产阶级民主理论缺乏兴趣，但对缅甸传统的佛教思想和理论抱有极大的热情。为此，他们往往把西方式的平等观念与佛教思想糅合在一起，朦胧地表达他们要求缅甸人在社会和教育方面与英国人享有平等权利的意向。① 在当时，缅甸人民的近代意识和政治觉悟还不是很明晰，但佛教的影响力还很强，所以缅甸知识分子以复兴佛教为旗帜开展民族主义运动。

1906 年，缅甸佛教青年会成立。表面上看，这是一个宗教组织，实际上这是缅甸第一个民族主义团体。1911 年，吴巴佩等创办《太阳报》宣传爱国思想。留学归国人员加入佛教青年会后，带来了民族自觉和民主自由等思想，使其政治目标更加明确。为此，梁英明认为："相反，正是那些受到西方文化影响的缅甸知识分子成为反对英国殖民统治的带头人。"②1905 年和 1908 年分别出版的《雍籍牙王朝史》和《琉璃宫史》也是缅甸人民民族主义精神高涨的表现。1920 年，缅甸佛教青年会改为缅甸人民团体总会，倡导使用国货，号召民族团结，发扬民族语言与宗教等。③ 同年12 月，仰光大学学生不满殖民政府制定的管理条例，举行罢课，得到很多兄弟院校学生的积极响应，迫使英国殖民当局做出让步，进行改革和政策调整。时年，貌廷昂已经 12 岁。他亲眼看到了缅甸人民的反抗行动，感受到了缅甸人民的反抗意识。处于缅甸文化和西方文化强烈碰撞时期的貌廷昂，深切地感受到了外来文化对缅甸文化的冲击，在他的心灵深处已经播撒下了捍卫民族传统文化的种子。

20 世纪 20 年代末爆发的经济危机，给资本主义世界带来重创，作为

① 贺圣达. 缅甸史［M］. 北京：人民出版社，1992：317-318.
② 梁英明. 东南亚史［M］. 北京：人民出版社，2010：155.
③ 贺圣达. 缅甸史［M］. 北京：人民出版社，1992：317-318.

英国殖民地的缅甸也未能幸免，大米价格暴跌，农民生活困苦，债务负担沉重，甚至失去了赖以生存的土地。1930年年底，爆发了农民起义，不到一年时间，起义就被镇压了。与此同时，缅甸一些爱国青年创建了"我缅人协会"，要求成员在名字前冠以"德钦"①，因此"我缅人协会"也被称为德钦党。在德钦党领导下，成立了宣传社会主义思想的红龙书社，宣传马克思主义理论，探索缅甸民族独立运动的道路。德钦党还领导工人举行大罢工，但屡屡挫败。这个时期，貌廷昂已经成年，并且接受了西式高等教育，受到西方先进思潮的影响。随着学习和阅历的不断增长，貌廷昂更加清醒，民族主义意识更加强烈。也正是在这个时期，貌廷昂萌发了搜集、整理、保存、传承缅甸传统文化的意识。他结合自己所学专业，以这种形式来表达对国家和民族的热爱，探索民族文化的精髓，为民族独立运动提供精神食粮。

英国利用坚船利炮打开了缅甸的大门，利用不平等条约和殖民战争，逐步掌握了缅甸的政治、经济和文化命脉，使缅甸完全沦为英国的殖民地。这种非正义的殖民侵略，必然遭到缅甸人民的反抗，部分知识分子首先觉醒，组建革命团体，组织抵抗运动。

第二节　文化语境：浸淫与觉醒的抗争

在本节中，文化语境特指宗教信仰、教育制度、语言政策等。缅甸是一个传统的佛教国家，佛教影响着缅甸人民生活的方方面面，是人们共享的精神依托。然而，英国殖民政府对佛教采取孤立、排挤、冷落的政策，大力支持基督教的传播。两种宗教信仰之间的矛盾非常尖锐。在教育制度上，英国推行现代西方教育，取消或限制传统的寺院教育。在教材的编写、教师的准入方面制定严格的要求。在语言政策上，大力推行英语，将英语定为工作语言。这些制度的实施，对缅甸传统文化造成了极大的冲击

---

① 德钦，意为主人。

和破坏，引起了缅甸人民的强烈不满和抗争。

一、殖民文化的浸淫

第二次英缅战争之后，下缅甸就完全成为英国的殖民地。英国殖民者除政治统治和经济压迫与掠夺之外，还对缅甸传统文化进行残酷的践踏。在宗教方面，一方面，英国殖民者对缅甸佛教采取冷漠中立的政策；另一方面，鼓励和支持西方传教士在少数民族地区传播和推广基督教。结果，基督教信徒越来越多，扩大了缅族和少数民族在宗教信仰上的差距。到了19世纪80年代，佛教寺院在下缅甸近一半的村庄中已经消失。佛教在缅甸的衰落曾引起统治着上缅甸的国王的担忧，生活在下缅甸的人民也是佛教徒，可是英国殖民者对佛教的种种限制，使得下缅甸的人民越来越远离佛教。这一点可以从缅甸僧侣故事的产生给出合理的解释。在教育方面，殖民者到来之前，寺院是重要的教育场所。英国殖民者为了奴化缅甸人民，禁止或限制寺院教育的存在和发展。他们建立起西式学校，推行英语教材和英语教学，但对教育投入非常有限，造成缅甸的教育极为落后，文盲人数不断增加。在这期间，不仅教育场所减少，而且所学内容也受到限制，所学内容主要是有利于西方人进行殖民统治的技术。正如李谋、姜永仁所言："随着殖民国家在缅甸推行殖民地化的过程，缅甸传统文化受到冷落，但西方文化却也未能引入。即便是到了19世纪80年代，仰光'没有书店，没有博物馆，没有艺术展览馆，没有戏院，没有音乐厅，没有哪个方面可以代表西方文化'。"① 这种现象造成缅甸人的迷茫，他们不知道该走向何方，精神上变得颓废，情绪低沉，对未来丧失希望和斗志。

二、传统文化的捍卫

眼看着祖祖辈辈生活的家园被破坏、被掠夺、被蹂躏，任何有那么一点爱国情怀的人，都不能对此熟视无睹。面对世代生活的国家即将沦陷，预想到国家将被迫发生改变，缅甸的僧侣们既感到失望，又感到无奈。从

---

① 李谋，姜永仁.缅甸文化综论［M］.北京：北京大学出版社，2002：367.

这时开始，缅甸知识分子开始拿起笔杆子进行创作，表达自己的不满和抗争。

首先觉醒的当数廷加扎长老①（Thinggazar Sayadaw，1815—1886）。早在第二次英缅殖民战争进行的时候，他就预感到缅甸终将完全沦陷。他的爱国情怀以及对缅甸人民社会组织和生活方式的眷恋促使其开创了"僧侣故事"这种新的文学样式。作为得道高僧，他不会在正式布道的场合讲这类故事，而在非正式场合用这类故事来讲明一定的问题与道理。之后，其他高僧也模仿他讲述这类故事，使得这种文学样式得到进一步发展。效仿廷加扎长老采用这种文学样式的高僧主要有色林长老（Salin Sayadaw）、廷赛长老（Thitseint Sayadaw）、肯玛甘长老（Khinmagan Sayadaw）、巴莫长老（Bhamo Sayadaw）、帕雅基长老（Payagyi Sayadaw）。这从侧面说明这类故事是缅甸特定历史时期的产物，是僧侣对英国殖民统治的一种反抗，是对缅甸传统文化的抢救与保护。同时，这也可以看作佛教徒对外来宗教传播的一种反抗。1911 年，赛亚登（Saya Thein）就搜集、整理、出版了 8 位长老的语录，其中就收录了很多僧侣故事。后来，这个语录对貌廷昂编写《缅甸僧侣故事》产生重要影响。因为，当时很多僧侣故事已经失传，而赛亚登的那本语录保存了很多重要内容。貌廷昂为了能够更加全面地展现缅甸传统文化的本质特征和精神实质，重新审视僧侣故事，在肯定僧侣们爱国情怀的同时，也肯定了它们的文化价值。

在缅甸社会重大转折与变革的时期，还有很多和貌廷昂一样的知识分子，按照自己的方式声讨殖民者及其走狗，声援捍卫民族独立的仁人志士。他们纷纷拿起笔杆子揭露统治阶层的丑恶嘴脸，同情人民所遭受的压榨和剥削。在这方面做出重要贡献的作家有德钦哥都迈（Thakhin Kou Taw Hmain，1878—1964）、吴佩貌丁（U Pe Maung Tin，1888—1973）、德班貌

---

① 廷加扎长老（သင်္ဃဇဿရာတဝ်），1815 年 5 月出生于阿马拉普拉（Amarapura）附近一个村庄。由于他聪慧过人，父母为其取名——貌坡（Maung Po），意为人上之人。35 岁时，他已经闻名全缅，很多僧侣慕名而来，拜他为师。他是敏东王时期缅甸最著名的高僧之一。也是缅甸僧侣故事这种文学样式的开创者，其目的在于处理那个时代僧俗遇到的问题与困难，故事具有很强的讽刺意味，这也是这种文学样式创作的又一目的。

瓦（Theippan Mating Wa，1899—1942）、佐基（Zaw Gyi，1908—1990）、敏杜温（Min Thu Wun，1909—2004）等。他们创作的文学作品，对唤醒缅甸进步人士投身民族独立解放运动起到重要的思想准备作用。

1886年，英国宣布兼并缅甸之后，缅甸人民不甘心被外来殖民者统治，组织了各式各样的武装反抗斗争。为了能有效地控制缅甸人民，英国殖民者在加强军事镇压的同时，还采取各种措施，拉拢上层人士，分化和软化缅甸人民，瓦解缅甸人民的反抗斗争。在这方面，英国殖民者主要采取的措施有：（1）优待与殖民当局合作或不参加反抗斗争的王室成员；（2）利用地方封建主；（3）采取安抚缅甸人的宗教政策。① 通过实施这些政策，缅甸人民的武装意识逐渐弱化，人民的反抗意志也不再像以前那样坚定。渐渐地，各族人民的抗英斗争都失败了。到了19世纪末，英国对缅甸的殖民统治得到加强。在此后一段时期内，英国在缅甸的殖民统治比较稳定，缅甸人民的思想也被愚弄。直到近代缅甸知识分子觉醒，介绍国际民族独立解放运动，重塑缅甸传统文化，唤起人们的民族和文化认同，人们才积极投身民族独立解放运动的大潮中来。

第一次世界大战后，在中国、印度等周边国家民族独立运动高潮的影响下，缅甸人民觉醒了。一批青年组建"缅甸佛教团体总会"（General Council of Buddhist Association）开展反帝民族独立运动。先进的缅甸青年积极投身民族独立解放运动，他们赞美昔日伟大的缅甸，号召人民起来斗争，争取民族独立。在这个时期，涌现出一大批爱国主义作家，创作大量文学作品，号召人民起来反抗殖民统治，争取民族独立，其中，德钦哥都迈就是一个典型代表。1930年，德钦党喊出："缅甸是我们的国家，缅文是我们的文字。爱我们的国家，珍视我们的文字，尊重我们的语言。"② 此后，德钦党领导学生罢课，工人农民积极响应，纷纷罢工游行示威。这次运动之后，在英国左派读书俱乐部的影响下，缅甸于1937年成立了"红龙书社"，其宗旨主要有：（1）向全体缅甸人民灌输争取独立的思想；（2）引

---

① 贺圣达. 缅甸史 [M]. 北京：人民出版社，1992：280.
② 许清章. 缅甸文学发展简介 [J]. 东南亚研究资料，1963（1）：73-75.

导人民把争取独立的思想付诸实践，以争取早日实现独立的目的；（3）反对限制言论自由，争取自卫权利；（4）要求建立并巩固发展为多数人拥护的、公平合理的管理制度；（5）反对使贫苦大众受罪，少数资本家发财的战争；（6）主张人人享受最基本的生存权利。① 红龙书社规划出版四类书籍：指导独立斗争的政治理论书籍；介绍各国独立斗争情况的书籍；激发人们追求独立自由热情的小说、剧本等文学著作；激励人们爱国热情、振奋斗志的名人传记作品。②《摩登和尚》（1937）就是这个时期书社出版的文学作品之一。这部小说由吴登佩敏③（U Thein Pe Myint，1914—1978）创作完成，深刻地揭露了僧侣中存在的黑暗面，大胆地揭露那些披着佛教外衣、荒淫无度的花和尚。其目的就是反封建、反愚昧。吴登佩敏的文学巨著《旭日冉冉》④（1958）记载：在学生领袖与首相吴布进行谈判时，德钦努和廷昂博士也出席了会议。⑤ 也就是说，貌廷昂不仅通过搜集、整理缅甸民间文学作品的方式来捍卫缅甸传统文化，而且通过具体行动来支持和声援学生运动。他同先进的知识分子站在一起，为争取民族独立而奋斗。在英国殖民统治时期，缅甸爱国人士对那些甘愿当亡国奴、卖国求荣的缅甸人感到无比的痛恨和厌恶。为此，赛耶佩⑥（1838—1894）创作了一首题为《痛骂》的联韵诗。他通过这首诗痛斥缅甸的民族败类：一方面，表达了对民族败类的切齿之恨；另一方面，也表达了对侵略者的痛恨。他将侵略者和民族败类视为一丘之貉，认为他们狼狈为奸，压榨和盘剥缅甸人民，既表达了自己的亡国之悲，又表达了对殖民者的痛恨，表现出了一种强烈的反抗意识。

---

① 姚秉彦，李谋，杨国影. 缅甸文学史［M］. 广州：世界图书出版公司，2014：245.
② 许清章. 缅甸文学发展简介［J］. 东南亚研究资料，1963（1）：73-75.
③ 吴登佩敏，缅甸著名作家。
④《旭日冉冉》是吴登佩敏创作的小说中篇幅最长、最成功的作品，获得了1958年度缅甸文学宫文学奖。该小说以1938年至1942年的缅甸反殖民族独立斗争为背景，描写了大学生丁吞在反殖与争取民族独立斗争中逐渐成长为革命者的故事。作者运用现实主义手法向读者展示了一幅浩瀚的社会生活画卷。
⑤ 吴登佩敏. 旭日冉冉［M］. 贝达勉，译. 北京：北京大学出版社，1982：285.
⑥ 赛耶佩，缅甸反殖文学的开创者，创作短诗上百首。赛耶佩为人刚正不阿，敢做敢当，富有献身精神，痛恨那些破坏国家和民族利益的人和事情。为了不做亡国奴，终老于山林。

第三节　文学语境：古典与现代的交融

缅甸文学发展经历了千年之久。1885 年之前的文学称为古典文学，深受印度和泰国文学的影响，主要有佛教文学、宫廷文学和爱情文学。1885 年之后，缅甸进入近现代文学时期，受到西方文化的影响，缅甸文学在题材和体裁方面均发生了变化。不过，反映当地民俗和文化是缅甸文学的主要特征。在殖民统治时期，缅甸文学在传播民族主义方面发挥了关键性作用。和世界上其他国家和民族一样，缅甸也有民间文学和作家文学，而且民间文学在作家文学发展过程中扮演着非常重要的角色。

一、民间文学概述

民间文学是广大劳动人民集体创作、口耳相传的语言艺术。拉法格（Paul Lafargue）认为，"民间文学是人民灵魂的忠实、率直和自发的表现形式；是人民的知己朋友，人民向它倾吐悲欢苦乐的情怀；也是人民的科学、宗教和天文知识的备忘录"①。拉法格对民间文学的界定，说明民间文学寄托着民众的思想感情和社会认知，是特定时期特定民族历史和文化的百科全书。民间文学具有口承性、集体性、变异性和传承性等特征。民间文学包含的内容非常广泛，主要有民间散文叙事作品、民间韵文作品、民间说唱作品等。在本书中，这里的民间文学主要包括民间故事和戏剧两个方面的内容。

在缅甸，文字出现的年代比较晚，书写载体比较落后，加之气候炎热潮湿和连年战争等造成缅甸国内流传下来的古代文献资料非常有限，但有部分民间口头文学得以流传下来，为我们了解和认识当时中、缅、印之间的文化关系、人们对自然现象的解释、社会组织形式和生产活动等具有重要的参考价值。比如，中、缅两国都流传着"天狗吞月"的故事。编号为

---

① 拉法格. 拉法格文论集［M］. 北京：人民文学出版社，1979：8-9.

A47 "The Old Man In The Moo"（月中老人）这则故事就是最好的证明。故事的情节单元是：（1）老奶奶临终前，将钵和杵分别交给大孙子和小孙子；（2）大孙子没有要钵，独自外出谋生；（3）一日，小孙子遇到一条蛇，正要打死它，蛇请小孙子用杵救救丈夫；（4）他又用杵救活一条已经死亡的狗，成为他忠实的伙伴；（5）他救活公主，国王将公主嫁给他；（6）月亮嫉妒，前来偷杵，狗就去追赶月亮，有时把月亮吞下，有时吐出；（7）这就是月食的来历。再比如，A37《拇指哥如何打败太阳》，其情节为：（1）太阳诅咒一位贫穷的孕妇生个拇指大小的孩子；（2）孕妇生下孩子后，大家叫他拇指哥；（3）拇指哥并不开心，因为别的孩子都笑话他；（4）问明缘由，他要去找太阳讨个说法；（5）一路上，先后遇到了船、竹签、苔藓和腐烂的鸡蛋；（6）他们一同去找太阳；（7）他们夺取了食人鬼的房子休息；（8）第二天，在雨的帮助下，他们打败了太阳；（9）回到村里，被奉为英雄。这则故事反映了缅甸先民对当地炎热气候环境的心理感受。

在缅甸，除貌廷昂搜集整理出版的缅甸民间文学作品以外，另外一位做出重大贡献的作家是吴拉。吴拉于1910年1月出生于勃固省，曾就职于市政厅，担任过缅甸作家协会主席，访问过苏联、中国、南斯拉夫、斯里兰卡、英国、法国等。从1962年起，吴拉着手搜集整理缅甸民间故事，经过12年的不懈努力，于1974年完成了《缅甸民间故事丛书》。该丛书共有40多卷，是缅甸历史上最全面、价值最高的一套民间故事丛书。姜永仁这样评价吴拉的这套丛书，他说："吴拉对缅甸民间故事的搜集整理是前无古人后无来者的，《缅甸民间故事丛书》集缅甸民间故事之大成，是内容最全面、收集面最广的一部关于缅甸民间故事的巨著。吴拉为缅甸文学的发展，为拯救缅甸传统文学做出了杰出的贡献。"① 除此之外，还有其他一些作家也搜集整理出版民间文学作品。虽然这里只列出了部分缅甸民间文学作品，但是它们依然能够为我们提供缅甸民间文学发展的总趋势

---

① 姜永仁. 缅甸民间文学［M］//陈岗龙，张玉安，等. 东方民间文学概论：第三卷. 北京：昆仑出版社，2006：386.

和特征。具体而言，第一，缅甸民间文学异常丰富；第二，缅甸民间文学种类多样；第三，缅甸民间文学越来越受到人们的重视。搜集整理工作全面展开，成果不断涌现。

二、作家文学

（一）古典文学概述

缅甸是一个多民族国家，现今生活着 135 个民族，主要民族有缅、孟、掸、钦、克钦、克伦、克耶、若开族等。就文学而言，有缅族文学和少数民族文学。从缅甸文学发展史来看，学术界普遍认为缅甸文学深受印度和泰国文化的影响。在本书中，一方面，限于所搜集到的文献资料数量和笔者缅甸语能力与水平，尚无法全面地展现缅甸少数民族文学；另一方面，目前笔者还无法驾驭印度文学、泰国文学、缅甸文学三者之间的关系及其影响，难以在三国文化交流融合过程中审视研究对象。在缅族文学和缅甸少数民族文学之间的关系问题上，寸雪涛认为最能代表缅甸口头文学传统的就是缅族的民间口头文学。[①] 故而，本书仅以缅族文学为主来呈现缅甸古典文学和现代文学的发展与融合。

1885 年，随着缅甸沦为英国殖民地，缅甸传统古典文学也宣告结束，开始进入近现代时期。与世界上其他主要民族一样，在缅甸文出现以前，缅甸人民创造出了丰富多彩的口头文学。在口耳相传的过程中，口头文学的内容得到不断丰富和繁荣，为日后书面文学的繁荣奠定了坚实的基础。据考证，在缅甸文出现之前，缅甸境内就已经出现了笈多文、巴利文、骠文、孟文等。缅甸文究竟具体产于何时，尚无定论。专家通过考证认为，缅甸文在 11 世纪的蒲甘王朝才出现。起初，人们将文字书写在贝叶上，但缅甸炎热潮湿的气候环境不利于贝叶的保存，很难流传下来。在考古过程中，只发现了写或刻于陶片、釉片、墙壁和石碑上的文字。尤其是石碑，直到现今发现的蒲甘碑铭多达 1500 平方米。这些碑铭上记载的主要

---

① 寸雪涛. 文化和社会语境下的缅族民间口头文学［M］. 广州：世界图书出版公司，2012：6.

内容与佛事有关，是研究缅甸蒲甘时期社会、经济、文化、语言等的重要素材。其内容对后世缅甸文学有着重要的影响。为此，在缅甸，有"缅甸文学始于蒲甘碑铭"的说法。其中，用缅文书写的、最完整的、清晰可辨的、公认的、最早的一方碑铭是《妙齐提碑》，又称《亚扎古曼碑》。这方碑于1886年在蒲甘妙齐提佛塔附近被发现。碑文的主要内容是蒲甘国王江喜陀弥留之际，儿子亚扎古曼为了报答父王的养育之恩，将母后临终前赐给他的首饰铸造成金佛，祈祷父王早日康复。从所记载的内容来看，其记载的是有关王室成员的事情；从语言方面来看，行文流畅，简洁明了，分别运用缅语、巴利语、骠文、孟文四种文字写成；从体裁方面来看，是缅甸短篇小说的雏形；从题材方面来看，属于宫廷文学，表达了亚扎古曼对父亲的忠诚与热爱。《妙齐提碑》的发现，具有重要的意义，对于再现当时缅甸民族关系、语言、文学、风土人情方面具有重要的参考价值。

1287年，蒲甘王朝灭亡。直到1885年缅甸沦为英国殖民地的600多年时间里，缅甸文学有了较大发展，但作品的主题不外乎三个，即佛教、宫廷、爱情。[①] 这段时期内，尽管缅甸文学形式多样，但主要形式是诗歌，诗体多达几十种，如激励爱国情感的"加钦"[②] 和"埃钦"[③]、长诗体"比釉"、赞歌诗"雅都"、纪事诗"茂贡"、信函诗"密达萨"、古典诗体小说、佛本生故事诗剧等。除此之外，还出现了以佛本生故事、神话、宫廷轶事、社会时弊为主要内容的古典小说、词曲、戏剧等。尽管如此，王朝时期，缅甸文学的主要形式是诗歌，它们的创作者主要是僧侣和御用文人，内容以教化为主，阅读的范围也主要在宫廷之内。例如，1455年，缅甸文学史中的第一部埃钦诗《若开公主》面世，由阿都敏妞[④]（1413—1463）创作，该埃钦主要是为巴绍漂王的女儿创造。这是早期缅甸宫廷文学的一种

---

① 李谋，姜永仁. 缅甸文化综论［M］. 北京：北京大学出版社，2002：192.
② 加钦，缅甸一种四言古体诗，士兵在习武过程中歌唱。
③ 埃钦是专门为王子或公主创作的四言摇篮曲和启蒙诗，目的在于对他们进行爱国主义教育和民族传统教育。
④ 阿都敏妞，若开王巴绍漂（1455—1478年在位）的一位心腹大臣。

形式。因文学创作者主要是僧侣和御用文人，他们服务于国王，受到王室
的供养，这种文学创作传统具有极强的稳定性。在缅甸沦为殖民地之前，
这种传统一直延续着。

　　佛教在缅甸的发展，反映在文学领域，就是佛教文学的形成与发展。
11 世纪中叶，阿奴律陀统一缅甸，为了巩固统治，信奉上座部佛教。信仰
的统一促成民族的团结、经济的发展和社会的稳定。为了进一步强化佛教
的地位和影响，国王在缅甸积极宣传，大兴土木，广建佛塔，使佛教深入
人们生活的方方面面。佛教思想成为国家的意识形态，佛经被奉为经典，
广为流传。由于佛教思想和佛教精神深入人心，其成为缅甸民族精神支
柱，规约着人们的言行，凝聚着民族的向心力。正是在这样的背景下，佛
教文学在缅甸的形成和发展成为历史的必然。为什么取材于佛经故事的作
品能够被缅甸读者接受并喜爱？姚秉彦、李谋、杨国影对此做了回答，佛
经故事既有动人的情节，又有朴素的佛教哲理，是非分明，善恶有别。从
故事中可以看出，他们推崇智慧才能、贬斥愚昧无知、讴歌坚贞爱情、嘲
弄喜新厌旧、褒奖积德行善、鞭挞为非作歹、赞美公正法理、诅咒枉法无
道，崇敬勤劳勇敢，同情贫穷弱小。可以说，佛经故事蕴含着"永恒"主
题，适应性强。① 对这个问题的回答，不仅讲明了缅甸文学的特征，而且
解释了缅甸文学佛教性形成的根本原因。我们可以看出，佛经自身的特质
与缅甸王朝的护持共同作用，使包括文学在内的缅甸文化深深地烙上了佛
教底蕴和色彩。当然，随佛教传来的佛经在缅甸有个本地化的过程。缅甸
文学对佛经故事的再创作主要经过选材、艺术加工和民族化三个过程。经
过本土化过程以后，随着佛教在缅甸发展的兴盛，佛教文学也成为缅甸文
学的重要组成部分，源源不断地为缅甸人民提供着精神食粮，滋养着缅甸
人民的心性，凝聚着缅甸人民的力量。

　　在古典文学中，除佛教题材文学和宫廷题材文学以外，还有山水题材
文学。缅甸作家创作了大量脍炙人口的山水作品。在僧侣看来，这类作品
离经叛道，为佛法不容。因此，他们不会创作这类作品。而那些位高官厚

① 姚秉彦，李谋，杨国影. 缅甸文学史［M］. 广州：世界图书出版公司，2014：45-46.

禄、生活闲适的宫廷文人才会去创作这类作品，或抒发情感或寄托感慨。蔡祝生、许清章、林清雨对这类作品有过一段评述，他们认为："缅甸古代的山水季节诗，富有浓厚的民族风韵和抒情色彩，艺术水平较高，为缅甸古代文学增添了光彩。"①

尽管貌廷昂从中学时代就开始接受西方式的教育，但这并不能说他没有受到缅甸古典文学的影响。仅从《缅甸戏剧》的内容来看，貌廷昂深谙缅甸古典文学。可以说，古典文学对他影响很大，这就为其探索传统文化及其内涵奠定了坚实的基础。

（二）近现代文学概述

1886 年 1 月，英国公布了吞并缅甸全境的决定，并将缅甸置于英属印度的一个省进行统治。在英国的殖民统治之下，缅甸的传统社会遭到瓦解，政治上遭受压迫，经济上遭到剥削，文化上遭受破坏。面对这样的现实，尽管部分缅甸民众拿起武器进行反抗，但无力回天。整个缅甸社会陷入了消沉，缅甸人民无所适从、情绪低落。在此后 10 余年的时间内，缅甸文坛陷入了沉寂。直到 1904 年，詹姆斯·拉觉依据《基督山伯爵》创作了小说《貌迎貌玛梅玛》。它的问世标志着缅甸现代小说的兴起。《貌迎貌玛梅玛》的成功不仅体现在读者的喜爱上，还体现在其他作家的效仿上。一时间，缅甸现代小说形成了一股潮流。吴腊（U Lat，1866—1921）创作的小说《茉莉》《瑞卑梭》标志着缅甸现代小说的成熟。在这个时期，反帝民族独立是主要基调。反映在文学上，就是民族意识的觉醒，涌现出了一批进步文学作家。这里仅仅介绍德钦哥都迈和德班貌瓦两位作家，他们的作品代表了这个时期缅甸文学作品的主题和基调。

德钦哥都迈，原名吴龙，是缅甸伟大的爱国诗人，民族独立运动的杰出战士和领导人。德钦哥都迈生活的时代，缅甸社会动荡不安，民族矛盾和阶级矛盾尖锐。他对这个苦难的时代有着深切的感受和认识，将它们融入自己的作品中，以表达自己的爱国情怀。当德钦哥都迈看到一些接受外

---

① 蔡祝生，许清章，林清雨. 缅甸古代文学及其题材的基本特征 [J]. 东南亚研究，1989（4）：81-85.

国文化教育的知识分子盲目追求西方文明，摒弃缅甸传统文化时，他对这些人进行了无情的讽刺以唤起人们的文化自信和民族自尊心。1914年，他发表的《洋大人注》就无情地嘲讽那些假洋鬼子，讴歌缅甸灿烂的传统文化，激发人们的民族自豪感和自尊。德钦哥都迈的爱国主义思想还体现在《孔雀注》《猴子注》《狗注》《罢课注》《咖咙注》《嘱咐》《德钦注》《烈士陵园》等。鉴于德钦哥都迈在文学创作上的成就，1950年，缅甸政府授予他"卓越文学艺术家"称号。

德班貌瓦，原名吴盛丁，是一位高产的作家，一生创作多种形式作品400余篇。其中，"小说文章"① 和文学评论文章是他对缅甸文学的最大贡献。从内容上看，德班貌瓦的作品主要揭露了英国殖民统治下缅甸社会存在的种种弊端与不公。但限于殖民政府官员的身份和写作投入时间的原因，作品的深度不足，未能对社会时弊的根源进行揭露。

貌廷昂在缅甸近现代文学创作洪流中将目光投向了乡村，搜集、整理民间文学作品。与主流文学创作相比，貌廷昂独辟蹊径，对民间文学情有独钟。这说明，在当时貌廷昂对民间文学有着独特的认识和理解。他对民间文学的搜集、整理与作家文学创作相得益彰，全面展现了民族危难时期，缅甸人民对祖国的热爱、对文化的热忱，以及在这种背景下所形成的"民族心性"和"价值取向"。

小　　结

本章主要介绍了貌廷昂民间故事搜集整理形成的时代背景。这里的时代背景从三个角度进行呈现，即社会语境、文化语境、文学语境。社会语境主要凸显英国对缅甸的殖民侵略与统治及其引起缅甸人民反抗。文化语境主要体现英国对缅甸实行的文化浸淫与缅甸人民的觉醒和行动。文学语

---

① 小说文章，是指文体类似于小说又类似于报道的散文类作品。

境关注的是缅甸古典文学与近现代文学融合背景下的缅甸民间文学传承方式与空间。在三者融为一体的缅甸社会，貌廷昂顺应时代潮流和民族主义运动的需求，较早觉醒，将目光投向偏远乡村，探寻缅甸传统文化，重塑民族精神。

第四章

貌廷昂的民间故事搜集与整理

民间故事是全民族共创、共享、共传的宝贵财富。民间故事搜集与整理不仅是项十分重要的工作，而且非常必要。然而，不同国家在不同历史背景下采取行动的时间和方式存在差异。整体而言，由于经费不足，东南亚很多国家的民间故事搜集与整理工作相对滞后，众多有价值的民间故事依然没有得到科学的搜集与整理。缅甸也不例外。然而，20 世纪二三十年代，貌廷昂首先走向乡村搜集与整理缅甸民间故事，他成为缅甸第一位从事这项工作的作家。他搜集与整理的民间故事作品集为保存、传播、研究缅甸文化做出重要贡献。

第一节　貌廷昂简介

貌廷昂是殖民地国家成长起来的一位学者、作家、历史学家、民俗学家。中学时代，他就读于英文学校。毕业后，留学英国，在那里完成学士、硕士、博士学习，深受西方先进思想影响。另外，貌廷昂对缅甸传统文化有着独特的深爱之情，这与其家族戏剧表演传统有着密切关系。他在接受西方先进文化思想的同时，审视缅甸社会与传统文化，敏锐地发现了当时缅甸传统文化的"存亡危机"。如果不及时采取有效措施加以保护与保存，缅甸传统文化宝藏将淹没于历史长河之中。他积极采取行动，为日后振兴民族传统文化、使其走向世界奠定基础。

一、貌廷昂生平

貌廷昂（1909—1978），又叫廷昂、吴廷昂，缅甸仰光人，出生于缅甸一个贵族家庭。缅甸著名历史学家、法学家、教育家、民俗学家，他也被称为"尊敬的老师"（revered teacher）①。20 世纪初，在缅甸只有少数人有进入大学学习的机会，然而就在这种情况下，貌廷昂兄弟四人都留学英国，实属难能可贵。貌廷昂从仰光圣保罗英文高级中学（Yangon's Elite St. Paul's English High School）毕业后，留学英国。先后获得剑桥大学法学学士学位、牛津大学民法学学士学位、伦敦大学法学硕士学位、都柏林三一学院人类学与文学博士学位，见图 4-1。在学生时代，貌廷昂就结识了英国作家乔治·奥威尔（George Orwell，1903—1950）②，见图 4-2。留学归国后，哥哥们建议他从政，然而他选择收入不高的教育行业，进入仰光大学从事教育教学和研究工作。1933 年，貌廷昂成为仰光大学一名讲师。1936 年，貌廷昂被评为教授。

图 4-1　身着博士服的貌廷昂③

---

① The best and the "baddest"：remembering U Myint Thein ［EB/OL］. （2020-03-21）［2021-11-13］. https：//www. frontiermyanmar. net/en/the-best-and-the-baddest-remembering-u-myint-thein/.

② 乔治·奥威尔，英国著名作家、社会评论家、记者，代表作有《动物庄园》《一九八四》《缅甸岁月》等。貌廷昂分别于 1970 年和 1973 年发表两篇有关乔治·奥威尔的文章，一篇是《乔治·奥威尔与缅甸》（"George Orwell and Burma"），另一篇是《奥威尔与缅甸警察》（"Orwell and the Burma Police"）。

③ မြန်မာကို ကမ္ဘာက သိစေခဲ့သူ ဆရာကြီးဒေါက်တာထင်အောင် ［EB/OL］. （2017-09-08）［2020-11-13］. https：//www. mmload. com/news/10704/.

图 4-2 貌廷昂（第二排，从左向右第七位）与奥威尔①

貌廷昂是仰光大学第一位本土英语教授。1946 年至 1958 年，他出任仰光大学校长一职。1955 年，貌廷昂随缅甸总理吴努访问美国期间，到访联合国总部，见图 4-3。1956 年，东南亚高等院校教育协会②（The Association of Southeast Asian Institutions of Higher Learning，ASAIHL）在泰国曼谷成立，貌廷昂是 8 位创始人之一。③ 他还是前缅甸研究会（The Burma Research Society）④ 会长。1959 年至 1962 年，他被任命为缅甸驻斯里兰卡大使。后到维克森林大学（Wake Forest University）做客座教授。1978 年 5 月，在仰光逝世。

---

① ၂၄ နှစ်နဲ့ ပါရဂ္ဂူဘွဲ့ရသူ ဒေါက်တာထင်အောင် ［EB/OL］.（2019 - 07 - 27）［2021 - 05 - 19］. https：//www.bbc.com/burmese/in-depth-49084816.

② 东南亚高等院校教育协会，1956 年成立于泰国曼谷，是一个非政府组织。协会的宗旨是帮助成员机构通过相互帮助以增强自身实力，并在教学、科学研究、公共服务等方面取得国际领先地位。

③ 8 位创始人分别是：锡兰大学（University of Ceylon）的尼古拉斯·阿蒂加勒（Nicholas Attygalle）、朱拉隆功大学（Chulalongkorn University）的 Air Marshal Muni M. Vejyant Rangshrisht、香港大学（University of Hong Kong）的林塞·莱德博士（Dr. Lindsay Ride）、印度尼西亚大学（University of Indonesia）的巴德·乔汉教授（Prof. Bahder Djohan）、马来亚大学（University of Malaya）的西尼·凯恩（Sir Sydney Caine）、菲律宾大学（University of the Philippines）的维达尔·A. 谭博士（Dr. Vidal A. Tan）、仰光大学（University of Rangoon）的貌廷昂博士（Dr. Htin Aung）、越南国立大学（National University of Vietnam）的阮广振教授（Prof. Nguyen-Quang-Trinh）。

④ 缅甸研究会，成立于 1910 年，创办有《缅甸研究杂志》，1980 年该研究会停办。

图 4-3　1955 年，貌廷昂在联合国①

二、主要社会关系

貌廷昂的高祖父马哈·明赫拉·敏丁·拉扎（Maha Minhla Mindin Raza）是贡榜王朝②（Konbaung Dynasty）一名官员。大约在 1800 年，拉扎担任敏东七山区③（Seven Hill Districts of Mindon）督抚一职。这个时期，缅甸幕间剧受到暹罗宫廷剧影响，两者开始进行交流与融合。拉扎酷爱戏剧，在庭院中专门搭建一个戏台，常常邀请演员前来表演。1824 年，拉扎在第一次英缅战争中阵亡，官邸也被烧毁。此后很长一段时间，貌廷昂家族组织戏剧表演的传统中断。直到 1852 年，英国殖民者将敏东地区并入下缅甸，并任命貌廷昂的爷爷为首席行政长官。经过一番努力，他重建爷爷的庭院，戏剧表演进而得以恢复。正是在这种情况下，大量有关缅甸戏剧的材料得以保存和传承。貌廷昂除从父亲那里获得资料外，观看过幕间剧表演的奶奶、姑奶奶、姨奶奶等也向他口述了相关内容。另外，貌廷昂的外公曾担任敏拉（Minhla）地区税务长，也是一位业余戏剧作家。貌廷

---

① Htin Aung［EB/OL］.（2018-09-5）［2020-10-21］. https：//hlamin.com/2018/09/05/trivia-1004-htin-aung-2/.

② 贡榜王朝，1752 年由雍籍牙（အလောင်းဘုရား）建立。贡榜王朝是缅甸历史上最后一个王朝，可分为前后两个时期。前期时间跨度从 1752 年到 1824 年，后期从 1824 年至 1885 年。

③ 现为敏东周围马圭地区。

昂的舅舅也为其提供不少相关资料。家族这一传统和相关资料的保存与传承为貌廷昂撰写《缅甸戏剧》提供了得天独厚的优越条件。

貌廷昂的父亲是吴本（U Hpein），也是一名地方行政长官，缅甸委员会（Burma Commission）委员。在缅甸，行政官员常常进行历史调查和研究。由于工作需要，他们常常要前往全国各地，甚至是偏远乡村。这就为他们从事相关工作提供了便利条件。他的母亲是杜蜜蜜（Daw Mi Mi）。貌廷昂有3个哥哥，2个姐妹。貌廷昂兄弟姐妹是被公认的、最著名的职业兄弟姐妹。① 大哥吴丁吞（U Tin Tut，1895—1948）曾留学于剑桥大学皇后学院，他是第一位成为印度公务员的缅甸人。他是缅甸联邦政府第一位外交部长，曾担任昂山②（Aung San，1915—1947）政府财政部部长一职，陪同昂山到伦敦同英国政府就缅甸未来前途命运进行谈判。1948年9月18日，有人在他乘坐的汽车里扔进一枚炸弹，被炸身亡。从1948年1月至1950年，二哥吴觉敏（U Kyaw Myint，1898—1988）担任缅甸最高法院陪审法官。退休后，继续从事了25年法律工作，直到1988年在仰光逝世。三哥吴敏登③（U Myint Thein，1900—1994）曾就读于仰光大学法律专业，之后前往英国剑桥大学皇后学院继续深造。1948年，他被任命为缅甸驻"中华民国"大使。1949年之后，他继续留在中国，继续担任大使工作。吴敏登还从事过法律工作，他是缅甸独立后第三任大法官。吴敏登还荣获了最高一级缅甸联邦勋章（Pyidaungsu Sithu Thingaha）。姐姐杜丁梳穆

---

① ၂၄ နှစ်နံ ပါရဂူဘွဲ့ရသူ ဒေါက်တာထင်အောင် ［EB/OL］.（2019 - 07 - 27）［2021 - 05 - 19］. https：//www.bbc.com/burmese/in-depth-49084816.

② 昂山（ဗိုလ်ချုပ် အောင်ဆန်），缅甸武装部队创始人，现代缅甸国父。昂山是缅甸国家独立进程中一位重要领导者。其女儿昂山素季（အောင်ဆန်းစုကြည်）是一位政治家，缅甸全国民主联盟创办人之一。

③ 吴敏登，1900年2月生。获得英国剑桥大学法学学士学位和文学硕士学位。他的妻子杜帕密（Daw Phwar Hmee）是缅甸第一位女出庭律师。吴敏登不仅是一位法律工作者，还是一名战士。缅甸独立以后，他出任缅甸驻中华民国大使。中华人民共和国成立以后，他是第一任缅甸驻中华人民共和国大使。1954年，他陪同吴努到访中国。1955年，他在万隆参加第一届不结盟峰会。1957年，缅甸总统吴温貌任命他为缅甸第三任首席大法官。他在任期间，制定了很多法律条款，其中有不少内容在缅甸法学史上具有标志性意义。他于1994年10月逝世。

（Daw Tin Saw Mu）是仰光大学英语教师，妹妹杜清梳穆（Daw Khin Saw Mu）是著名文学家。与其他 3 位哥哥不同，貌廷昂热衷于学术追求。为此，他的一位侄儿这样评价 3 位叔叔：呆板的吴丁吞（a dead uncle）、不安分的吴敏登（a bad uncle）、疯狂的貌廷昂（a mad uncle）。[①] 从上面的介绍可以看出，貌廷昂四兄弟都涉足法律方面的工作或研究。因此，也有人称他们为"法律四兄弟"（Four Brothers In the Laws）。貌廷昂在求学生涯中，选择法律和民俗学，与其家庭环境和 3 位兄长的教育经历与职业生涯不无关系。

第二节　貌廷昂的民间故事集

从 1926 年起，貌廷昂在此后 40 余年中，共搜集、整理、翻译、出版缅甸民间故事集 9 部。这些作品不仅是其民族主义思想的真实写照，更是其爱国主义思想的集中体现。

一、民间故事搜集与整理动机

在缅甸，貌廷昂首先觉醒并着手搜集、整理、翻译、研究缅甸民间故事作品，为什么这项任务会落在他身上，而不是别人？这有着深刻的历史和现实原因，主要体现在以下三个方面：

第一，时代的呼唤。尽管缅甸于 1885 年才完全沦陷，但从 1824 年第一次英缅战争开始，缅甸就已经开始遭受英国殖民者蹂躏。1825 年 9 月 6 日，缅甸被迫与英国进行谈判。1826 年 2 月 24 日，双方在杨达波签订第一个不平等条约，即《杨达波条约》。1852 年 4 月 1 日，英国以缅甸"逮捕虐待英商"为借口不宣而战，发动臭名昭著的第二次英缅战争。[②] 两次

---

① The best and the "baddest": remembering U Myint Thein［EB/OL］.（2020-03-21）［2020-11-08］. https://frontiermyanmar.net/en/the-best-and-the-baddest-remembering-u-myint-thein.

② 马克思认为英国在东方进行的历次征伐中，哪一次也比不上征伐缅甸那样师出无名。

殖民战争将缅甸推向经济崩溃的边缘，经济危机四起，人民生活困苦，阶级矛盾不断加深。1885 年 11 月，英国以"柚木案"为借口发动第三次英缅战争，轻而易举地占领都城曼德勒（Mandalay）。至此，缅甸完全沦陷。英国殖民者在缅甸推行"分而治之"政策，该政策对此后缅甸历史进程、独立后民族矛盾有着直接而深刻的影响。20 世纪二三十年代，在国际政治、经济和社会思潮影响下，缅甸人民渐渐地开始觉醒，反抗英国殖民统治、争取国家独立的意识不断增强，并开始付诸行动，学生罢课，成立团体，政党组织领导反殖民族独立运动。在这样的历史背景下，貌廷昂意识到民族文化的重要性。然而，在英国长达几十年殖民统治下，城镇里的缅甸传统文化已经遭到严重破坏和浸染。所以，他只能走向殖民统治和影响薄弱的偏远乡村，寻找缅甸传统文化，搜集与整理缅甸民间故事，重构正统的、纯洁的缅甸民族文化，为反殖爱国运动注入精神食粮。1948 年，缅甸独立后，他正式出版缅甸民间故事集。他在民间故事方面的成功与其《缅甸戏剧》（*Burmese Drama*，1937）一样。

第二，缅甸传统文化的濡染。貌廷昂自幼深受缅甸传统文化影响，这一点可以从其《缅甸鳄鱼故事》（*Burmese Crocodile Tales*，1931）①、《缅甸祈雨习俗》（*Burmese Rain-making Customs*，1933）②、《缅甸戏剧》（*Burmese Drama*，1937）、《缅甸佛教中的民间元素》（*Folk Elements in Burmese Buddhism*，1959）等进行佐证。从著作出版时间来看，它们大多是貌廷昂的早期作品。当时貌廷昂留学英国，他没有直接将西方先进文化和思想介绍到缅甸国内，而是在这些思想启发下，审视缅甸传统文化传承状态，因危机感和迫切感倍增，所以首先将关注焦点聚集在缅甸传统文化上，戏剧、民俗、民间故事就是传统文化中重要内容。从著作内容来看，涉及民间故事、缅甸戏剧、神灵信仰、新年习俗、炼金术信仰、魔法信仰等。③ 这些内容不仅是缅甸传统文化中的代表，而且受众人数非常多。从相关评论来

① AUNG M H. Burmese Crocodile Tales [J]. Folklore, 1931, 42 (1)：79-82.
② AUNG M H. Burmese Rain-making Customs [J]. Man, 1933, 33：133-134.
③ 除民间故事和缅甸戏剧方面内容外，其他内容均可在《缅甸佛教中的民间元素》中找到。

看，吴坡达（U Po Tha）为《缅甸佛教中的民间元素》这部论文集撰写了序言。在序言中，他肯定了貌廷昂撰写这部著作的优越条件，认为貌廷昂的祖先为 37 神灵①之一。另外，《缅甸戏剧》的成书过程以及素材来源也说明貌廷昂的缅甸传统文化情怀。貌廷昂在 28 岁时，就能关注缅甸戏剧，撰写专著，而且该书后来对缅甸文化传承与跨国传播起到非常重要的作用。如果不是对缅甸传统文化的喜爱，如果不是深受传统文化影响，如果不是家族传统文化传承方式，这项工作很难出色地完成。

第三，学术使命与追求。从貌廷昂的求学生涯来看，他攻读多个学位，而且完成博士阶段学习。按照貌廷昂家族影响力和当时缅甸人才缺乏的现实，即便只有硕士学位，也能在缅甸找到一份非常体面的工作。然而，貌廷昂并没有那样想，而是不断坚持，最终完成博士学业。从专业选择方面来看，进入大学阶段以后，貌廷昂主要攻读了法学学士学位、法学硕士学位和民俗学博士学位。一方面，这与其家族传统有关，貌廷昂的哥哥们均留学英国，攻读了法律相关专业，而且当时在缅甸政界具有一定地位与影响力；另一方面，这与貌廷昂个人对缅甸传统文化的喜爱有关。从貌廷昂从事的工作来看，当貌廷昂从英国留学回国后，其哥哥们已经在缅甸政界享有较高地位和影响力，他们极力劝说貌廷昂从政，然而貌廷昂并没有选择这条道路。他选择进入仰光大学，成为一名教师。在当时，教师收入并不高，貌廷昂选择教师这个职业，与其学术追求有着密切关系。当时，缅甸依然处于英国殖民者统治之下，与其做一名殖民地政府官员，还不如进入高校教育青年，唤起他们的民族主义感更有意义。

二、民间故事搜集与整理活动

他一生著述颇丰，涉猎领域广泛，主要是缅甸文化与习俗、历史和法律。就缅甸民间文学作品集而言，主要有 9 部，见表 4-1。这些著作用英文写就，是本土学者用英文以缅甸人自己的声音传播本土文学和文化的重

---

① "37 神"是缅甸本土神，其来源与死者灵魂崇拜有关。这些神大多同 13 至 17 世纪缅甸重要历史人物有关。每尊神背后都有一种习俗，在特定时间和地点朝拜。

要著作。这些著作在缅甸国内外引起广泛关注，是相关学者研究缅甸历史和文化的重要参考资料，被广泛地引用。其中，《缅甸戏剧》（*Burmese Drama*，1937）和《缅甸民间故事三十则》（*Thirty Burmese Tales*，1952）曾一度被指定为教材。直到今天，仍有教师在教学实践中从貌廷昂的民间文学作品中选取素材，见图4-4、图4-5。

表4-1　貌廷昂民间文学著作一览表

序号	英文书名	中文书名	出版年份	出版社
1	*Burmese Folk Tales*	《缅甸民间故事》	1948	牛津大学出版社
2	*Selections of Burmese folk-tales*	《缅甸民间故事选》	1951	牛津大学出版社
3	*Thirty Burmese Tales*	《缅甸民间故事三十则》	1952	牛津大学出版社
4	*Burmese Drama*	《缅甸戏剧》	1956	牛津大学出版社
5	*Folk Elements in Burmese Buddhism*	《缅甸佛教中的民间元素》	1959	白莲花出版社
6	*Burmese Law Tales*	《缅甸法律故事》	1962	牛津大学出版社
7	*Burmese Monk's Tales*	《缅甸僧侣故事》	1966	牛津大学出版社
8	*A Kingdom Lost For A Drop Of Honey: And Other BurmeseFolktales*	《一滴蜜失王国和缅甸其他民间故事》	1968	家长杂志出版社
9	*Folk Tales of Burma*	《缅甸民间故事》	1976	斯特灵出版社

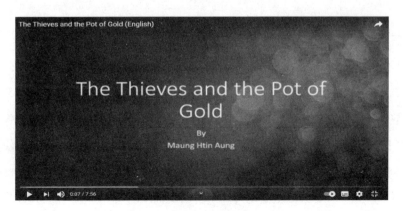

图4-4　教学过程截图（一）

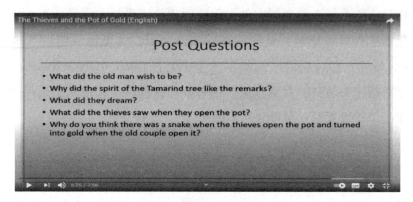

图4-5 教学过程截图（二）

表4-1中，这9部作品又可分为民间文学采集实录、戏剧和理论著作。在民间文学采集方面，主要作品有《缅甸民间故事》（1948）、《缅甸法律故事》、《缅甸僧侣故事》、《缅甸民间故事选》、《一滴蜜失王国和缅甸其他民间故事》、《缅甸民间故事三十则》、《缅甸民间故事》（1976）等。在戏剧方面，貌廷昂出版了《缅甸戏剧》。在理论方面，貌廷昂出版了《缅甸佛教中的民间元素》。由于部分作品尚未介绍到国内，有必要对主要作品进行简要介绍。下面着重介绍《缅甸民间故事》《缅甸法律故事》《缅甸僧侣故事》，它们是本书主要研究对象。至于其他民间文学作品，大多与《缅甸民间故事》相关，加之不作为关注重点，故而不进行详细介绍和说明。

三、三部代表性民间故事集

《缅甸民间故事》（*Burmese Folk tales*，1948）共收录故事70则，分为四个类别，即动物故事（29则）、浪漫故事（20则）、神奇故事（3则）、滑稽故事（18则）。1933年至1937年，貌廷昂分别在缅甸的木格具县（有时也译为勃枯固）的波（Pauk）、良乌镇（Nyaung‐U），德耶缪（Thayetmyo）的敏东（Mindon）和新榜卫（Sinbaungwe），伊洛瓦底省的斋拉（Kyaiklat）、壁磅县（Pyapon）、毛淡棉市（Moulmein）等地的乡村搜集民间文学作品，编写了《缅甸民间故事》。在搜集过程中，貌廷昂首先用缅文进行记录，然后将其翻译成英语。直到1948年缅甸独立后，这部故事集才得以出版发行。除 70 则故事以外，貌廷昂在前言部分介绍了有关缅甸民间故事的背景，主要包括故事类型、动物形象、搜集与整理过程等相关内容。这部民间故事先后被翻译成汉语、俄语、德语等，是缅甸民间文学以及文化走向世界的重要作品集。

《缅甸法律故事》（*Burmese Law Tales*，1962）共收录故事 65 则，为貌廷昂于 1926 年至 1929 年期间搜集整理而成。搜集地点在若开山区和德耶缪伊洛瓦底江之间敏东地区的一个遥远村庄里。在书中，貌廷昂指出："法律故事有三个主要来源，它们分别是改编自梵文或巴利文或修改过的民间故事，或者是作者虚构出来的故事，或者是法官在法庭上记录的故事。"[1] 在缅甸，类似的法律故事文本有很多，主要的搜集者为法官和律师。其内容涉及日常生活方方面面的纠纷，归纳起来，主要可以分为人身和财产纠纷、婚姻家庭纠纷和其他纠纷等。那么，这些法律故事有什么样的价值和作用呢？最明显的一点就是这些故事对那些没有经过专业训练和经验不足的律师和法官来说意义重大，也就是说这些故事成为他们审理或辩护或判决时的重要参考和评判依据。缅甸主要采用习惯法，记录民事纠纷裁决案例是一个传统，通过这种方式维护法律的公平正义，确保纠纷双方合法权益得到保护和彰显。这些法律故事在化解民众之间矛盾，促进社会和谐稳定方面具有重要价值和意义。它们的出现是缅甸社会组织和结构运转的必然需求，是历史发展的自然选择。前缅甸首席司法专员约翰·贾丁[2]（John Jardine，1844—1919）在法律实践和对比研究中发现，缅甸法律源于印度法典，或者说缅甸法律深受印度法典影响。贾丁的同事埃米尔·福奇哈默[3]（Emil Forchammer，1851—1890）支持这种观点。很长一段时间以来，这种观点受到缅甸各界人士的普遍认同。当然，貌廷昂也不

---

① AUNG M H. Burmese Law Tales [M]. London：Oxford University Press, 1962：1-7.

② 约翰·贾丁，英国政治家，英国的印度殖民地公务员。1878 年，担任缅甸自然专员；1881 年，担任缅甸学校董事会主席；1885 年，担任孟买政府首席秘书。

③ 埃米尔·福奇哈默，德国人。他曾到缅甸仰光大学教授巴利语，是最早从事古缅甸研究的欧洲专家。不过，他于 1890 年英年早逝，对缅甸来说是一个巨大损失。他去世一年后，他的作品《若开》（*Arakan*）由政府出资印刷出版。在这本书中，福奇哈默详细讲述了缅甸若开早期历史，是珍贵的文献史料。

例外。但是，貌廷昂在搜集、整理、研究缅甸法律故事之后，开始质疑这一传统观点。经过对以贝叶形式保存和流传下来的相关法律文书和作品进行深入研究，他提出缅甸法律并非源自印度，而是形成于缅甸本土，受印度法律影响较小。他的观点一经抛出，就在缅甸学术界引起轰动。相关学者对此展开激烈争论，有学者支持这一观点，也有学者对此质疑，还有一部分学者持观望态度，没有明确表态。但是，这一观点得到了当时缅甸高等法院法官埃貌博士①的（Dr. U. E. Maung，1898—1977）认可和支持。当然，也有国外学者对貌廷昂的观点持不同的态度。如卢德维克·施特恩巴赫（Ludwik Sternbach）在撰写的《缅甸法律故事》书评中就质疑貌廷昂的观点，他将《缅甸法律故事》中的部分故事与印度法典中的故事进行对比分析，发现其中有很大一部分在内容上高度吻合。为此，他认为貌廷昂的观点并不具有充分的说服力。② 尽管如此，在缅甸，貌廷昂的观点还是得到越来越多学者的认同和支持。

谈到《缅甸僧侣故事》（*Burmese Monk's Tales*，1966），必然会提及廷加扎长老，他出生于1815年，是敏东王③（Mindon Min，1808—1878）时期一位知名高僧。1824年，第一次英缅战争爆发，缅甸战败，与英国签订不平等条约，向英国割地赔款。为此，他和缅甸统治者一样，感到非常沮丧。1852年，英国发动第二次英缅战争，英军节节胜利预示着整个下缅甸地区最终的完全沦陷和社会的重大改变。面对这种情况，包括僧侣在内的民众既感到焦虑，又感到无奈。廷加扎长老只好以故事形式记录缅甸社会结构和社会生活，希冀在缅甸文化受到西方文化浸染之前，用此种形式对缅甸传统文化进行记载和传承。僧侣故事的出现主要有三个方面的原因：

---

① 埃貌博士（အe:ဗေ၁င），1909年毕业于仰光大学数学专业。1921年，他去剑桥大学参加数学和法律的优等生考试。回国后，致力于政治和法律方面工作。他撰写了《缅甸佛教法》（*Burmese Buddhist law*，1937）、《缅甸法律的发展》（*Expansion of Burmese law*，1951）、《佛教法经典案例选》（*A selection of leading cases on Buddhist law with dissertations*，1926）。埃貌博士还在缅甸高等法院做过律师。

② STERNBACH L. Review of Burmese Law Tales by Maung Htin Aung [J]. Journal of the American Oriental Society, 1963, 83 (1)：141-143.

③ 敏东王（မင်းတုန်းမင်），缅甸贡榜王朝时期国王，是缅甸历史上最受人民爱戴与敬重的国王之一。

一是佛教有借用故事传播佛教教义的传统；二是故事具有文化记载和传承的内在特性；三是僧侣的爱国情怀。作为受人敬仰的高僧，在正式场合讲述这些故事显然不合时宜。所以，只有在非正式场合，高僧才用这种简短明了的、富有针对性的、丰富多彩的、贴近民众生活的、易于理解和接受的故事来讲述僧侣与俗人在礼佛、修行、佛经理解、为人处世等方面遇到的困惑与问题。这是僧侣故事产生和发展的一个原因。于长敏曾言："民间故事是民间文化的综合表现，是民间智慧、艺术、知识的混合体，是民众思想和理想的缩影，也是一切高雅艺术的源泉。"① 这也是学术界的共识。由此可见，民间故事具有极强的文化记载功能。廷加扎长老正是看到这一点，才通过这种形式将还没有被"污染"的、纯正的缅甸传统文化进行记载和传承。僧侣故事是爱国情怀的集中体现。缅甸是一个佛教国家，佛教深入人心，影响着大部分人的生活。当西方文化开始入侵时，缅甸人世代形成的生活模式和社会组织结构将随之改变，廷加扎长老出于对传统文化的维护与传承，通过这种形式将未改变的缅甸社会生活和社会组织结构记载下来，以传后世。他珍爱着自己生活的这片土地，他崇尚缅甸传统的社会生活方式，对它的失去感到悲痛和惋惜，唯有此种方式可以让自己的爱国之情得到释怀。直到 1911 年，赛亚登才搜集、整理、出版了缅甸历史上第一部僧侣故事集，即《廷加扎长老与其他七位长老语录集》(*The Collected Sayings of the Thingazar Sayadaw and Seven Other Great Monks*)。这部语录共集中收录所谓故事 240 个。但在貌廷昂看来，该版本中收录了许多并不能算作真正意义上的故事，而是讽刺诗。鉴于此，貌廷昂在赛亚登版本的基础上，改编缅甸僧侣故事集，删掉讽刺诗，最后只留下 71 则故事。从单个故事的组织结构上看，每个故事都由三部分构成：题目、导语（prologue）、故事内容。题目和故事内容之间是对应关系，这一点容易理解。需要特别说明的是导语，它的主要内容是僧侣或俗人对待礼佛的态度、对佛经的理解、为人处世等，起着承前启后的作用，既与故事的题目对应，又引出长老们所要讲述的故事，故事内容与导语也构成呼应关系。

---

① 于长敏. 日本民间故事及其文化内涵 [J]. 日语学习与研究，2004 (3)：56-58.

这样一来，导语就把题目和故事内容有机地连接在了一起，构成一个整体。三者相互呼应，使听众和读者能够更加容易地理解，也便于记忆，有利于这类故事通过口头形式进行传播。

小　结

貌廷昂出生于缅甸一个贵族家庭。家族中的戏剧表演传统对此后貌廷昂缅甸的传统文化情怀产生重要影响。貌廷昂在教会学校读完中学之后，留学英国，在那里攻读学士、硕士和博士学位，但这种教育背景丝毫没有动摇他对缅甸传统文化的情怀。在缅甸处于殖民地情景时，貌廷昂的民族主义意识逐渐增强，将拯救、保存、传承、重塑缅甸传统文化的使命视为己任，不辞辛苦，走向未受西方文化侵蚀的乡村，并搜集、整理、翻译、出版了缅甸民间故事集。这既是时代赋予他的神圣使命，也是他厚重的国家情怀的释放。经过梳理，笔者发现貌廷昂搜集与整理的缅甸故事集有 9 部之多。结合当时缅甸社会现实，貌廷昂无愧于"民俗学家"和"缅甸民间文学搜集与整理先驱"的称号。

第五章

貌廷昂缅甸民间故事类型及其主题运作

在故事学研究领域中，阿尔奈-汤普森体系是国际通用的故事类型分析法。他们依据故事母题和情节进行类型划分，为民间故事从散乱状态变为科学研究对象提供智力支撑。然而，俄国民俗学家弗拉迪米尔·雅科夫列维奇·普罗普（Vladimir Jakovlevic Propp，1928）对此质疑，指出这种分类方法在类型确立上缺乏客观标准。为此，他对 100 个俄国神奇故事进行"行动要素"①（dramatis personae）分析，归纳出具有逻辑顺序的 31 个功能项，明确俄国神奇故事的情节构成，进而推演出所有童话故事实际上是这样一个故事：

> 主人公因为遭受某种损失或意识到某种损失，离家来到林中小屋，遇上赠他宝物或助手的赠予者，找到他所寻找的对象，与对手作战，最终带着爱人胜利归来的故事。②

然而，直接运用 AT 分类法或"角色功能"分析貌廷昂缅甸民间故事表现出"缺氧"现象。也就是说，貌廷昂缅甸民间故事的类型和意义需要根据已有材料进行重构。为此，对貌廷昂缅甸民间故事的分类不仅要从材料出发探讨独具特色的缅甸故事类型，还要试图以此触及貌廷昂缅甸民间故事的结构特色和母题运作之间的关系，并在此基础上挖掘和阐释其文化内涵。

---

① 又称为角色功能。
② 普罗普. 神奇故事的历史根源 [M]. 贾放，译. 北京：中华书局，2006：4.

第一节　貌廷昂缅甸民间故事的四大类型

类型研究是通向民间故事意义世界的一种有效途径。貌廷昂缅甸民间故事的类型构建需要从结构分析走向意义探索，也就是按照"行动要素"（角色功能）组成的情节结构确定类型划分标准本书从跨文化文本比较视角出发探寻貌廷昂缅甸民间故事类型的独特性，同时寻找和明确结构类型与文化意义之间的关系。经过分析之后，本书将貌廷昂缅甸民间故事分为"弱胜型""得宝型""公断型""滑稽型"四个大类。①

一、"弱胜型"故事

"弱胜"这个名称在兼顾故事行动要素基础上，参考魏晋时期著名政治家、军事家、学者杜预的《守弱学》②，取其以弱胜强之意。因此，"弱胜型"故事就是指那些表达以弱胜强内容和思想的故事。在貌廷昂缅甸民间故事集中，这类故事及其亚型分布情况，见表5-1。

表5-1　"弱胜型"故事及其亚型

动物互助型	动物助人型	自助型
共计：4篇	共计：1篇	共计：6篇
A1. 为什么蜗牛从来不会感到肌肉酸痛	A7. 坡和老虎	A4. 兔子感冒了
A2. 为什么鹪鹩身材小		A5. 兔子如何除掉森林暴君
A6. 为什么老虎与猴子之间有不共戴天之仇		A25. 小鸡和老猫

---

① 本书将貌廷昂缅甸民间故事划分为这四个类型，并不是说它们只能划分为这四个类型，而是它们是主要类型，具有极强的代表性。

② 《守弱学》共有9篇，其中第一篇为敬强篇，其原文为：世之强弱，天之常焉。强者为尊，不敬则殃，生之大道，乃自知也。君子不惧死，而畏无礼。小人可欺天，而避实祸。非敬，爱己矣。智不代力，贤者不显其智。弱须待时，明者毋掩其弱。奉强损之，以其自乱也。示弱愚之，以其自谬焉。这很好地诠释了弱者生存之道。

动物互助型	动物助人型	自助型
A29. 赤鹿学狗叫		A68. 船主与船夫
		A69. 船主与山里人
		B64. 船主与船夫

在貌廷昂缅甸民间故事集中，"弱胜型"故事有11篇，约占故事总数的5.3%。在这类故事中，斗争双方总有一方处于弱势，是弱者。相反，另一方则处于强势地位，是强者。尽管如此，弱者凭借自己的智慧或助手的帮助总能战胜强者。这类故事的反复出现强化了弱者联合起来或运用智慧就能战胜强者的象征意义。"弱胜型"故事又分为"动物互助型""动物助人型"和"自助型"三种。

"动物互助型"故事可分为"争斗—弱者败—同类动物相助转败为胜"和"争斗—弱者败—异类动物相助转败为胜"。"争斗—弱者败—同类动物相助转败为胜"故事大体讲"弱者"与"强者"发生冲突，约定通过比赛一决胜负。"弱者"自知不是对手，就利用同类外形体貌相似这一特征迷惑强者，让同种类其他动物参与比赛，最终战胜强者。在"斗争—弱者败—异类动物相助转败为胜"故事中助手发生改变，从同种类动物变成其他动物，如兔子、猴子等。这一情节的改变是为了凸显助手的智慧。A2 Why The Wren is Small（为什么鹪鹩身材小）仅仅变换了助手，将助手变成兔子；A6 Why The Tiger And The Monkey Are Sworn Enemies（为什么老虎与猴子之间有不共戴天之仇）在故事情节上与A2高度相似，只是主人公发生改变，助手由兔子变成猴子；A29 Why The Barking Deer Barks（赤鹿学狗叫）虽然没有直接发生争斗，但是潜在的危机可能会给赤鹿带来致命危险，猴子为赤鹿出谋划策，化险为夷，保全性命。在貌廷昂缅甸民间故事集中，"动物助人型"故事只有一篇，就是A7 Master Po And The Tiger（坡和老虎）。故事基本情节是老虎落入陷阱，坡救出老虎，老虎反而要吃掉坡，在兔子的帮助下，老虎重新回到陷阱中，因饥饿而亡。这则故事与《东郭先生和狼》非常相似，只是角色的承担者不同而已。

"自助型"故事也可以分为两类，一类是"争斗—动物自助获胜"，另一类是"争斗—人自助获胜"。第一类主要是动物故事,当弱小动物(兔子、小鸡)面对强敌(狮子、老猫)时,只能依靠自己的智慧和勇气战胜强敌。A4 The Rabbit Has Cold(兔子感冒了)故事中,狮王分别让熊、猴子、兔子闻它口中的气味,熊和猴子首先回答,不管它们怎么回答,最终都是被狮王吃掉,轮到兔子时,兔子说自己感冒了,闻不出气味,最终保住自己的性命。A5 How The Rabbit Rid The Forest of Its Tyrant(兔子如何除掉森林暴君)就是典型的"兔杀狮"故事①,兔子欺骗狮子说有另外一只狮子说自己才是真正的森林之王,此话激怒狮王,要随兔子去看个究竟,兔子将狮王带到井边,狮王看到井里的狮子,一跃而下,结果被淹死。A68 The Boatmaster And The Boatman(船主与船夫)和 A69 The Boatmaster And The Man From The Hills(船主与山里人)主要讲贪心的船主想克扣船夫的工钱,船夫或山里人运用智慧战胜船主,使其赔了夫人又折兵。

"弱胜"不仅明示故事中的主人公,而且是人类生存之道的重要内容。故事通过"弱胜",塑造智慧动物和劳动者形象。除此之外,"弱胜"观念中潜藏着人类传递生存之道的古老智慧。

二、"得宝型"故事

"魔宝"主题故事在民间故事中普遍存在。什么是魔宝故事?学术界说法不一。汤普森在《民间文学主题索引》(*Motif-Index of Folk Literature*,1938)中用"魔术器物"②来命名。普罗普则将其命名为"宝物"③。在界定魔宝故事时,万建中认为魔宝故事指以魔宝为叙述中心,围绕主角得到和使用魔宝的过程而展开情节的民间幻想故事。④经过对比分析,以上

---

① 印度梵语故事集《鹦鹉故事七十则》中收录了兔子将狮子带到井边使其跳入而亡的故事。
② 斯蒂·汤普森.世界民间故事分类学[M].郑海,等译.上海:上海文艺出版社,1991:574-583.
③ 普罗普.神奇故事的历史根源[M].贾放,译.北京:中华书局,2006:242-256.
④ 万建中.中国民间散文叙事文学的主题学研究[M].北京:北京大学出版社,2009:11-16.

这些名称或界定不完全符合貌廷昂民间故事集中有关魔宝的故事内容。考虑到缅甸"魔宝"故事的内在特征，将其归纳为"得宝型"故事。具体类型及其亚型，见表 5-2。

表 5-2　"得宝型"故事及其亚型

良善之人得宝	公正之人得宝	勇敢机智之人得宝
共计：7 篇	共计：1 篇	共计：6 篇
A32. 神奇的公鸡	B6. 热情的年轻法官	A37. 拇指哥如何打败太阳
A33. 金乌鸦		A39. 金龟
A35. 两位忠诚的仆人		A40. 头郎
A58. 喜欢挠痒痒的树精		A55. 醉汉与吸毒者
A59. 贼和一罐金子		A56. 吸毒者与四个食人妖
B49. 变为乞丐的富翁		A57. 醉汉与鬼
B50. 戴着宝石戒指的富家公子		

"得宝型"故事共有 14 篇，约占貌廷昂缅甸民间故事集总数的 6.8%。在这类故事中，不仅有众多独立完整的叙事篇章，而且常常和"考验型"母题结合在一起。上表所列篇目均独立成篇，无论故事如何开始，善良、公正、勇敢机智的主人公总能得到一定数量的财宝。与此同时，在这类故事中多会出现神奇角色，他们的功能是转交财宝。"得宝型"故事以"赠予财宝"为核心，反复讲述此类故事以不断地强化财宝的幸福象征意义。根据主人公行为品格的不同，该类故事又分为"良善之人得宝"① "公正之人得宝"和"勇敢机智之人得宝"三种。

"良善之人得宝"故事可分为"善良的老人—得宝""善良的小姑娘—得宝"和"善良的小伙—得宝"等三类。在第一类故事中，善良的老人或经过许愿或经过考验，在神灵帮助下获得财宝；在第二类故事中，善良的小姑娘经过考验获得财宝；在最后一类故事中，小伙因为救下即将被

---

①　缅甸是个佛教国家，这是缅甸传统和国家认同的文化基础。在佛教思想影响下，缅甸人民友善、慷慨，富有怜悯之心。因此，文学作品中有大量内容宣扬良善之人得好报的思想。

处死的狗和猫，它们为了报恩，帮助小伙获得巨额财宝。A32 The Wonderful Cock（神奇的公鸡）大体讲善良的弟弟在森林里意外发现宝物，从此摆脱贫穷，过上幸福的生活；A33 The Golden Crow（金乌鸦）大体讲金乌鸦对善良小姑娘进行考验，赠予她很多财宝，而坏心眼的小姑娘学样反而遭到惩罚；A35 The Two Faithful Servants（两位忠诚的仆人）大体讲家境贫穷的小伙子用家里仅有的粮食换下因为偷吃国王食物而即将被处死的狗和猫，它们为报答小伙子的救命之恩，潜入海底王宫，帮助小伙子获得巨额财富；A58 The Tree-Spirit Who Likes To Tickle（喜欢挠痒痒的树精）讲述儿媳强迫丈夫将婆婆遗弃于山林，老虎想吃掉婆婆，树精经过考验发现婆婆是良善之人，阻止了老虎，并赠送她一箱财宝，儿媳得知这个消息后，也想获得财宝，就学样，结果被老虎吃掉；B49 The Rich Man Who Became a Beggar（变为乞丐的富翁）和 B50 The Rich Man's Son With a Ruby Ring（戴着宝石戒指的富家公子）中没有神奇角色，主人公在日常生活中照顾落难或生病之人，最终获得他们赠予的财宝。

　　"公正之人得宝"故事的基本情节是主人公帮助食人妖平均分配食物，他们为感谢主人公而送给他财宝。主人公得宝彰显人们对公正的向往与推崇。"勇敢机智之人得宝"故事的基本情节是主人公（如拇指哥）要么不服命运安排，寻找对手（如太阳），最终战胜对手，获得财宝；要么进入"废弃房屋"①，与"鬼"周旋，从那里获得巨额财宝。在 A37 Master Thumb（拇指哥如何打败太阳）、A39 Golden Tortoise（金龟）和 A40 Master Head（头郎）② 这三篇故事中，主人公都是"怪异儿"。这类故事的基本情节由怪异儿出生和怪异儿创造奇迹构成。以怪异儿为核心的故事能够冲破文化界限，在不同自然环境和文化传统中演化出众多异文。

---

① 缅甸地处热带地区，雨水充沛，自然资源非常丰富，每当人们发现居住地自然资源匮乏时，就会搬到其他地方。这样一来，常常有房屋被闲置或遗弃。缅甸人相信，自己搬走以后，就会有鬼居住在闲置的房子里面。这不仅能够解释缅甸闲置房屋多的原因，也解释了人们对闲置房屋的特殊信仰和态度。

② 我国德宏傣族的《只有头的阿銮》源自缅甸这则《头郎》故事。由此，依稀可以发现中缅之间民间文学交流与影响的实例。

三、"公断型"故事

在缅甸历史上，有搜集和整理法律故事的传统。之所以这样做，主要是基于以下两个方面考虑。一方面，缅甸统治者无法派遣专门"法官"到基层任职；另一方面，基层管理者中接受法律相关教育的人比较少，而他们在维护社会稳定方面又不可或缺。为此，统治者组织专门人员搜集、整理、编写法律故事，并将它们印刷成册，发放给地方管理者，以供其在化解民间类似纠纷时参考。这样一来，在缅甸，法律故事流传广泛，传承者众多，使这类故事占有凸显地位且产生重要影响。正是基于这些考量，才归纳出"公断型"这个故事类型。貌廷昂缅甸民间故事中"公断型"故事及其亚型，见表5-3。

表5-3　"公断型"故事及其亚型

婚姻纠纷型	人身伤害型	财产纠纷型	债务纠纷型	邻里关系型	担保人型
共计：10篇	共计：6篇	共计：12篇	共计：3篇	共计：2篇	共计：2篇
B1. 老虎法官	B36. 发怒的妻子	B17. 争吵的两位樵夫	B30. 丢失的大象	A8. 兔法官	A18. 为什么乌鸦照看杜鹃鸟的蛋
B7. 三位忠诚的求婚者	B37. 四位学者与猪	B18. 斗殴的两位樵夫	B32. 债权人与债务人	B62. 黄瓜案件	B31. 布谷鸟和乌鸦
B10. 最美的公主与才华出众的王子	B38. 四位学者与老虎	B21. 金子变铜，儿子变猴	B33. 值一百筐稻谷的垫子		
B11. 三位大能之士	B41. 毒蘑菇	B22. 四位乞丐			
B12. 东与西	B43. 采蜜人和赶象人	B23. 七位乞丐			
B13. 四位善于观察的学者	B48. 棕榈果	B24. 鼠吃铁，鹰叼子			
B14. 四位才华横溢的青年		B26. 四腿不同的猫			
B19. 国王之剑		B28. 分牛			

续表

婚姻纠纷型	人身伤害型	财产纠纷型	债务纠纷型	邻里关系型	担保人型
B58. 出轨的妻子		B29. 分牛			
B59. 国王与奴隶之妻		B42. 桥上的碰撞			
		B45. 青年与丢失的牛			
		B51. 要求分家产的蛇			

"公断型"故事有 35 篇，约占貌廷昂缅甸民间故事总数的 17.0%。在缅甸民间文学中，法律故事不仅所占比重较大，而且流传历史悠久。这类故事主要是引导"基层法官"化解民间纠纷，要求法官们尊崇"案结事了"原则，也就是要使纠纷当事双方都对裁决结果心服口服。为此，纠纷化解不仅体现着缅甸统治阶层的意志，同时还体现了普通民众对公平正义的理想和追求。正是因为考虑到这一点，才将这类故事命名为"公断型"。由于民间纠纷类型多样，若要对每一个故事进行归类或类型划分，将面临很大困难。另外，通过具有代表性的故事类型，完全可以彰显这类故事的结构与文化意义。为此，"公断型"故事被细分为六个亚型，即婚姻纠纷型、人身伤害型、财产纠纷型、债务纠纷型、邻里关系型和担保人型。

"公断型"故事基本情节是"产生纠纷—纠纷化解"。"婚姻纠纷型"故事是指男女双方在恋爱、结婚、离婚过程中产生的各种纠纷。在缅甸，缅族男女定情后，并不会马上结婚，而是按照习俗进行为期 3 年的相互观察，以增进相互了解和磨合。民间故事比较全面地反映了这一习俗。在为期 3 年的恋爱过程中，有时会产生这样或那样的纠纷，都得到很好的化解。从貌廷昂缅甸民间故事中可以看出，常常会出现多名青年男子同时追求一名女子的情况。这样一来，民众将这些青年同时纳入考察范围之内，经过对比，优中选优，最终选取最佳男子与女子婚配。这一方面主要是因为在缅甸女性社会地位较高，在婚恋问题上有较多自由；另一方面是人们通过对比更能体现缅甸人的恋爱观、择偶观以及婚姻观。

"人身伤害型"故事基本情节是"人身伤害发生—责任认定—化解纠纷"。不管故事发生在什么背景下，也不管出于何种目的，只要造成人身伤害，纠纷就会产生，需要寻求"法官"进行责任认定，化解纠纷。B43 The Bee-Hunter And The Elephant-Driver（采蜜人和赶象人）讲述赶象人出于好心帮助处于危难的采蜜人，但由于估计不足，采蜜人受伤，结果在医疗费上产生纠纷，法官划定每个人的责任，共同支付医疗费，使得纠纷得以化解。

"财产纠纷型"故事主要情节是当事人一方（樵夫、商人、店主、合伙人、兄弟姐妹中一员）要么想私吞另一方财产，要么造成另一方财产损失，进而产生纠纷。B21 Gold Into Brass And Child Into Monkey（金子变铜，儿子变猴）讲述一位隐士委托一位村民保管金子，村民答应了，并请求隐士收自己的儿子为徒，隐士也没有推辞。一段时间后，隐士前来索取金子时，村民惊慌地说金子变成铜了，隐士无法辩解，就想着要报复。回去之后，他将村民的儿子藏匿起来，训练一只猴子，取名和村民儿子一样。当村民来找儿子时，隐士呼唤他儿子的名字，结果出来一只猴子。隐士告诉村民说他儿子变成了猴子。他们之间的纠纷随即产生，来到法律公主（The Princess Learned-in-the-Law）面前，法律公主经过审理，指出两人荒谬之处，让两人分别归还金子和儿子。类似的还有 B24 Iron Eaten By Rats, Son Carried Away By Hawk（鼠吃铁，鹰叼子）。B45 The Young Man And The Lost Cow（青年与丢失的牛）的背景与婚恋有关，但主要内容涉及财产损失，故而将其归于"财产纠纷型"故事中。一位青年到姑娘家求婚，一再遭到姑娘拒绝，一直到深夜，青年才无奈地准备回家。就在这时，姑娘发现家中牛不见了，第二天寻找一整天也没有找到。姑娘的父母要求青年进行赔偿，进而产生纠纷。官司打到法律公主那里，裁决认为青年的到访致使姑娘家深夜也无法关门，结果牛被偷走，青年应该予以赔偿。

至于"债务纠纷型""邻里关系型"和"担保人型"故事也占有一定比例，这些内容易于理解，在具体分析过程中再进行呈现，这里不再赘述。

四、"滑稽型"故事

滑稽是审美形态的重要组成之一。刘法民认为它由两个部分构成，一是不合常规常情的反常行为表现，二是暗示或明示反常行为主体是个正常人。但并不是滑稽的全部，因为滑稽是人们将反常行为与正常行为进行比较后意识到反常行为的虚假无聊时所感到的美。① 在这种情况下，滑稽往往会引起人们发笑。民间故事中的幽默笑话是一种滑稽。当然，在民间故事中，滑稽故事涉及的主人公不仅仅是人，还有动物。在貌廷昂缅甸民间故事集中，存在着大量这类故事，它们反映缅甸人幽默的性格特征。貌廷昂认为："缅甸民间故事的标志就是幽默，所以，全部缅甸民间故事都可以说是幽默的。"② 在这类故事中，有的故事主人公因为缺乏生活经验而成为"笑点"，有的故事主人公因自以为是而成为"笑柄"，有的故事主人公则做出违背常理的事情而成为"笑料"等。这些故事中主人公的言行成为笑点，也就是笑点产生的原因。正是考虑到这一点，将"滑稽型"故事作为一个主要类型进行研究。貌廷昂缅甸民间故事中的"滑稽型"故事及其亚型，见表5-4。

表5-4 "滑稽型"故事及其亚型

傻人傻事型	夸张型	自以为是型	失信或爱慕虚荣型	违背常理型
共计：5篇	共计：2篇	共计：2篇	共计：5篇	共计：3篇
A60. 愚蠢的男孩	A62. 四个强壮之人	C22. 喜欢长时间布道的村庄	C11. 喜欢猪肉胜于白菜的僧侣	C3. 黄瓜炼金师
A61. 四个智力障碍者	A63. 四位吹牛的年轻人	C44. "水牛"的拼写	C19. 僧侣和老虎	C18. 复仇的山里人
C38. 傻大个和水牛			C23. 新僧	C37. 蒸米糕

---

① 刘法民. 怪诞与优美、滑稽、崇高、悲剧：审美形态的形态学比较 [J]. 江西教育学院学报（社会科学版），2000（1）：1-5.

② 貌廷昂. 缅甸民间故事选 [M]. 殷涵，译. 北京：中国民间文艺出版社，1982：1.

傻人傻事型	夸张型	自以为是型	失信或爱 慕虚荣型	违背常理型
C46. 总是移动 的字母"O"			C24. 斗气的两 位和尚	
C70. 烧胡子的 女婿			C60. 变位的北 斗星	

　　"滑稽型"故事有 17 篇，约占貌廷昂缅甸民间故事总数的 8.3%。滑稽故事不仅具有强烈的批判意识，而且能够给人带来欢笑，将狂欢与滑稽有机地融为一体。为此，滑稽故事所引发的笑是批判和狂欢兼具的欢快有力的笑。本书从制笑原因出发，将"滑稽型"故事分为"傻人傻事型""夸张型""自以为是型""失信或爱慕虚荣型"和"违背常理型"五个亚型。

　　"弱胜型""得宝型"和"公断型"三种类型按照行动要素依次展开，形成故事讲述的基本模式，与普罗普所归纳的故事形态结构模式基本吻合。然而，不可忽视的是，貌廷昂缅甸民间故事具有结构和区域文化的独特性，尤其是"弱胜型"和"公断型"，体现出缅甸人民独特的思维方式。而"滑稽型"故事通过狂欢方式消解已形成的主流偏见，揭示人性中的弱点，增强故事对现实的批判力量。可以说，通过民间故事讲述模式可以发觉烙在深层结构和民俗细节中的文化意蕴。"笑什么"和"如何笑"折射出"滑稽型"故事中民众文化心理取向。

第二节　貌廷昂缅甸民间故事中的主题强化

　　在貌廷昂缅甸民间故事集中，数量不等的故事篇章常常表达着同一主题，使得这一主题不断地得到强化和凸显。经过分析发现，貌廷昂缅甸民间故事强化主题的方式主要有 3 种，即变换角色以强化主题、变换情节以强化主题、变换背景以强化主题。本书将貌廷昂缅甸民间故事划分为"弱胜型""得宝型""公断型"和"滑稽型"四类，它们分别表达了"以弱胜强""好人好报""案结事了"和"幽默滑稽"等主题。

一、角色变换与主题强化

在貌廷昂缅甸民间故事集中，民众通过变换角色来表达同一个主题。"弱胜型"故事表达的主题思想是"勿欺弱小"。对这类故事进行对比分析，发现故事中"弱者"与"强者"具有多样性。弱者与强者形成的对比关系如下：蜗牛—马、那伽—狮子、老虎—大象、拇指哥—太阳、男孩—老虎、狮子—兔子、小鸡—老猫、船主—船夫等。A1 Why The Snail's Muscles Never Ache（为什么蜗牛从来不会感到肌肉酸痛），这则故事是典型的"弱小联合胜强敌"的故事。故事中的弱者是蜗牛，强者是马。无论是从外形，还是从力量上看，蜗牛都处于弱势地位，而马则处于强势地位。更让人匪夷所思的是，蜗牛选择自己并不擅长的赛跑。然而，结果是马被活活累死，被蜗牛吃掉。从蜗牛和马这两个角色来看，它们之间力量悬殊非常大，不在同一个力量级别上。然而结果给人的教育意义深刻，强化了弱者联合与团结的重要作用。在这类故事中，尽管角色不断发生变化，但是主题并没有发生改变。

从那伽（the Naga）与狮子两个角色来看，前者属于神兽，后者属于陆生动物。仅从力量对比方面看，那伽生气时，只要皱皱眉头就能使人或其他生物化为灰烬。即使不生气，它的呼吸也能使人双眼失明。足见，它的力量无比强大，使得大多数动物谈之色变。在缅甸，尽管人们将狮子奉为森林之王，但和那伽比起来，狮子显然并不是对手，处于弱势地位。然而，助手兔子的出现，扭转因力量悬殊而产生必然失败结局的可能，使狮子转败为胜。这种力量的巨大悬殊凸显了兔子的智慧，更彰显了缅甸人民对兔子的喜爱和情感态度。

在这类故事中，不仅动物相互联合起来战胜强大对手，动物还帮助人类战胜强大对手。A7 Master Po And The Tiger（坡和老虎）就是其中的典型代表。这则故事的主要情节是：（1）男孩与老虎是朋友；（2）男孩拒绝带老虎进村；（3）老虎偷偷溜进村子里，吃掉村民家小牛；（4）老虎不听劝,又溜进村子里,落入陷阱;(5)男孩放走老虎,老虎却要吃掉男孩;(6)他们找人评理,有的说男孩该被吃,有的说不能吃;(7)他们找兔子评理,兔子让他们还原整个事件过程;(8)老虎又回到陷阱里;(9)兔子和男孩离开了;(10)结果,老虎饿死在陷阱里。从这则故事可以看出,相较男孩而言,老虎处于强势地位,是强者。在危急时刻,兔子的出现扭转了局面,使老虎重新回到陷阱中。故事中,强者和弱者代言人不同,但是反映的主题一样,都在强化"勿欺弱小"这一主题。其他类似角色都承担着相同功能。

在"得宝型"故事中,获得"财宝"的人要么是善良的老婆婆,要么是贫穷的老夫妇,要么是善良的小女孩,要么是机智勇敢的怪异儿,要么是勇敢的醉汉或吸毒者。从老年人方面来看,他们劳动能力下降,直接创造财富的能力也下降,往往处于弱势地位,生活困苦或被遗弃,但是他们的共同特点就是善良。不管是在佛教国家,还是在其他文化圈的国家里,善良的人总是受到人们称赞或推崇。这是人类社会中的普遍现象。为此,老人会受到同情和敬重。从怪异儿方面来看,在人类生育过程中,种种原因导致怪异儿出现,这是事实。但是,如何解释这种现象?有学者认为这是出于人类对生命的崇尚与追求。比如,刘守华等认为:

> 在中国民间故事中存在怪异儿主题的故事。这类故事主要反映了人们对生命的追求。这类孩子大多是无孩子的父母祈求而生育的孩子。他们就认为正是无孩子的父母对生命的追求。[1]

在某种程度上能够解释这种现象。但是笔者认为这种解释并不完全准确。在现实生活中,无论是皇室成员或富贵人家,还是普通人家,只要生育了怪异儿,在传统观念里,他们就会被认为"不吉",是一个灾星,对于家族或部落不吉利。在这样的情况下,为了能够稳固自己在家族或部落中的地位,生育怪异儿的父母或其亲人为了能够给出一个合理解释,幻想着自己所生不是怪物,而是一个神奇之人。他不仅有神奇能力,还能够为

---

[1] 王继国. 刍议人与自然关系的演变 [J]. 河北大学成人教育学院学报, 2007 (4): 93-94.

家庭或家族带来巨大财富。这类故事是一种幻想故事，寄托父母的愿望。从醉汉和吸毒者方面来看，他们往往都是在神经刺激物（这里主要是指酒或毒品）作用下，壮着胆子，在醉酒或迷糊状态下与鬼接触。在我国，有句话叫"酒壮怂人胆"。也就是说，在酒精刺激下，平时胆小怯懦之人，做出平时敢想而不敢做的事情。在缅甸文化中，指由于醉汉或吸毒者在神经亢奋情况下，进入别人不敢进入的房屋。不管运用何种方式，他们都会得到奖赏。但是，只要有胆量就能获得奖赏吗？事实并不是这样。在 A55 The Drunkard And The Opium-Easter（醉汉与吸毒者）这则故事中，醉汉获得财富以后，吸毒者也想用同样的方式获得财富，但是由于自己的蠢行而暴露，最后反而被鬼戏弄一番。这就说明，不仅要有胆量，还要有智慧，这样才能获得财富。也就是说，缅甸人崇尚有胆识、有智慧之人。这样的人常常会获得财富，过上富足生活。在这类故事中，不管主人公是老人、小女孩、吸毒者、醉汉，还是怪异儿，善良或机智勇敢的品格让他们以获得财宝回报的方式被确认和颂扬。

"公断型"故事中的角色比较多，从大的方面来看，主要有两类，一类是动物，另一类是人。在动物角色中，主要有豺、水獭、老虎、兔子、苍蝇、蜘蛛、蟋蟀、獴狐猴、猫、狗、鸬鹚、白杨鱼、布谷鸟、乌鸦、猫头鹰、麻雀、青蛙、公鸡、蛇等。尽管故事中涉及的动物种类比较多，但相比而言，以动物为角色的故事数量比较少。在以人为角色的故事中，主要有学生、王子、公主、富家公子、富家千金、国王、商人、樵夫、巡夜人、隐士、店主、乞丐、渔夫、路人、夫妻、大臣、农民、猎人、伐木工、凡人修士、教师等。可见，角色比较多，涉及行业广泛。无论是动物之间的纠纷，还是人与人之间的纠纷；无论是普通人与权贵之间的纠纷，还是穷人与富人之间的纠纷，最终都能得到圆满化解。也就是说，不同角色都在强化着故事主题。

在"滑稽型"故事中，制笑者角色主要有智力障碍者、吹牛者、失信者、爱慕虚荣者、孤陋寡闻者等。A61 The Four Foolish Men（四个智力障碍者）讲述了这样一个故事：

村子里住着四个愚蠢的人，他们非常愚蠢，没有人雇用他们。他们就去求一位老太太，她大发慈悲，让他们帮助自己收割稻谷。每扛回一捆稻谷，他们总要问放在什么地方。最后，老太太不耐烦了，生气地说："放我头上吧！"他们真把稻谷放她头上，结果老太太被压死。村民们发现后，让他们拿着斧头去森林里砍伐树木为老太太做棺材。来到森林后，两个爬上树梢，两个在树下等着。树下两人准备肩膀扛倒下的树木，结果被压死。树梢上那两人以为他们睡着了，就一直等啊等。两三天过去了，还不见他们醒来，过路的伐木工告诉他们那两个人已经死了。但他们根本不明白什么是死亡。伐木工告诉他们那两个人鼻子里发出臭味，说明他们已经死亡。于是，他们就离开了。他们饿了，鼻子里发出臭味，以为自己要死了，就躺在大路上。这时，一个人赶着一群大象从此经过，用长矛刺他们的腿，他们疼痛得跳起来，认为长矛能让人起死回生，就用斧头和赶象人的长矛进行交换。他们来到一个村子里，有位富人的女儿去世了。两个智力障碍者说能够救活小姐，他们用长矛刺，结果毫无效果。主人知道他们是智力障碍者，告诉他们遇到这种情况要哭泣。他们看到有人在举办婚礼，就去哭丧，人们告诉他们遇到这种情况要高兴。他们看到吵架就高兴起来，人们告诉他们遇到这种情况要劝架。他们看到河马打架就去劝架，结果被河马踩死了。这就是四个智力障碍者的命运。

在这则故事中，主人公的言行和命运可以用我们常说的一句话来概括，那就是"蠢得要命"。故事中，主人公不能融入正常人的生活，他们表现得非常机械和呆板。最后的结局是，他们因蠢行而丧命。故事表现出缅甸人对智力障碍者的厌恶，以他们的死来宣泄对这类人的不满和同情。从智力障碍者的行为来看，他们常常做出傻事。故事中，他们往往只能被动地适应环境，在别人要求下做这做那，并不是自己主动地要去做这些事情。一方面，人们给予智力障碍者一定的生存能力，教导他们做些简单事情；另一方面，在人们内心深处，会这样想：连最基本的生存能力都没有的话，就只能以死亡来做个了结。一般情况下，智力障碍者常常被边缘化，不会成为生活里的主角。黄浩对此有这样的解释："由于智力障碍者有智力上的障碍，无法承担正常人的责任和义务，人们一般不会把社会的文化需求与智障者联系在一起。"① 这类故事出现的原因是什么？除人类近亲结婚或其他方面原因以外，当然还有人们出于逗乐或娱乐方面的心理需求。一方面，故事表现出民众自我娱乐和自我教育的智慧；另一方面，它也体现出人们对低智能者的同情，感叹人类智力水平发展的差异性，向他们投去同情的关怀。

二、情节变换与主题强化

通过变换情节强化主题也是故事创作者与传承者惯用的手法。之所以会出现这种现象，与民间文学的变异性特征分不开。刘守华对此有过精辟论述：

> 民间文学是活的语言艺术，它保存在人们的记忆里，流传在人们的口耳间，永远没有定稿。纵然有时候整理成文、出版、发表，也非最终定稿，不过处于暂时的稳定状态，一旦回到民间，又继续处于不断变化状态。②

这一论述肯定了民间文学创作与流传的集体性，传承者会根据当地自然人文环境对故事进行改编，以适应当地人的文化心理取向。除此之外，从故事保存方式来看，民间文学主要保存在人们的记忆里，既然是记忆，就难免会产生遗忘。但这并不意味着传承者会将整个故事完全遗忘，而是忘记某些细节，并没有忘记故事所要表达的中心思想或主题思想。

类型与异文之间有着密切的关系。万建中认为："类型与异文互为指称，类型由数量不等的异文构成，没有异文也就无所谓类型。"③ 可见，异文是构成类型的前提和基础，没有一定数量异文的存在，类型也就无从谈起。反过来，异文如何构成类型？从万建中对类型的界定中，就可见一斑，他认为："类型是就其相互类同或近似而又定型化的主干情节而言的，至于

---

① 黄浩. 关东傻子故事的母题与文化来源 [J]. 北方论丛，2005（4）：35-38.
② 刘守华，陈建宪. 民间文学教程 [M]. 武汉：华中师范大学出版社，2002：34.
③ 万建中. 20 世纪中国民间故事研究史 [M]. 北京：北京师范大学出版社，2011：152.

那些在枝叶、细节和语言上有所差异的不同文本则称之为'异文'。"① 按照万建中的观点，尽管异文并没有触动主干情节，但是故事情节还是在某种程度上发生了变化。一方面，这种变化丰富了故事的内容；另一方面，这种变化强化了故事主题。下面经过具体故事对此进行说明，见表5-5。

表5-5　傻人傻事型故事情节对比

故事名与编号	主人公	故事情节
A60 愚蠢的男孩	男孩	（1）愚蠢的男孩在森林里寻找食物，看到野鸡，告诉它去自己家 （2）男孩回家发现野鸡没有回来，母亲告诉他应该把野鸡杀掉带回来 （3）第二天，他看到蘑菇，就把它剁碎带回家，母亲说要拔起带回来 （4）他看到蜂窝，就去拔，结果被蜇伤，母亲说要用烟熏 （5）他看到和尚，就把和尚的衣服给点着了，结果被和尚揍了一顿，母亲说见到穿黄袍的要跪拜 （6）他看到老虎，就给老虎磕头，结果被吃掉
A61 四个智力障碍者	四位村民	（1）村里没有人雇用四个智力障碍者 （2）一位老太太同情他们，雇用他们为自己收割稻谷 （3）他们每次扛回稻谷时，总问放哪里 （4）后来老太太生气了，说放她头上 （5）结果老太太就被压死了 （6）村民让他们去森林砍树，为老太太做棺材 （7）两个人在树下，另外两个人爬到树梢。结果树下那两个人被倒下的树木压死了 （8）树上那两个人不知道死是什么，就在旁边等。路过的伐木工闻闻他们的鼻子，告知他们那两个人已经死了 （9）他们走在路上，饥肠辘辘，闻见从鼻子中发出臭味，就以为自己快要死了。于是，就躺在路上。路过的赶象人用长矛刺他们的腿，因感到疼痛而起身 （10）他们认为长矛能让人起死回生，就用斧头换了长矛 （11）得知富翁的女儿死了，他们就用长矛刺她的腿，结果没有醒来 （12）富翁知道他们是智力障碍者，告诉他们遇到这种情况要哭泣 （13）他们看到有人结婚，就跑去哭泣，有人告诉他们遇到这种情况要高兴 （14）他们看到有人打架，就高兴起来，有人告诉他们遇到这种情况要劝架 （15）他们看到河马打架，就去劝架，结果被踩死

---

①　万建中. 20世纪中国民间故事研究史［M］. 北京：北京师范大学出版社，2011：152.

故事名与编号	主人公	故事情节
C38 傻大个和水牛	傻大个	（1）每天，傻大个都要去放牛 （2）其他人知道他是个智力障碍者，不管谁家牛跑开，都让傻大个去把牛赶回来 （3）后来，父亲发现了那些人的诡计 （4）给自家牛角上绑上棕榈叶 （5）上午一切都正常。可是到了下午，每头牛的牛角上都绑着棕榈叶
C46 总是移动的字母"O"	帮工	（1）有一个人从 16 岁开始就做帮工，现在已经 40 岁了，仍然还是帮工 （2）他什么也做不了，这户人家就让他去放牛 （3）由于他只能识别"东"这个方向，主人给他一个写着"O"的牌子，指明东方 （4）顽皮的孩子们在每个方向上都写了一个"O" （5）结果，他又迷失方向了
C70 烧胡子的女婿	富商的儿子，农民的女儿	（1）富商的儿子和农民的女儿结婚 （2）老丈人总是感到不悦，觉得女婿丑陋 （3）一次，老丈人在墙上写着：脑袋大，胡子长，脑子笨 （4）女婿向妻子抱怨说自己并不笨 （5）有一天，丈夫想把胡子烧掉。妻子看到后，就用油泼了上去。烧得丈夫疼痛难忍。于是他对妻子说："你父亲说得对，我就是个智力障碍者"

表 5-5 列出 5 个傻人傻事型故事，这类故事反映的主题是幽默滑稽。从故事情节来看，有的故事情节比较复杂，如 A60 The Foolish Boy（愚蠢的男孩）和 A61 The Four Foolish Men（四个智力障碍者）；有的故事情节比较简单，如 C38 Master Tall And The Buffaloes（傻大个和水牛）、C46 The Ever-Moving Letter "O"（总是移动的字母"O"）和 C70 The Son-In-Law Who Set Fire To His Own Beard（烧胡子的女婿）。这类故事主要情节是傻人做傻事。然而，智力障碍者角色由不同人物承担，所做傻事也不同。如 A60 The Foolish Boy（愚蠢的男孩）中，男孩机械地理解妈妈所讲的道理，不会举一反三，不能理解妈妈所讲道理的真正含义。抓野鸡、采蘑菇、采蜂蜜、烟熏和尚、跪拜老虎等情节让人捧腹大笑。而在 A61 The Four Foolish Men（四个智力障碍者）故事中，主人公常常将别人所讲的话当真

或泛化，用稻草压死雇主，砍伐树木压死同伴，误认为长矛能让人复活，用长矛刺富商死去的女儿，别人结婚时哭丧，因看到有人打架而高兴，因看到河马打架而劝架等。从故事情节上看，A60 和 A61 完全不同，但是它们共同强化同一主题，那就是幽默滑稽。不同故事通过丰富多彩的傻人傻事强化主题。万建中认为："异文是指主题和基本情节相同的同一个故事，在细节上有不同的说法，或者不同讲述者的讲述。"① 然而，经过对貌廷昂缅甸民间故事的分析可以肯定，主题也是民间故事产生与发展的重要因素。在主题统辖下，故事完全可以跨出情节范围，强化同一主题。故事创作者与传承者创造了丰富多彩的民间故事，这些故事情节和角色具有多样性，但是故事所要表达或呈现的主题是有限的。通过主题来划分和探讨民间故事是完全可能的。

三、背景变换与主题强化

在本书中，"背景"主要是指故事发生的空间背景。也就是说，在不同空间中对同一主题进行强化。在此，以"得宝型"故事为例对空间变化以强化主题进行解释和说明。在"得宝型"故事中，故事发生的空间背景主要有森林、荒岛、罗望子树下、废弃房屋、废弃寺庙等。

在人类发展历史上，森林有着重要的价值和作用。人类出现以来的很长一段时间里，主要生活在森林里，以采集天然的野果为食。可以说，正是森林哺育了人类。森林与人类的关系主要体现在以下几个方面：第一，从物质资源方面来看。有学者认为，在原始社会中，原始人崇拜的对象是森林以及与采集和狩猎有关的植物。即使在农业和畜牧业已经比较发达以后，人类还在向森林索取。正如徐第在《回归人类：对森林的崇拜》一文中所陈述的那样："原始人对森林的崇拜，是崇拜它们的生命力和繁殖力，认为人类的生活食物来源是整个森林的生命力与其中的植物（主要是树木）的繁殖力的记录。"② 又如罗宏在《森林，赋予人类生命力》一文中

---

① 万建中. 20 世纪中国民间故事研究史 [M]. 北京：北京师范大学出版社，2011：153.

② 徐第. 回归人类：对森林的崇拜 [J]. 半月谈，1994 (5)：10.

提及，这些原始的技术、图腾、神灵观等都从不同的角度把人和树木的密切关系昭示得淋漓尽致。就人类古代生活来看，树木之于人类形同水与鱼。[①] 即使到了当今，在一些地方，狩猎和采集野果依然是人们生活资料的一个重要来源。第二，从宗教信仰方面看。在原始社会，由于人类认识水平比较低下，再加上他们使用的工具还比较落后，这样一来，他们驾驭和征服自然的能力比较低下。在认识上，他们常常赋予一切事物以生命，产生了万物有灵观。在此基础上，由于他们使用的工具比较简单，面对强大凶残的动物，他们常常产生恐惧心理。在获取食物的时候，常常会祈求超自然力量的保护和赐福。第三，从对人的心理影响方面来看。正是原始人的认识水平低下、生产工具简陋、森林的神秘莫测造成他们对森林的敬畏。因此，赋予森林以生命和超自然能力。人类从森林中获取丰富的生活资源，因此，人类也认为森林中有财宝之类的东西。第四，从民间故事的文化和心理象征方面看。一些心理学家认为神话代表着最原始的思维。在一些民间故事中，真正的信息往往隐藏在象征物背后。例如，《小红帽》中充满具有深层意义的象征物，小红帽象征着女孩性欲，而"Little"（"小红帽"中的小）象征着女孩懵懂的性本能。同样，在缅甸民间故事中，森林也具有象征意义。一般来说，森林象征着魔法和神秘。森林往往代表着未知的危险和挑战，是一个能给无畏者带来利益的地方。森林能够考验个人的成长。古德翰（Gooderham）[②] 认为：幻想故事是现实的折射，主要是对当时现实问题的关怀，渗透着森林叙事功能的细节，这些细节更加适合青少年和成人读者的心理和认知发展。在森林主题的民间故事中，主人公不仅常常要和恶魔进行斗争，还给人类的未来涂上一层阴影。在成长的过程中，所有在人生重大冒险的时刻都要进入森林。

荒岛的出现与缅甸多水域、多岛屿的自然地理特征相吻合。这类故事的出现应该是和驾船和乘船人密切相关。为什么这么说？在早期，人类一方面向大海索取生活资源；另一方面人类驾驶船只将本地货物运送出去，

---

① 罗宏. 森林，赋予人类生命力［J］. 森林与人类，1994（6）：10.

② GOODERHAM D. Children's Fantasy Literature：Toward an Anatomy［J］. Children's Literature in Education，1995, 26（3）：171-183.

再把外地的货运进来，以此来维持生计，获取财富。这样一来，他们就和海洋结下不解之缘。但是，由于造船技术、信息技术和设备的落后，常常受到恶劣天气的影响。长时间的海上航行，使得他们感到无聊，他们常常会对海岛产生幻想。有时，他们会来到海岛附近或登上海岛，看到沉船事故和漂来的人的白骨，这就使他们认为海岛非常可怕，岛上有食人妖。由于他们对食人妖的幻想，海岛产生神秘感，再加上长时间的海上航行和对所见的误判，才产生食人妖故事。另外还有其他原因，就是人们想借故事来消遣娱乐。再就是海盗的出没，他们常常抢劫过往船只，杀人越货，甚至将某些人流放到海岛上。生活条件和自然条件等原因，使得那些被流放在海岛上的人与正常人不一样，人们就会以为他们是食人妖。这些场景在文学作品中描写得比较多，如《金银岛》（*Treasure Island*）、《鲁滨孙漂流记》（*Robinson Crusoe*）等。在这些文学作品的渲染下，强化了人们对食人妖的感知，增加了其"存在的真实感"，给人们造成心理恐惧。

缅甸地处热带地区，雨水充沛，自然资源非常丰富，人们经常寻找自然资源丰富的地方定居下来。当这个地区自然资源匮乏以后，人们就搬到其他地方。这样一来，常常有房屋被闲置或遗弃。缅甸人相信，自己搬走以后，就会有鬼居住在闲置的房屋里面。这就解释了缅甸有那么多闲置房屋的原因。至于寺庙，缅甸是佛教国家。为了积攒功德，不论王室、贵族，还是普通民众都会竭尽全力捐建寺庙以获取更大功德。因此，缅甸到处都是寺庙。在殖民之前，缅甸村都有寺庙，有的村子甚至会有多座寺庙。随着村子的变迁或其他原因，出现废弃寺庙也是常有之事。废弃寺庙中出现鬼，也同闲置或废弃房屋一样，缅甸人认为会被鬼占据。

小　结

学术界很早就注意到数量庞大的民间故事。正当要对民间故事展开研究时，却发现一系列棘手问题，如何对故事进行分类就是其中一个。阿尔奈首先对这个问题进行深入思考，提出解决方案。后来，汤普森进一步发展阿尔奈的思想，形成了阿尔奈-汤普森分类体系。受他们的启发和影响，俄国普罗普提出故事形态学理论。他们的理论贡献对以后世界范围内的民间故事研究工作具有重要意义。然而，这并不是放之四海而皆准的理论。在研究貌廷昂缅甸民间故事集的过程中，笔者发现这些理论产生了"高原反应"。为此，在综合考虑前人理论成果和貌廷昂缅甸民间故事自身独特性的基础上，笔者将研究对象划分为四个类型，即"弱胜型""得宝型""公断型""滑稽型"。每种类型下有众多异文，它们大多对相应主题具有强化作用。

第六章

貌廷昂缅甸民间故事类型的结构研究

在文学研究领域，学者们很早就注意到"结构"这个概念。亚里士多德（Aristotle，前384—前322）在《诗学》中已经表达了"原型—结构主义"思想。弗迪南·德·索绪尔（Ferdinand de Saussure，1857—1913）将"语言"视为人类言语的基础系统，其文学上的意义在于研究者应该关注诗歌、戏剧等的生成系统，而不是研究具体的、个别的诗歌和戏剧。结构主义叙事理论以"语言"为模式，把句子结构同叙事结构模式紧密结合在一起。普罗普的《故事形态学》和《神奇故事的历史根源》是结构主义叙事学的奠基之作。他经过对俄国100个神奇故事进行结构形态（也称"角色功能"或"行动元素"）的分析，提出了民间故事由功能、行动元素、回合组合而成的思想，归纳出了31个功能项，而且它们具有固定的逻辑顺序，但是在单个故事中，这些功能项不一定会全部出现。普罗普的理论受到学术界的普遍认可，是文学研究中的典范之作。运用故事形态学理论分析和研究缅甸民间故事能够深入其意义世界。

第一节　貌廷昂缅甸民间故事的功能

"功能"是民间故事研究中一个非常重要的概念。普罗普在"功能"界定及其划分方面做出了重要贡献，产生了重要影响，被学者纷纷沿用和发展。貌廷昂缅甸民间故事功能认定与划分也可以采用"功能"这一概念。

一、功能的划分

普罗普在神奇故事研究中，对功能这一概念进行界定，认为："功能是依据在行动过程中的意义而确立的人物的行为。"① 也就是说，功能划分与认定的核心不在于"功能的承担者"——人物身上，而必须考虑功能在行动过程中的作用和意义。如果两个功能看似相同，但作用和意义不同，则不能认为它们是同一个功能。反之，如果两个功能看似不同，但作用和意义相同，则不能认为它们是两个功能。例如，主人公 A 救助动物，与主人公 B 救助动物，看似行动相同，但是意义不同，A 是出于善意，而 B 则出于恶意，它们各自在故事情节发展中产生不同作用，是两个不同的功能；主人公 A 获得财宝，与主人公 B 获得财宝，看似行动不同，但对情节发展产生相同作用，它们就是同一个功能。普罗普指出："故事的功能充当了故事的稳定不变因素，它们不依赖于由谁来完成以及怎样完成。"② 也就是说，在功能划分上如果仅仅考虑功能承担者，或承担者的行动方式，划分出来的功能就会出现混乱，难以实现分类的排他性，也就使得分类失去意义。

普罗普研究发现故事叙事中既有常量，也有变量。人物的名字变化（每个人的特征也变化），但他们的行动和功能都不变。③ 据此，普罗普推测故事常常把相同的行为分配给不同的人物。这也就为从故事中人物的功能开展故事研究提供了可能。他经过研究，发现和归纳出 31 个功能项，见表 6-1。

① PROPP V. Morphology of the Folk Tale ［M］. State of Texas：University of Texas Press，1975：21.
② 普罗普. 故事形态学 ［M］. 贾放，译. 北京：中华书局，2006：18.
③ 拉曼·塞尔登. 文学批评理论：从柏拉图到现在 ［M］. 刘象愚，陈永国，等译. 北京：北京大学出版社，2003：357.

表 6-1 普罗普功能项一览表①

序号	内容	定义
1	一位家庭成员离家外出	外出
2	对主人公下一道禁令	禁止
3	打破禁令	违禁
4	反角试图刺探消息	刺探
5	反角获知其受害者的消息	获悉
6	反角欺骗其受害者，以掌握他或他的财产	欺骗
7	受害者上当，并无意中帮助了反角	协同
8	反角给一个家庭成员带来危害或损失	加害/缺乏
9	灾难或缺失被告知，向主人公提出请求或发出命令，派遣他或允许他出发	调停
10	寻找者应允或决定反抗	反抗
11	主人公离家	出发
12	主人公经受考验，遭到盘问，遭受攻击等，以此为他获得魔法或有相助者做铺垫	赠予者的第一项功能
13	主人公对未来赠予者的行动做出第一反应	主人公的反应
14	宝物落入主人公的掌握之中	法宝的提供与接受
15	主人公转移、被送到或被带领到所寻宝物之地	转移
16	主人公与反角正面交锋	交锋
17	给主人公做标记	标记
18	反角被打败	胜利
19	最初的灾难或缺失状态被消除	灾难或缺乏消除
20	主人公归来	返回
21	主人公被追捕	追捕
22	主人公从追捕中获救	得救
23	主人公伪装回到家中或到达另一个国度	不被觉察的抵达
24	假主人公提出非分要求	非分要求
25	给主人公出难题	难题

① 普罗普. 故事形态学 [M]. 贾放，译. 北京：中华书局，2006：24-58.

序号	内容	定义
26	难题得到解决	解题
27	主人公被认出	认出
28	假主人公或反角被揭露	揭露
29	主人公改头换面	容变
30	反角受到惩罚	惩罚
31	主人公成婚，并登上王位	婚礼

沿着普罗普故事功能项划分思路对貌廷昂缅甸民间故事功能项进行梳理和归纳，发现其功能项主要有：

第一，外出。家庭中某位成员离家外出。主人公或独自或与亲戚或与朋友外出。例如，4个学生相约去森林打猎；一位青年离家向一位美丽的姑娘求婚；小男孩到森林中散步；冷小姐外出兜售腌鱼；金兔离家找金虎；兔子外出想欺骗人类；国王带着随从微服私访；愚蠢的男孩去森林里寻找食物；4个善于吹牛的青年相约去冒险；聋人去村子里化斋；Z先生与父亲一起外出；聋人外出寻找丢失的牛；等等。

第二，禁止。向主人公下达禁令。例如，男孩不让老虎进村；食人妖禁止小孩去地下室、厨房和塔顶；国王禁止随从将自己吃糠的事情说出去；等等。在貌廷昂缅甸民间故事集中，"禁止"功能并不多见，而且主要出现在人与动物、神奇的宝物、滑稽故事中。

第三，违禁。打破禁令。例如，老虎违背劝告进入村庄；小男孩走进塔顶发现被捆绑老人，在地下室发现白骨，在厨房拿到锦囊。"禁止"功能少，也就意味着"违禁"功能少。

第四，刺探。刺探到消息。例如，老人告诉小孩锦囊在厨房；貌宝鉴的父母偷听到谜底答案；等等。

第五，获悉。主人公获知了相关信息。例如，貌宝鉴的父母告诉他谜底答案。

第六，欺骗。反角欺骗主人公，企图私吞他的财产。例如，主人公委托村民保管金子，当主人公索取时，村民欺骗说金子变成了铜；船主委商人保管铁，当铁价格上涨时，商人将其卖掉，船主索取时，商人欺骗说铁被老鼠吃掉；等等。

第七，协同。受害者被骗，并无意中帮助了反角。例如，国王问渔夫需要什么奖赏时，渔夫要20大板，自己领受10大板，给内务大臣分10大板，国王问明缘由后，解雇内务大臣，渔夫接替他的职位；盗贼把罐子搬到老夫妇家中，想用蛇吓唬他们，但当他们打开罐子时，看到里面是金子；等等。

第八，加害/缺乏。反角给主人公或主人公的亲人造成危害或损失。例如，老虎想吃掉从陷阱里把它救出来的男孩；继母虐待继女；等等。缺乏。主人公没有某个东西，需要获得它。例如，老夫妇生活困苦，希望获得财宝；穷弟弟希望哥哥能够给自己的孩子幸福生活；小伙子希望获得财富；等等。

第九，调停。出现灾难或缺乏，主人公得到请求或命令，允许他前往或派他前往。例如，当事人之间发生严重纠纷，邀请兔子进行裁决以化解纠纷。

第十，反抗。寻求者同意或决定反抗。例如，拇指哥在其他物品的帮助下，与太阳进行斗争。

第十一，出发。主人公离家出走去实现某个目的。例如，拇指哥离家寻找太阳讨说法；主人公到森林里去伐木；主人公外出售卖农副产品；等等。

第十二，赠予者的第一项功能。赠予者对主人公进行种种考验、盘问、试探、攻击等，为其后来获得魔物或助手铺平了道路。例如，树精考验老婆婆发现其是好人；乌鸦考验小姑娘发现其善良诚实；父亲3次将孩子抛弃于森林都没有成功；等等。"考验型"是民间故事中一个常见类型，具有普适性。在貌廷昂缅甸民间故事集中，这类故事同样比较多。

第十三，主人公的反应。主人公对未来捐助者行为所做出的反应。例如，大女儿和二女儿都不愿意嫁给蛇；小伙子救下即将被处死的狗和猫；父亲想要抛弃拇指哥；哥哥拒绝奶奶的遗物；等等。

第十四，法宝的提供与接受。法宝落入主人公之手。例如，小孩获得

3 个锦囊；弟弟接受奶奶遗留下来的杵；小伙子获得许愿石；等等。

第十五，转移。主人公被转到或送到或带到他正在寻找之物的所在地。例如，主人公来到废弃的房屋或寺庙；主人公来到荒岛；主人公来到另外一个国家；主人公来到森林里；主人公墓地；等等。

第十六，交锋。主角与反角之间的战斗。例如，蜗牛与马的竞赛；飞禽走兽与那伽的斗争；兔子与狮子的较量；老虎与猫之间的争斗；小鸡与老猫之间的斗争；那伽与伽龙鸟之间的较量；拇指哥与食人妖的战斗；乌龟与食人妖之间的战斗；头郎与食人妖之间的战斗；巨蛋与食人妖之间的战斗；等等。可见，"交锋"功能在缅甸民间故事中所占比重较大。这个功能在其他国家或民族民间故事中，也占有很大比重。

第十七，标记。给主人公做标记。例如，年轻星相师割掉老星相师的舌头，预言成真。预言就成为年轻星相师的标记。

第十八，胜利。反角失败，主角获胜。例如，马被活活累死；那伽被吓得钻进水里；狮子淹死在水井里；兔子被煮着吃了；老猫逃走了；继母的儿女被国王处死了；主人公与公主结婚，过上幸福生活；等等。

第十九，灾难或缺乏消除。消除最初的灾难或缺乏。例如，主人公获得了财宝。

第二十，返回。主人公返回。例如，主人公返回自己的国家；主人公返回家乡；主人公回到王宫里；等等。

第二十一，追捕。主人公被追捕。例如，小孩遭到食人妖追捕；小鸡遭到老猫追赶；那伽遭受伽龙鸟追捕；老虎追捕猫；等等。

第二十二，得救。主人公摆脱追捕而获救。例如，乌龟摆脱食人妖的追捕。

第二十三，不被觉察的抵达。主角回到家园或到达另外一个国家，但无人认出。例如，占星师的儿子返回家乡。

第二十四，非分要求。假主角提出无理要求。例如，那伽让狮子 7 天后来接受惩罚；老虎让大象 7 天后来接受处置；小姑娘要金梯子、金餐具和大箱子；等等。

第二十五，难题。给主角出难题。例如，王后给貌宝鉴出 3 个谜语；

国王想让公主恢复人身；国王让乌龟分别建一座通往王宫的金桥和银桥；等等。

第二十六，解题。主角解决难题。例如，貌宝鉴从父母那里知道了谜底，解决了问题。

第二十七，认出。主角被认出。例如，父亲认出儿子；国王与儿子相认；丈夫认出妻子；等等。

第二十八，揭露。假主人公或反角被揭露。例如，渔夫揭穿内务大臣的阴谋。

第二十九，容变。主角外貌被改变。例如，乌龟变成美男子；头郎变成美男子；蛇郎变成美男子；巨蛋变成小男孩；等等。

第三十，惩罚。反角受到惩处。例如，内务大臣被打10大板并被解除职务；马累死了，被蜗牛吃掉了；狮子看到井中倒影一跃而下，结果被淹死；老虎又重新回到陷阱里，饿死了；兔子故技重施，被村民打死；变小的乌鸦恐惧地逃走；秃鹫变得又老又丑；等等。

第三十一，婚礼。主角完婚，登上王位，过上幸福生活。例如，乌龟变成美男子，与公主幸福地生活着；头郎变成美男子，与公主成婚，过着幸福的生活；等等。

除这31个功能项以外，在缅甸民间故事中，还发现了其他功能项。故将这些功能续在普罗普31个功能项之后。需要特别说明的是，按照功能顺序原则，这些功能会排列或嫁接在31个功能中的某个位置上。为了便于区分和对比，这里将它们单独排列，在具体分析时，再进行融合。

第三十二，最初的平衡。两个主人公最初的平衡与友谊。例如，金兔与金虎就是一对好朋友；小男孩与老虎成为好朋友；水獭和豺结伴寻找食物；熊、猴子、兔子是狮王的大臣；山里人照顾生病的商人并成为朋友；人类与鸟类和平共处；船主和商人是朋友；同一座寺庙里住着两位僧侣；国王统治着所有的人类和动物；河马与牛是表亲；4个人相约去森林冒险；村东一户人家有一头公牛，村西一户人家有一头母牛；等等。

第三十三，失衡。主人公之间的平衡或友谊被打破。例如，金兔残害金虎致使其死亡；老虎想吃掉救自己脱离陷阱的小男孩；水獭与豺因食物分配不公而产生纠纷；商人想私吞受船主委托保管的铁；等等。

第三十四，恢复平衡。主人公之间的平衡或友谊恢复平衡。例如，在兔子的协调下，水獭与豺和好如初。

第三十五，成功决策。主人公成功地对捐赠物做出决定。例如，弟弟接受奶奶遗留物——杵；小男孩听取老人建议，到厨房拿走锦囊；等等。

第三十六，预言。占星师预言到儿子将来会割掉自己的舌头。在缅甸，人们信仰星相术，常常会依据预言而采取一定的措施。

第三十七，考验失败。主人公 B 未通过考验。例如，儿媳妇未通过考验而被老虎吃掉；小姑娘未通过考验致使财宝变成蛇；等等。

第三十八，回报。主人公 A 回报捐助者。例如，主人公给拿到许愿石的狗和猫建造房屋以供它们居住，并向它们提供美味食物。

二、功能数目及其序列

笔者考察了貌廷昂缅甸民间故事，将其"功能"归纳为 38 项。与普罗普 31 个功能项相比，增加了"最初的平衡""失衡""恢复平衡""成功决策""预言""考验失败""回报" 7 个功能项。同普罗普的"功能项"相比，这 38 个功能项更能体现貌廷昂缅甸民间故事的实际情况。

从貌廷昂缅甸民间故事的"功能"来看，分布极其不平衡，第一项、第六项、第七项、第十二项、第十六项、第十八项、第三十项、第三十二项、第三十三项出现的频率比较高；而第二项、第三项、第四项、第八项、第二十八项比较少见。"功能"出现频率不同，意味着故事搜集者不同的偏好和民族文化。"弱胜型"故事、"得宝型"故事、"公断型"故事和"滑稽型"故事在"功能"频率方面均存在一定差异。在"弱胜型"故事中，"斗争"是高频功能；在"得宝型"故事中，"神奇助手"是高频功能；在"公断型"故事中，"调停"是高频功能。在动物故事中，以弱胜强主题思想和动物生活习性解释方面内容比较多；在幽默滑稽故事中，制笑和教育是其中的主要内容；在法律故事中，纠纷化解是核心内容；在财宝型故事中，好人好报是主题思想。不同类型民间故事"功能"频率的高低差异为貌廷昂缅甸民间故事的独特性文化意义研究提供了新视角。

对某个具体民间故事来说，到底需要多少个"功能"？普罗普没有对这个问题进行回答。对貌廷昂缅甸民间故事 38 项功能的分析和归纳可以看出，故事的构成"功能"不少于两个。郑仪东经过对我国东北地区民间故事研究发现，民间故事最少需要两个功能，而且这两个功能是成对的。①貌廷昂缅甸民间故事也符合这种情况。

一般来说，一个故事不可能涵盖所有"功能"。然而，"功能"的多少与内涵的丰富程度有着直接关系。也就是说，"功能"和角色越多，情节越复杂，则故事内涵越丰富。反之，"功能"和角色越少，情节越简单，内涵也就越单一。

普罗普研究发现："功能项的排列顺序永远是同一的。"② 下面分别以 A1 Why The Snail's Muscles Never Ache（为什么蜗牛从来不会感到肌肉酸痛）和 A33 The Golden Crow（金乌鸦）为例进行分析和说明，见表 6-2 和表 6-3。

表 6-2　A1 为什么蜗牛从来不会感到肌肉酸痛的功能项分布一览表

序号	故事内容	功能项
1	路上，一匹马从蜗牛旁边经过时，轻蔑地嚷道："走路慢的必须给走路快的让路。"蜗牛有尊严地回应道："我们蜗牛只有在赛跑时才会跑得很快。"	1. 主人公 A 外出不在家③
2	一听这话，那匹马立刻大笑起来。于是，蜗牛向马发起挑战，相约第二天进行比赛。马接受了挑战。	10. 主人公 A 准备反抗
3	蜗牛召集来所有兄弟姐妹，说道："听着，兄弟姐妹们。马肉是一种药材，能够预防和治疗各种疼痛。你们想吃马肉吗？"所有蜗牛都不约而同地应声说道："愿意。"蜗牛说："很好。那么大家要听我安排。"	12. 主人公 A 遇到助手

---

① 郑仪东. 中国东北地区民间故事类型研究［D］. 长春：吉林大学，2020.
② 普罗普. 故事形态学［M］. 贾放，译. 北京：中华书局，2006：19-20.
③ 这里的数字代表功能项的序号，下同。

序号	故事内容	功能项
4	于是，蜗牛让兄弟姐妹们提前隐藏到路边，每间隔一弗隆隐藏一只蜗牛。安排妥当之后，蜗牛就去睡觉了。由于蜗牛爬行很慢，兄弟姐妹们用一整天时间才到达指定位置。第二天早晨，那匹马来到蜗牛面前，嘲笑地问道："长跑冠军，你准备好了吗？"蜗牛给出肯定回答，并说明比赛规则：参赛者不停地跑，每到一弗隆时，要呼唤对方的名字，以确认对方是否落在后面。马同意比赛规则。于是比赛正式开始。马跑得很快，蜗牛却悠闲地走着。到达第一个弗隆时，马问道："长跑冠军，你在吗？"	7. 协同
5	"当然，我在。"蜗牛回答道。马感到非常惊讶，停下来，仔细地向四周看看，发现蜗牛就在自己旁边。马认为那只蜗牛就是和自己比赛的蜗牛，说道："在下一个弗隆时，我一定要超过你。"然而，到达第二个弗隆时，发生了同样的事情。马已经失去耐心，不停地跑啊跑。直到最后一弗隆时，依然能看到蜗牛的身影。 　　最后，马累死了。蜗牛和兄弟姐妹们吃了马肉。直到今天，对蜗牛来说，根本不知道什么是疼痛。	6. 主人公 A 试图设套伤害主人公 B

　　在这则故事中，功能按照（1）→（10）→（12）→（7）→（6）这个顺序排列，故事开头和中间的功能安排存在一定差异。主人公 A 在遇到主人公 B 挑衅之后，即刻做出回应，向主人公 B 发起挑战。但这种挑战并没有立刻进行，而是约定在另外一个时间，如第二天。在"弱胜型"故事中，这种时间差出现的次数也比较多，大多为 7 天。然而，往往在这个时间间隔内，可能会有很多意想不到的事情发生。主人公 B 应战，答应到指定时间和地点参加比赛。然而，主人公 A 利用这段时间，设下圈套。等到正式比赛时，主人公 B 则陷入圈套。当主人公 B 陷入圈套时，人们就能预知结果。最终的结果也证实这一点，主人公 B 累死，成为主人公 A 及其家族成员的美食。

表 6-3　A33 金乌鸦功能项分布一览表

序号	故事内容	功能项
1	很久很久以前，有位年迈而贫穷的寡妇。她有个善良而美丽的女儿。 一天，母亲让她照看门外晒着的稻谷，不能让鸟吃。于是，女儿就坐下来，驱赶着想吃稻谷的鸟。然而，当稻谷快晒干时，一只奇怪的鸟飞过来。它满身金羽毛。金乌鸦嘲笑小姑娘还想赶走自己，就快速地吃完稻谷。 小姑娘开始哭泣，说道："啊！我可怜的妈妈。她非常贫穷！稻谷对她多么珍贵啊！"	8. 缺乏
2	金乌鸦友好地看着小姑娘，说道："小姑娘，我会为所吃的稻谷付钱。太阳落山后，请来村外罗望子树下，我会给你一些东西。"说完，金乌鸦飞走了。 太阳落山后，小姑娘来到罗望子树下，抬头向上看去，惊讶地发现树顶有一间小屋。	13. 主人公 A 的第一反应
3	金乌鸦从窗户探出头来，说道："啊！你来了。上来吧。当然，我需要先把梯子放下去。你想使用金梯子、银梯子，还是铜梯子？" 小姑娘回答道："我只是一个贫穷的小姑娘，使用铜梯子就行。"令她感到惊讶的是，金乌鸦放下了金梯子。于是，小姑娘就来到小金屋。	14. 主人公 A 通过了第一次考验
4	金乌鸦说道："你必须和我共进晚餐。但是，你想使用金盘子、银盘子，还是铜盘子？" 小姑娘回答道："我只是一个贫穷的小姑娘，使用铜盘子吧。"令她感到惊讶的是，金乌鸦让她使用金盘子。食物非常美味。	14. 主人公 A 通过了第二次考验
5	"你真是一个好姑娘。"金乌鸦说。晚饭后，金乌鸦说："我真希望你能留下来，但是你的妈妈需要你。天黑之前，你必须回家。" 说着，金乌鸦走进卧室，拿来 3 个盒子，问道："你想要大盒子、中等盒子，还是小盒子？" 小姑娘说："你没有吃多少稻谷，小盒子就足够了。"于是，她拿来小盒子，谢过金乌鸦之后就回家了。	14. 主人公 A 通过了第三次考验
6	回家之后，小姑娘把小盒子交给妈妈。她们一起打开盒子，惊奇地发现里面有 100 颗无价宝石。此后，她们过着富足的生活。	19. 缺乏消除

续表

序号	故事内容	功能项
7	村子里还住着另外一个年迈的寡妇，她并不贫穷。她也有一个女儿，既贪婪，脾气又坏。她们听说金乌鸦的事情后，非常嫉妒，也想获得同样的礼物。于是她们也在太阳底下晒谷子，让小姑娘照看。由于小姑娘太懒，没有驱赶吃稻谷的鸟。当金乌鸦到来时，稻谷所剩无几。 然而，贪婪的小姑娘粗鲁地嚷道："嗨，乌鸦，你吃了我们的稻谷，给我们一些财宝。"	13. 主人公 B 的第一反应

8	乌鸦皱皱眉头，礼貌地说道："小姑娘，我会为此付钱。太阳落山后，请来村外罗望子树下，我会给你一些东西。"说完，金乌鸦飞走了。
	  太阳落山后，小姑娘来到罗望子树下。还没有等乌鸦探出头来，就喊道："嗨，乌鸦，快来兑现你的诺言。"
	  乌鸦探出头问道："你想使用金梯子、银梯子，还是铜梯子？"贪婪的小姑娘回答说："当然是金梯子。"乌鸦感到很失望，就把铜梯子放了下去。
		37. 主人公 B 没有通过第一次考验

9	小姑娘进屋后，乌鸦说道："你必须和我一起共进晚餐。你想使用金盘子、银盘子，还是铜盘子？"贪婪的小姑娘回道："当然是金盘子。"结果，乌鸦让她使用铜盘子。	37. 主人公 B 没有通过第二次考验
10	用餐之后，乌鸦走进卧室，拿出来大、中、小 3 个盒子问道："你选哪个？"贪婪的小姑娘选择最大的那个，连一声谢谢也没有说，就匆忙离开了。	37. 主人公 B 没有通过第三次考验
11	回家后，她和妈妈一起打开盒子。然而，令她们感到惊讶和害怕的是，盒子里面是一条蛇。它生气地朝她们发出嘶嘶的声音，爬出盒子，离开她家，去了别处。	30. 主人公 B 受到惩罚

  在这则故事中，功能按照（8）→（13）→（14）→（14）→（14）→（19）→（13）→（37）→（37）→（37）→（30）这个顺序排列。在这个功能项顺序中，（13）→（14）→（14）→（14）→（19）和（13）→（37）→（37）→（37）→（30）构成对立的功能项，即考验→通过→奖励，考验→未通过→惩罚。也就是说，它们构成了奖励—惩罚关系。故事中，主人公 A 和主人公 B 有很多相似之处，如她们都是小姑娘，生活在同一个村庄，母亲都是寡妇等。与此同时，她们之间也存在很多差异，如主人公 A 善良、不贪心，而主人公 B 虚伪、贪婪。这种差异是

造成不同结局的重要因素，这说明民众通过这种对比，更加看重一个人的品质，而不是外表，更凸显民众对一个人内在美的追求和肯定。主人公 A 通过层层考验，获得了巨额财富；而主人公 B 未通过考验，受到惩罚。这种尖锐的对比，将民众对一个人善良和知足的高贵品质的肯定，以及对一个人凶恶与贪婪的品质的厌恶淋漓尽致地表现了出来。

三、功能类别及其关系

从上述分析中可以看出，"功能项"出现频率存在差异，而且它们在故事中的作用也不相同。据此，可将貌廷昂缅甸民间故事的"功能项"分为中心功能项、边缘功能项、角色功能项和状态功能项四类。

（一）中心功能项

所谓中心功能项是指故事中居于核心地位的、具有统领作用的、不可缺失的功能。也就是说，中心功能是确定故事类别与研究视角的中心要素。中心功能认知不同，将会产生不同解读和研究视角，对故事类别划分产生重要影响。一般来说，这类功能属于高频功能。经过对貌廷昂缅甸民间故事集的分析，发现中心功能主要有 5 个：8. 加害/缺乏，19. 灾难或缺乏消除，30. 惩罚，33. 失衡，34. 恢复平衡。

这 5 项功能出现频率最高。为什么会出现这种情况？经过一番研究发现，主要有以下四个方面的原因。第一，加害或缺乏是推动故事发展的重要功能。在民间故事中，故事情节发展往往围绕着加害或缺乏而展开，它们影响着故事发展的方向。第二，在貌廷昂缅甸民间故事集中，含有"斗争"和"纠纷"母题的故事所占比重最大。在动物故事中，"争斗"的话题是主流，这也就促使"交锋"功能出现频次增加。《缅甸法律故事》是貌廷昂的三部民间故事作品之一，毫无疑问，"纠纷"是法律故事的中心母题。第三，从缅甸人的意识形态来看，缅甸 85% 以上民众信仰南传佛教。佛教传播体系完善，佛教活动形式多样，这就使得"好人好报""善有善报、恶有恶报""轮回""积德行善"等信仰深入人心。具体表现在民间故事中，既是对善者的奖赏，又是对作恶者的惩罚，这就使得"惩罚"功能出现频次增加。第四，这几项功能构成相互对应关系。如 8. 缺乏与 19. 缺乏消除对应、8. 加害与 30. 惩罚对应、33. 失衡与 34. 恢复平衡对应。前一项功能的产生必然走向后一项功能。总体而言，这五项功能实际是一对功能，即矛盾与矛盾解决。这不仅是貌廷昂缅甸民间故事的基本结构，也是整个缅甸民间故事的基本结构，甚至可能是世界民间故事的基本结构。

现举例来说明，A5 How The Rabbit Rid The Forest Of Its Tyrant（兔子如何除掉森林暴君）的基本结构是"狮子要吃掉兔子"对应"兔子除掉了狮子"；A7 Master Po And The Tiger（坡和老虎）的基本结构是"坡救老虎出陷阱"对应"老虎重回陷阱"；A8 Judge Rabbit（兔法官）的基本结构是"牛生马"对应"沙滩着火"；B9 The Promise（诺言）的基本结构是"遵守诺言"对应"幸福生活"等。这些故事的基本结构非常相似。故事中产生了矛盾或问题，然后朝着化解矛盾或解决问题的方向发展，在这个过程中给人以启示和教育。

（二）其他功能项

与中心功能项对应的是边缘功能项，指服务于中心功能的功能，对主干情节起着细化作用，有利于故事情节的丰富和人物形象的塑造。这类功能项数目众多。在不同的故事中，功能项数目不同，它们在故事情节推动发展方面起着重要作用。

角色功能项主要是指主角、反角和助手所具有的功能。主要包括：3. 违禁，5. 获悉，7. 协同，10. 反抗，11. 出发，13. 主人公的反应，16. 交锋，18. 胜利，19. 灾难或缺乏消除，20. 返回，23. 不被觉察的抵达，26. 解题，28. 揭露，29. 容变，30. 惩罚，31. 婚礼，35. 成功决策，38. 回报。所谓反角功能是指对头发出的功能，主要包括：5. 获悉，6. 欺骗，8. 加害，21. 追捕，25. 难题，33. 失衡，37. 考验失败等。所谓助手功能，不言而喻，指助手发出的功能，主要包括：9. 调停，12. 赠予者的第一项功能，14. 法宝的提供与接受等。

状态功能项是故事情节发展的过渡项或衔接项。这类功能主要包括：

1. 外出，15. 转移，17. 标记，20. 返回，23. 不被觉察的抵达，27. 认出，29. 容变，32. 最初的平衡，33. 失衡，34. 恢复平衡，36. 预言等。

（三）功能关系

在貌廷昂缅甸民间故事集中，在这 38 个功能项中，大多数功能都是成对出现的。这些成对的功能，见表6-4。

表6-4 貌廷昂缅甸民间故事中的"功能对"

序号	功能项	对应功能项
1	1. 外出	20. 返回
2	2. 禁止	3. 违禁
3	6. 欺骗	7. 协同
4	8. 加害/缺乏	19. 灾难或缺乏消除
5	9. 调停	10. 反抗
6	11. 出发	20. 返回
7	12. 赠予者的第一项功能	13. 主人公的反应
8	13. 主人公的反应	14. 法宝的提供与接受
9	16. 交锋	18. 胜利
10	17. 标记	27 认出
11	21. 追捕	22. 得救
12	25. 难题	26. 解题
13	3. 违禁	30. 惩罚
14	8. 加害	30. 惩罚
15	32. 最初的平衡	33. 失衡
16	33. 失衡	34. 恢复平衡
17	37. 考验失败	30. 惩罚
18	35. 成功决策	38. 回报
19	8. 缺乏	31. 婚礼

以上这些"功能对"之间存在着某种关系，这些关系主要有两种关系，即时间顺序关系和因果关系。时间顺序关系方面，例如 1. 外出与 20. 返回。外出是返回的前提，返回是外出的结果。因果关系方面，37. 考验失败与

30. 惩罚。经过考验，发现某个主人公贪婪、愚昧、自私，那么主人公就不能通过考验，结果就会受到惩罚。当然，有些"功能对"兼具时间顺序关系和因果关系，如 16. 交锋与 18. 胜利。

第二节　貌廷昂缅甸民间故事的行动元

在民间故事研究中，当我们把目光放在"角色"上时，就不得不关注"角色"的行动。他们所采取的行动既能够推动故事情节发展，也能够从结构上对其进行整合与简化，以便深入故事结构内部，能够更好地掌握它们的内在结构特征。

一、行动元图式结构

普罗普研究发现，故事中人物数量和种类繁多，而且各不相同，但是抽象的"角色"数量是有限的。他将故事中的角色分为 7 类：（1）反角（villain）；（2）捐助者（donor）；（3）助手（helper）；（4）被寻求者（sought - for person）；（5）差遣者（dispatcher）；（6）主角（hero）；（7）假主角（false hero）。通常情况下，一个角色对应一个特定行动。但也有特殊情况，一个角色出现在数个行动中，或者一个行动分属于几个不同的角色。和功能项的情况相似，通常这 7 个角色不一定都出现在一个故事中。经过对这 7 种行动元的进一步研究，笔者发现可以将它们进行归类。郑仪东将主人公、赠予者、相助者视为主人公一方的人物，归入一类；反角、假主人公是敌对一方的人物，归入一类；被寻求者、差遣者是推动故事情节发展的人物，既不能归入主人公一方，也不能归入敌对者一方，应该单独归为一类。① 对貌廷昂缅甸民间故事集而言，这种行动元划分也适用。为此，将这种分类方法运用到貌廷昂缅甸民间故事行动结构分析中具有可行性。这三类行动元之间可以构成三角关系，见图 6-1。

---

① 郑仪东. 中国东北地区民间故事类型研究 ［D］. 长春：吉林大学，2020.

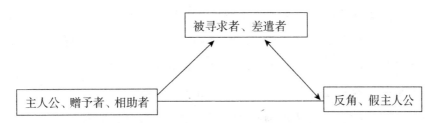

图6-1　故事行动元三角关系图

按照这种归类方法，行动元被划分为三大类，即属于主人公一方的行动元、属于对头一方的行动元和双方共同争夺者一方的行动元。下面通过具体故事分析来呈现这种三角关系及其演变。以 A9 How The Crocodile Lost His Tongue（鳄鱼如何丢掉了舌头）为例进行说明。这则故事讲道：

> 乌鸦看着肥壮的鳄鱼直流口水。一心想杀掉鳄鱼，便说道："朋友，你可真是恋家啊！居然住在这种浅水河里。而不远处就有一条大河。"

> 鳄鱼说道："我从来没有听说附近有大河。"

> 乌鸦说道："我从来不说谎，我很善良，总是想着帮助别人。"

> 愚蠢的鳄鱼说道："你愿意带我去那条河流吗？这样，我就可以住在那里。"

> 乌鸦答应了，说道："我会带你去那里。离这里只有800多米路程，像你这样健壮的鳄鱼肯定能走过去。"受骗的鳄鱼坦言自己能够走过去。于是，乌鸦在前面跳着，鳄鱼跟在后面，慢慢地前行。

> 它们至少已经走了1600多米，鳄鱼问道："朋友，我们至少走了1600多米路程，怎么还看不到那条河流？"

> "快到了，"乌鸦回答道，"我们只走了几米远。像你这样健壮的鳄鱼肯定不会感到劳累。"一听这话，鳄鱼感到惭愧，自己怎么会感到累，就继续向前走。最后，鳄鱼实在走不动了，无助地躺在路边。这时，鳄鱼至少已经走了4800多米。乌鸦大笑着说道："哼。肥美而愚蠢的朋友，一会儿你就会渴死。不要担心，你死后，我会吃掉你。"说完，乌鸦就飞走了。

一位善良的车夫驾着牛车经过，发现了路边的鳄鱼。鳄鱼眼里噙着泪水，祈求车夫救救自己，把它带到河里。车夫可怜鳄鱼，但也明白它是个狡猾的家伙。于是，在把鳄鱼搬上牛车之前，就用绳子把它绑起来。车夫赶着牛车，把它带到河边，准备把鳄鱼放下来。

"好心人。"鳄鱼用颤抖的声音说道："现在，我很虚弱。长时间捆绑，我的腿变得僵硬。如果你把我放在河边，过不了多久，我就游不动了。那些不怀好意的人会杀掉我。请把牛车赶到河里吧！在河水能够淹没我大腿的地方再把我放下来。"车夫就照着做，刚把鳄鱼推到河里，可恶的鳄鱼就咬住了牛腿。

"放开！放开！你这忘恩负义的野兽。"车夫喊道。但是，鳄鱼并没有松口的意思。

就在这时，兔子来河边喝水，看到正在发生的事情，大喊道："用鞭子打它！用鞭子打它！"车夫听了兔子的建议，狠狠地抽打鳄鱼，最后鳄鱼不得不松口。车夫急忙赶着牛车往岸边跑。谢过兔子之后，他们就离开了。

鳄鱼非常生气，发誓下次要抓住兔子。第二天一大早，鳄鱼游到岸边等待着兔子。岸边水浅，不能掩藏身躯。兔子看到后，说道："真正的鳄鱼向上游游，木头则向下游漂浮。"鳄鱼一听，想迷惑兔子，使兔子相信自己就是一根圆木，就向下游漂浮。兔子见状，抓住机会，喝完水就迅速离开。

又一天，鳄鱼假装成圆木在等待兔子。兔子唱道："真正的鳄鱼向上游游，木头则向下游漂浮。"但是，这条鳄鱼一动不动。兔子心想那定是真正的圆木，就开始低头喝水。鳄鱼突然扑过去咬住了兔子。然而，鳄鱼并不想一口吃掉兔子，而是噙在嘴里，一会儿向上游游去，一会儿向下游游去，向其他动物炫耀自己抓住了狡猾的兔子。

兔子紧紧抓住鳄鱼的舌头，说道："你这个大傻瓜，就知道嘿嘿笑。你会哈哈大笑吗？"鳄鱼一听，就哈哈大笑起来。这时，鳄鱼张开嘴巴。兔子抓住机会，跳出来，将鳄鱼舌头拽掉。这就解释了鳄鱼没有舌头的原因。

兔子毫不费力地到达岸边浅水处。可是，兔子拖着鳄鱼沉重的舌头，当到达岸边时，已经筋疲力尽。兔子心想，不能再拖着这么沉重的舌头。于是，决定将其隐藏在灌木丛中。然后，就往家走。路上，遇到猫。兔子高兴地和猫打招呼，说道："朋友，如果你饿，我可以给你一条舌头吃。"然后把和鳄鱼之间发生的事情讲述给猫听。说完，就让猫去隐藏舌头的地方。猫到达后，怎么也找不到舌头。可是，发现一种新果树。经过仔细思考，兔子终于明白，鳄鱼的舌头已经变成新果树，并且结出了果实。

这则故事中的角色有：乌鸦、鳄鱼、车夫、牛、兔子，既有动物，也有人，是典型的人与动物的故事。在图6-1基础上，对行动元关系图进行改造，将这5个角色构成的行动元关系图以下列方式呈现，见图6-2。

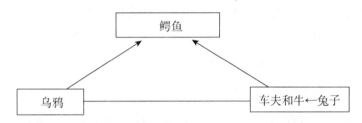

图6-2　A9 鳄鱼如何丢掉了舌头中人物行动元结构图（一）

从这个关系图来看，乌鸦是主人公，它追寻的对象是鳄鱼。车夫和牛是鳄鱼的帮助者，而兔子则是车夫和牛的帮助者。兔子在帮助车夫之后，与鳄鱼结怨，鳄鱼三番两次地想抓住兔子，后来得逞。可是，最终还是败给兔子。这时，又引入了新角色——猫。于是，就出现新行动元关系图，见图6-3。

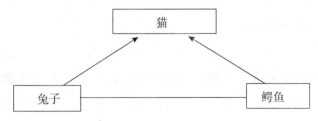

图6-3　A9 鳄鱼如何丢掉了舌头中人物行动元结构图（二）

这个行动元关系图是整个故事人物角色行动元关系图中的子关系图。故事情节复杂多变，人物关系多样，体现在行动元关系图上，就是有较多子关系图。起初，矛盾双方分别是鳄鱼与乌鸦。在车夫帮助鳄鱼过程中，鳄鱼与乌鸦之间矛盾转化成车夫与鳄鱼之间的矛盾。在兔子的帮助下，车夫得救。而鳄鱼与兔子之间的矛盾随即产生。鳄鱼三番两次设计要抓住兔子，得逞之后，到处炫耀。结果，反被兔子拔掉舌头。在兔子与鳄鱼矛盾演化发展的过程中，猫被引入。猫是鳄鱼舌头变成新果树的发现者。在这则故事中，可谓矛盾重重，人物关系复杂多变，反映的主题思想丰富多样。

二、行动元的普适性

经过对民间故事行动元关系的分析，可以明确和肯定其运动规律。行动元关系不仅适用于俄国神奇故事，而且也适用于中国民间故事。郑仪东运用这种关系不仅分析中国东北的民间故事《有缘千里来相会》《赶水花簪》《亨卜和脑儿卜》《傻小子拐媳妇》《哲尔迪莫日根》等，还分析了杂剧作家王实甫的文学作品《西厢记》。

不仅如此，这种行动元关系也适用于缅甸民间故事。除上文提到的 A9 How The Crocodile Lost His Tongue（鳄鱼如何丢掉了舌头）故事以外，现再举一例进一步说明行动元关系的普适性。A39 Golden Tortoise（金龟）讲述道：

> 从前，有两姐妹。姐姐先嫁人，生了一个漂亮的儿子，而妹妹嫁人后生下一只乌龟。姐姐感到非常丢人，想要将乌龟扔到海里，但是妹妹说那毕竟是自己的亲生骨肉，不同意，并给他取名为"金龟"，细心地呵护他成长。
>
> 两个表兄弟一起长大，彼此很要好。当男孩 16 岁时，请求妈妈给他买条船，他想出海经商。母亲答应孩子的请求，但前提是不能带着乌龟表弟。男孩不许诺，然而乌龟表弟说自己害怕大海，不想乘船出行。船买到后，男孩升起船帆，就要远行。出发时，乌龟提前躲在了船上。

多日后的一天，海上刮起暴风，将船刮到一座孤岛旁。男孩和船员们登上孤岛去寻找淡水。食人妖变化成人形出来欢迎他们。男孩和船员们并不知道她们是食人妖，坠入爱河。男孩和女王结婚，其他船员也和其他食人妖结婚。

晚上，食人妖为他们举办盛大晚宴。晚宴之后，大家都很累。男孩和船员们都睡着了。金龟保持清醒。一位食人妖对女王说道："女王陛下，我们带两三名船员到森林里去吃掉吧？"女王同意了。另外一位食人妖建议说："由于她们要与人类待一段时间，不如把生命之盒、宝石、拨浪鼓这三件宝物藏到森林之中。"女王也同意。金龟悄悄地跟着她们。到达森林之后，她们把船员吃掉，埋掉骨头，并将三件宝物藏在一棵大树上。随后，她们就回家睡觉了。

金龟等到所有食人妖都睡着后，叫醒男孩和其他船员。告诉他们所发生的事情，但是并未提及三件宝物。见他们并不相信自己，就带他们来到森林里埋白骨的地方。金龟建议男孩和船员们赶紧返回船上，尽快离开。男孩同意了，船员们向船跑去。金龟走在最后面，从树上拿下那三件宝物，跟着他们一起跑向岸边。

船开出不远，男孩和船员们就看到食人妖追过来。她们跨步很大，很快就要追上，看来他们在劫难逃。然而，金龟拿出生命之盒，食人妖即刻全部被消灭了。

几天以后，他们来到一个国家。这个国家的国王只有一个女儿，没有儿子。男孩爱上了公主，问金龟该怎么办。金龟去找国王，用宝石买下这个国家，让男孩做国王，并娶公主为妻。金龟被封为王储。

一段时间之后，金龟想念妈妈，向男孩辞别。男孩想说服他多待一段时间，但金龟执意要回家，男孩只好同意。金龟向男孩道别之后，拿出拨浪鼓，说道："把我带到妈妈面前。"嗖一声，他就回到了妈妈身边。他把经历的一切都告诉了妈妈，和妈妈幸福地生活着。

另一个国家的国王有个女儿，没有儿子。周边七个国家的国王都派遣使者前来提亲，都遭到国王拒绝。一天，金龟见到公主，深深地爱上了她，就让母亲前去提亲。起初，母亲不同意。在金龟再三劝说下，母亲最终还是去了。国王一听金龟妈妈的请求，哈哈大笑起来，说道："如果你那丑陋的乌龟儿子想娶我的女儿，他必须在七天之内建造两座从你家通往皇宫的桥梁，一座是金桥，另一座是银桥。要是七天之内没有建成，必死无疑。"妈妈恐惧地跑回家，说道："金龟，你想娶公主的想法将葬送你的性命啊！"于是，就将国王的要求讲给他听。金龟问道："这就是国王的全部要求吗？"妈妈给予肯定答复。金龟说道："妈妈，不用担心。到第七天早晨叫醒我就行。"

到了第七天清早，妈妈叫醒金龟。他拿出拨浪鼓，摇摇说道："建造两座从我家到皇宫的桥，一座金桥，一座银桥。"刚说完，桥就建好了。于是，他就去找国王，要娶公主。选乌龟做女婿，国王感到非常丢人，但又不能食言，就着手准备婚礼。等到公主大婚的日子，周边七国国王认为受到奇耻大辱，御驾亲征，向这个国家发起进攻。国王召见金龟，说道："金龟，你和公主成亲之后，将成为王位继承人。因此，你有义务保卫这个国家。"

"很好，国王陛下。"金龟回答道。他回到房间里，拿出拨浪鼓，说道："我需要一支强大的军队。"刚说完，军队就到位了。金龟带领着军队打败七国，得到国王的感激和赏识。婚礼如期举行。但是，公主并不高兴，因为丈夫实在太丑陋，让人感到丢脸。

一天早晨，公主醒得比较早，惊奇地发现身边躺着一位美男子。她害怕地跳下床，发现龟壳和龟衣，即刻将它们拿到厨房烧掉。男子感到浑身灼热，喊道："我在燃烧，我在燃烧。"公主赶紧泼一盆凉水，男子顿时感觉好多了。从此，金龟变成美男子，和公主幸福地生活着。

在这则故事中，主人公主要有金龟、表哥、食人妖、他国国王、他国公主、本国国王、本国公主。由于故事情节曲折多变，难以运用一个行动元关系图进行表达。为此，将故事人物行动元关系图分为三组。第一组为金龟、表哥、食人妖；第二组为金龟、表哥、他国国王、他国公主；第三组为金龟、母亲、本国国王、本国公主。这样一来，就形成如下行动元关系图，见图6-4。

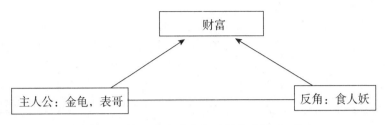

图6-4 A39 金龟人物行动元关系图（一）

在这个关系图中，主人公金龟和表哥出海做生意赚钱，结果遇到了暴风，将船刮到一座孤岛旁。这既是他们遇到的一个挑战，同时也是金龟获得宝物的地方。金龟和表哥出海做生意的本意是想赚钱，证明自己已经长大成人。然而，生意还没有开始，就被一阵暴风刮到孤岛。这里可以说既是他们遇到的第一个考验，同时也是他们获得财富的地方。当他们从食人妖那里逃脱之后，来到另外一个国家，于是就出现第二个人物行动元关系图，见图6-5。

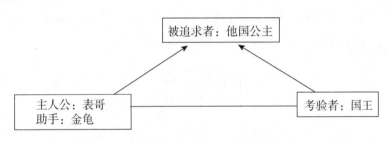

图6-5 A39 金龟人物行动元关系图（二）

在这个情节中，他们来到另外一个国家。这个国家的国王只有一个独生女儿。表哥喜欢上了公主，但是不知道该怎么办。于是，就向金龟讨教。金龟直接找到国王，将王国买下，让表哥当国王，迎娶公主。在这里，金龟俨然以一个神奇助手的身份出现和发挥作用，帮助表哥实现愿望。当然，表哥也让金龟过上荣华富贵的生活。然而，一段时间之后，金龟思念母亲，向表哥辞别，回到自己国家。之后，就进入第三组人物行动元关系图，见图6-6。

回到家乡之后，金龟喜欢上本国公主。然而，国王怎么可能让公主下嫁给一只乌龟。于是，提出非常苛刻的要求，即让金龟从自己家到皇宫修

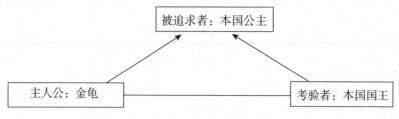

图 6-6 A39 金龟人物行动元关系图（三）

建两座桥，一座是金桥，另一座是银桥。由于金龟手中有法宝，这项任务
很容易就完成了。国王没有办法，只得同意将公主许配给金龟。然而，考
验并没有就此结束。面对外国的侵犯，国王只能再次将任务交给金龟，并
许诺凯旋之后将王位交给他。金龟欣然答应，再次运用法宝战胜来犯之
敌，大获全胜，登上王位。

纵观整个故事情节发展，核心人物就是金龟。他帮助表哥和船员逃离
孤岛，帮助表哥实现愿望，完成国王的考验。一次次对金龟的考验，他都
能够出色地完成任务，最终完成成人仪式。因此，这个故事的核心行动元
关系图，见图 6-7。

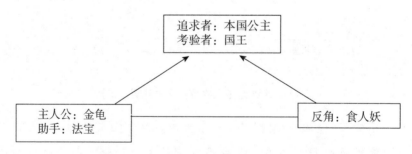

图 6-7 A39 金龟人物行动元关系图（四）

第三节 貌廷昂缅甸民间故事的回合

"回合"是普罗普故事形态学中一个非常重要的概念，同时，它也是
普罗普发现的民间故事中的一个重要规律。在《故事形态学》（*Morphology
of the Folktale*，1928）一书中，普罗普对"回合"进行明确界定，他说：

从形态学的角度说，任何一个始于加害行为或缺失、经过中间的一些功能项之后终结于婚礼或其他作为结局的功能项的过程，都可以称为民间故事。结尾的功能项有时是奖赏、获得所寻之物或者就是消除灾难、从追捕中获救等。这样的过程我们称为一个回合。每一次遭受新的加害或损失，每一个新的缺失，都创造出一个新的回合。一个故事里可以有几个回合，因而在分析文本时首先应该确定它是由几个回合构成的。一个回合可以紧接着另一个回合，但它们也可以交织在一起，刚开关的暂且打住，加进来一个新的回合。划分回合并非易事，但相当准确地划分还是可能的。不过，要是我们假定一个故事就是一个回合，那这并不意味着回合的数量与故事的数量会一一对应。平行、重复等特例导致一个故事可以由几个回合构成。①

普罗普的这段话包含很多信息。其一，普罗普运用起始功能项到结束功能项界定民间故事。这是对民间故事的一种全新认识。其二，普罗普界定回合这个概念。一个回合就是始于加害或缺失，经过中间功能项，达到结婚、奖赏、缺乏或灾难消除等。这里不仅指出回合的基本特征，而且明确回合分析的具体方法，对于研究实践具有很强的指导意义。下面，具体运用回合理论分析貌廷昂缅甸民间故事的结构。

一、回合及其功能结构

在探讨回合内部结构之前，先分析两个民间故事，一个是 A37 Master Thumb（拇指哥如何打败太阳），另一个是 B55 The Poor Scholar And The Alchemist（穷书生与炼金师）。A37 Master Thumb（拇指哥如何打败太阳）的叙事角色、功能项、回合具体分布情况如下：

叙事角色

反角 1：太阳　　　反角 2：食人妖　　　主角：拇指哥　　　魔物：蛋糕
助手：船、竹签、苔藓、烂鸡蛋、雨

---

① 普罗普. 故事形态学 [M]. 贾放，译. 北京：中华书局，2006：87-88.

表 6-5　A37 拇指哥如何打败太阳功能项与回合分布情况一览表

故事内容	功能项与回合
从前，有位可怜的妇女希望并尝试晒干稻谷。但是，当她把稻谷一筐一筐搬出去时，太阳就不见了；当她把稻谷一筐一筐搬进家里时，太阳又开始照耀大地。妇女反复好几次，都是这种情况，她很生气，就诅咒太阳。同样，太阳也诅咒她。等她生孩子时，发现孩子只有拇指般大小。这个孩子就取名为拇指哥。	第一回合 引入主人公
每当其他孩子嘲笑拇指哥身材矮小时，拇指哥就非常生气。	8. 缺乏
直到 16 岁时，他问妈妈自己身材矮小的原因。当得知是太阳诅咒的结果，他说："妈妈，明天给我做个蛋糕，我要去寻找太阳，与它战斗。"	9. 调停
第二天一大早，拇指哥带着比自己大好多倍的蛋糕向北出发。	10. 反抗 11. 出发 14. 法宝的提供与接受
这时正是盛夏时节，天气炎热，田地干涸，不能种植蔬菜。全国人民都忍受着炎炎烈日。拇指哥继续前行，遇到一条旧船。由于天气太热，河流也干涸了。船问道："拇指哥，你要去哪里？" 　　"我准备去和我的敌人太阳战斗。"拇指哥回答道。 　　现在船也非常憎恨太阳，因为太阳使得河流干涸，于是船请求道："请带上我吧！" 　　"当然可以，"拇指哥回答道，"吃块蛋糕，进到我的肚子里来。"船就按要求做了。	第二回合 14. 法宝的提供与接受 15. 转移
拇指哥继续赶路，他遇到竹签。"拇指哥，你要去哪里？"竹签问道。 　　"我准备去和我的敌人太阳战斗。"拇指哥回答道。 　　现在，竹签也痛恨太阳，因为它，所有竹子都蔫了。于是竹签请求道："我能跟你一起去吗？" 　　"当然可以，"拇指哥回答道，"吃块蛋糕，进到我的肚子里来。"竹签就照着做了。	14. 法宝的提供与接受 15. 转移
拇指哥继续赶路，遇到一块苔藓。苔藓问道："拇指哥，你要去哪里？" 　　"我准备去和我的敌人太阳战斗。"拇指哥回答道。 　　现在，苔藓也憎恨太阳，因为它已经晒干附近所有苔藓。这一块苔藓之所以能够存活下来，主要是因为它们隐藏于大树根部。于是请求道："能带上我一起去吗？" 　　"当然可以，"拇指哥回答道，"吃块蛋糕，进到我的肚子里来。"苔藓就照着做了。	14. 法宝的提供与接受 15. 转移

故事内容	功能项与回合
拇指哥继续前行，遇到臭鸡蛋。臭鸡蛋问道："拇指哥，你要去哪里？" 　　"我准备去和我的敌人太阳战斗。"拇指哥回答道。 　　现在，臭鸡蛋也痛恨太阳。它的父母、亲戚因河流干涸而渴死。于是请求道："能带上我一起去吗？" 　　"当然可以，"拇指哥回答道，"吃块蛋糕，进到我的肚子里来。"臭鸡蛋就照着做了。	14. 法宝的提供与接受 15. 转移
于是，拇指哥带着胃里的追随者继续前行，在夜幕降临时到达北山，第二天太阳会从那里升起。	第三回合
夜晚，他决定就在此地休息。他向四周看看，寻找庇护所。令他惊讶的是，他看到远处有座房子。拇指哥不仅勇敢，而且睿智，意识到房子主人一定不是人类，而是食人妖，他认为只有食人妖才住在这种地方。他走近房子，查看房中有没有人。同时，拇指哥自言自语道："晚上，房屋主人肯定会回来睡觉。我要等等，把房子抢夺过来。大战之前，我必须好好地休息休息。"	4. 刺探
这时，竹签、苔藓、臭鸡蛋从拇指哥肚子里跳出来。它们说道："主人，让我们来收拾食人妖，你要保存战斗实力。"拇指哥勉强同意了，躲在灌木丛中，等待着。 　　忠诚追随者进到房间。首先，它们将燃烧物隐藏起来。然后，它们也躲藏起来。竹签躲在床底，臭鸡蛋躲在厨房火炉旁，苔藓躲在水缸附近。	6. 欺骗
不一会儿，食人妖回来，一头倒在床上。竹签刺了食人妖好多次。"虫子太多，"食人妖嘟囔着说道，"我必须点灯，把它们消灭掉。"	7. 协同
食人妖起身，没有找到燃烧物，于是，走进厨房去寻找灯。当食人妖弯腰去找火时，臭鸡蛋发出巨大破壳声，将烟灰撒进食人妖的眼睛里。食人妖摸索着走到水缸旁，想用水清洗眼睛。苔藓将其滑倒，摔断脖子。3 位忠诚的仆人告诉拇指哥食人妖的死讯，并将房间打扫干净。	18. 胜利
黎明时分，拇指哥和追随者严阵以待，等待着太阳出现，并准备与之战斗。太阳出来了，生气地发着火光。随着它慢慢升起，变得越来越热。可怜的拇指哥差点被晒晕过去。毫无疑问，要是没有意外帮助，太阳会可耻地将他们毁灭。从一开始，雨就同太阳进行争斗。只要是同太阳进行斗争，都会得到支持。于是，雨将气温降下来。	第四回合 16. 交锋 15. 转移

续表

故事内容	功能项与回合
拇指哥和伙伴们看到这一幕，就大笑起来。然而不久，他们担心地沉默起来，因为雨水会引起洪灾。他们将面临被淹死的危险。	转移失败
就在此时，船从拇指哥肚子里跳出来，为主人提供帮助。拇指哥和伙伴们跳上船，返回家园。所有村民面带笑容地出来迎接他们，迎接打败太阳的英雄回家。	18. 胜利 20. 返回

从表 6-5 中可以看出，这则故事共有四个回合，它们分别是：

第一回合：8. 缺乏→9. 调停→10. 反抗→11. 出发→14. 法宝的提供与接受

第二回合：14. 法宝的提供与接受→15. 转移→14. 法宝的提供与接受→15. 转移→14. 法宝的提供与接受→15. 转移→14. 法宝的提供与接受→15. 转移

第三回合：4. 刺探→6. 欺骗→7. 协同→18. 胜利

第四回合：16. 交锋→15. 转移→18. 胜利→20. 返回

在这则故事中，第一个回合从缺乏开始，到获得第一个魔物结束。这个回合是以后三个回合的基础和前提。第二个回合主要由转移和获得其他魔物构成。在第二个回合结束时，魔物或帮助者已经齐备。第三个回合是大战前一场小战斗，战斗对象是食人妖。其目的主要有三个：一是消除安全隐患；二是为主人公提供一个良好的休息环境；三是展现助手的协同合作与战斗能力。第四个回合可以说是故事的高潮。与太阳战斗之后，获得胜利，凯旋。

下面，再来分析另外一则故事。

B55 The Poor Scholar And The Alchemist（穷书生与炼金师）的叙事角色和事件具体分布情况。

主人公 A：炼金师

主人公 B：穷书生

争夺人物：漂亮的姑娘

引导：池塘女神

助手：法律公主

表 6-6　B55 穷书生与炼金师的功能项与回合分布情况一览表

故事内容	功能项与回合
三年学习期限已满，追随教师学习的学生们也准备返回几十千米之外的家乡。大部分学生家庭殷实，甚至有些学生就是王子。只有一位学生家境贫寒。其他学生赠送给教师金银，向教师道别。然而，穷书生没有什么东西可以送给教师，就跪在教师面前说道："老师，您知道，我没有金银。我所能给您的就是感谢。"教师说道："孩子，你是班里最优秀的学生。作为奖赏，我同意把唯一的独生女嫁给你。和她一起回国吧，我相信女儿一定会很开心。"穷书生再次感谢教师，带着师妹返程了。	第一回合 20. 返回
路上，他们路过一座美丽池塘。池塘水如同水晶一般，晶莹剔透，周边到处是金黄色的百合花。两人停下脚步，凝视着美丽的池塘，洗手和脸。就在这时，炼金师路过。看到美丽的姑娘，一见钟情。炼金师想要用许愿石换取他的妻子，遭到了穷书生拒绝，于是各自拿出剑进行决斗。结果，同时割掉对方的脑袋。	6. 欺骗 8. 缺乏 24. 非分要求 16. 交锋
正当妻子哭泣时，池塘女神出现。"不要伤心，美丽的姑娘。"女神安慰道，"池塘水具有魔力，你丈夫和炼金师很快就能复活。但是，我必须先将他们的武器藏起来，否则他们还会打斗。"女神又说道："去池塘拿点水过来。你可以用荷叶做个杯子，有几滴水就可以。"在姑娘拿水时，女神捡起他们的脑袋，并把他们的脑袋和身躯缝合。向他们撒上池塘水后，两人都复活了。	14. 法宝的提供与接受
但是，哪个是穷书生？哪个是炼金师？这是一个棘手的问题。女神匆忙之中，把脑袋和身躯放错了。穷书生的脑袋和炼金师的躯体缝在了一起，而炼金师的脑袋和穷书生的躯体缝在了一起。有穷书生脑袋的人让妻子回到自己身边，而有穷书生身躯的人也让妻子回到自己身边。两人争执不下。	第二回合 25. 难题
于是，女神将他们三人带到法律公主面前。	助手
法律公主裁决，一个人的性格由其头脑决定，因此，拥有穷书生脑袋的那个人应该是女子的合法丈夫。	26. 解题

在这则故事中，有两个回合，分别是：

第一回合：20. 返回→6. 欺骗→8. 缺乏→24. 非分要求→16. 交锋→14. 法宝的提供与接受；第二回合：25. 难题→26. 解题。与 A37 Master Thumb（拇指哥如何打败太阳）相比，B55 The Poor Scholar And The Alchemist（穷书生与炼金师）故事中的回合要少一些。因此，这则故事情节相对较简单。主人公 A 携妻子回家路上遇到主人公 B，而主人公 B 提出无理要求，想要得到主人公 A 的妻子。以此为导火索，主人公 A 进行反抗，与主人公 B 进行搏斗，结果双双丧命。这时，神奇助手出现，挽救他们的性命，可是阴差阳错地造成一个难题，就是将二人的身体和脑袋缝合错误。面对这个难题，他们只好求助另外一个助手——法律公主，使得难题得以化解。尽管故事主要讲述主人公 A 和主人公 B 之间的矛盾与纠葛，但是化解这些矛盾的主要人物是法律公主，这也就凸显了这类故事的主题思想，即法律公主能够主持公平正义，具有权威性。

经过对这两则故事的分析，可以发现回合具有两个方面的特征：一方面，任何一个回合都具有相对独立性；另一方面，至少两个回合才能组合成一个完整故事。在回合划分过程中，需要特别注意两点，就是准确地确定起始回合和结束回合。① 顾名思义，起始回合就是标志回合开始的功能项，而结束回合也就是标志回合结束的功能项。从以上两个例子可以看出，一般情况下，可以作为起始回合的功能项有：1. 外出，2. 禁止，8. 加害，8. 缺乏，11. 出发，20. 返回等。这些功能主要用于推展故事情节。而承担结束回合的功能项主要有：19. 灾难或缺乏消除，20. 返回，22. 得救，26. 解题，30. 惩罚，31. 婚礼，34. 恢复平衡，38. 回报等。这些功能常常标志着故事情节的结束，具有结局性，能够引发人们的思考与感悟。

二、回合模式的探索与实践

在普罗普提出回合理论以后，学术界继承、发展和完善了回合理论。A. J. 格雷马斯（Algirdas Julien Greimas，1917—1992）经过对普罗普 31 个功能项进行深入研究，发现这些功能项可以构成一个回合，即负情况→转换过程→获得改善。这个模式可以进一步简化为"恶化→改善"。从这个模式可以看出，故事总是以"大团圆"或"胜利"为结局，这符合民间故事特点。但与此同时，也只能将其局限在民间故事这个领域之内。可

---

① 郑仪东 . 中国东北地区民间故事类型研究［D］. 长春：吉林大学，2020.

是，人类探索事物发展规律的行动并不会止步于此。法国学者布雷蒙经过对普罗普民间故事功能的研究，认为其过于复杂，遂提出"叙事序列"这一概念，他说："任何叙事作品相等于一段包含着一个具有人类趣味又有情节统一性的事件序列的话语。没有序列，就没有叙事。"① 在对普罗普序列结构模式研究的基础上，布雷蒙提出叙述可能发生的基本序列结构，即"情况出现—采取行动—获得结果"。布雷蒙叙事序列关系，见图6-8。

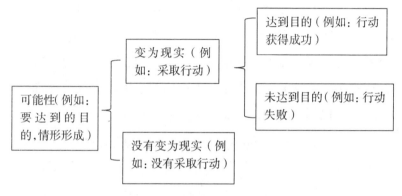

图6-8　布雷蒙叙事逻辑关系图

"情况出现"是指以叙述性的话语来交代整个故事背景，是故事得以延展的前提。② "情况出现"后自然会进入下一个环节，即"采取行动"。主人公可能会采取这种行动或那种行动。行动的结果可能会获得成功，也可能是失败。这就是"三合一"模式③或"三元组合"模式④，它是故事的表层叙事逻辑，三者构成一个不可分割的整体，是深层结构与文化意义研究的前提和基础。

（一）叙述角色与行动逻辑

布雷蒙研究认为，叙述角色主要有5种，即施动者（agent）、受动者

---

① 布雷蒙．叙述可能之逻辑［M］//张寅德．叙述学研究．北京：中国社会科学出版社，1989：154-156.

② 邹建雄．论瑶族民间故事中英雄崇拜的叙事结构［J］.贵州民族研究，2014，35（6）：66-69.

③ 周君燕．论黔北仡佬族民间故事的叙事结构［J］.贵州民族研究，2015，36（5）：110-113.

④ 张新木．布雷蒙的叙事逻辑理论［J］.西北工业大学学报（社会科学版），2020（1）：76-82.

（patient）、影响者（influenceur）、改善者（améiorateur）或恶化者（dégradateur）、获益者（acquéreur）或补偿者（retributeur）。① 施动者是故事中的行动主体，是改变人物状态的主要原因，这种行动往往由主人公承担，偶尔也会落在次要人物身上。受动者是故事中行动的承受对象，一般由次要人物承担，在施动者影响下，状态发生改变。影响者可以由人承担，也可以由物承担，主要功能在于影响行动者做出改善或恶化的决定。影响者主要分为告知者和隐匿者、诱惑者和威胁者、强迫者和禁止者、建议者和劝阻者等四对。在影响者基础上，出现了改善者或恶化者。从获得结果角度看，会出现获益者或补偿者。布雷蒙的叙述角色为分析貌廷昂缅甸民间故事提供了很好的观测视角，下面以图表形式直观地展现这 5 种角色在貌廷昂缅甸民间故事中的分布情况，见表 6-7。

表 6-7　缅甸民间故事五种叙述角色基本概况

叙述角色	"弱胜型" 故事	"得宝型" 故事	"公断型" 故事	"滑稽型" 故事
施动者	蜗牛、狮子、大象、赤鹿、拇指哥、男孩、兔子、小鸡、船夫、山里人	穷弟弟、善良的小女孩、老婆婆、富人、寡妇的儿子、一位青年、富商的女儿、醉汉、人所生乌龟、头郎、大蛋	三位青年、王子、两位青年、一位青年、国王、脚夫、豺夫妇、易怒的妻子、寡妇、樵夫、村民、乞丐、债主、蛇	智力障碍者、傻大个、帮工、妻子、善于吹牛之人、村民、村寺住持、凡人修士、糖小姐、僧侣②、金叔叔、炼金师、山里人
受动者	马、那伽、老虎、猎豹、太阳、狮子、猫、船主	富哥哥、贪婪的小女孩、儿媳妇、富人的朋友、要被处死的猫和狗、两个食人妖、助人的男生、鬼、食人妖	富商女儿、公主、村姑、巡夜人的妻子、富商的妻子、豺夫妇、善良的丈夫、四位男子	野鸡、蘑菇、蜂窝、僧侣、老虎、老妇人

---

① 这些叙事角色汉语名称由南京大学张新木教授翻译。

② 在"滑稽型"故事中，僧侣有时是施动者，有时是受动者，但这里的"僧侣"并不是指同一个人。

叙述角色	"弱胜型"故事	"得宝型"故事	"公断型"故事	"滑稽型"故事
影响者	兔子、猴子、母亲、自己、鸡妈妈	商人、乌鸦、老虎、富人的儿子、母亲、一位美丽的姑娘、丈夫、大风、船员	担保人	妈妈、农民、富商
改善者或恶化者	蜗牛的兄弟姐妹、其他飞禽走兽、猴子、船、竹签、苔藓、臭鸡蛋、死牛头骨、菩提树、自己、小鸡	儿子、母亲、树精、富人的朋友、狗和猫、强盗、食人妖、锦囊、神灵	村主任、路人、法律公主	
获益者或补偿者	蜗牛及其兄弟姐妹、狮子、大象、赤鹿、拇指哥、男孩、自己、小鸡和鸡妈妈、船夫、山里人	弟弟一家、善良的小女孩及其母亲、老婆婆、富人的朋友、寡妇的儿子、青年、富商女儿、醉汉、乌龟、头郎、大蛋	牺牲最大者、从士兵中成长起来的王子、面向太阳去姑娘家的男青年、因母亲疏忽而造成儿子死亡的丈夫、邻居、受赠者、杜鹃	其他孩子

在"弱胜型"故事中，主人公大都为弱者。当然，在不同故事中，弱者和强者是相对而言的，例如，在 A1 Why The Snail's Muscles Never Ache（为什么蜗牛从来不会感到肌肉酸痛）故事中，主要施动者为蜗牛，而受动者是马。在 A2 Why The Wren is Small（为什么鹪鹩身材小）这则故事中，施动者是狮子，受动者是那伽。通过比较这两则故事可以看出，狮子要比蜗牛强大。对那伽来说，除伽龙鸟以外，没有任何对手，它的强大是显而易见的。在以弱胜强故事中，弱者主要有蜗牛、狮子、大象、赤鹿、拇指哥、男孩、兔子、小鸡、船夫、山里人等。强者主要有马、那伽、老虎、猎豹、太阳、狮子、猫、船主等。通过以弱胜强故事可以看出，当弱者面临来自强者的威胁时，主要会采取以下措施：第一，被动地接受失败的结果，准备被动地接受惩罚。如那伽与狮子比较力量失败后，狮子请求那伽宽限 7 天时间，让自己向家人道别。也就是说，狮子已经接受失败的

结果，并将去兑现当时的承诺。类似的情况还有很多，如老虎与大象比较力量大小。第二，积极思考，采取有效措施，积极自救。如 A5 How The Rabbit Rid The Forest Of Its Tyrant（兔子如何除掉森林暴君），在这则故事中，当狮子和其他动物们达成协议之后，每天抽签确定第二天前往狮洞的动物，凡是被选中的动物都接受了命运的安排。但是，当兔子抽到签以后，它并不想就这样结束自己的生命，而是运用自己的聪明才智，设计出一套方案，将狮子除掉。这一举动不仅拯救了自己的性命，也保住了其他动物的生命。在这一过程中，显然兔子并没有被动地接受命运的安排。第三，第三者拯救弱者。当得知弱者与强者之间将进行比赛以后，第三者主动出面要帮助弱者战胜强者。同样在 A2 Why The Wren is Small（为什么鹪鹩身材小）这则故事中，弱者已经认命。兔子看到狮子闷闷不乐时，便问明缘由，于是积极想办法，动员和联合其他动物，共同协力，战胜强者。在这则故事中，第三者兔子帮助弱者，改变命运，转败为胜。

在"得宝型"故事中，"好人"常常会得到好报。"好人"角色多样，具有缅甸文化特色，主要有穷弟弟、善良的老人、小女孩、朋友、凡人修士、公平的青年人、慈悲的青年人、遵守诺言的女子、勇敢者、怪异儿等。在这类故事中，好人常常因为"善举"而得到好报，这里的"善举"主要表现为憨厚老实、富有同情心、富有怜悯心、富有慷慨之心、富有慈悲之心、富有公平正义之心、遵守诺言、富有勇敢之心等。他们获得回报的主要方式有获得金银财宝、迎娶公主、保全性命、恢复人形等。

在"公断型"故事中，出现很多纠纷，这些纠纷最终都得以化解。在这类故事中，主要当事双方有夫妇、追求爱情的男女青年、国王、寡妇、樵夫、船主、船夫、山里人、乞丐、旅店老板、债主、兄弟姐妹、朋友等。他们之间产生纠纷的原因是多方面的：或因为恋爱、结婚、离婚，或因为人身伤害，或因为财产，或因为债务，或因为邻里关系，或因为民间赠予，或因为担保等。从中可以看出，纠纷产生的原因是多方面的，涵盖了方方面面的民间纠纷。每当纠纷产生以后，当事双方都会寻求第三方的裁决，而第三方主要有村主任、路人、法律公主等。其中，以法律公主为主，她的裁决具有权威性，能够使当事双方都心服口服，使得纠纷得到圆满化解，真正维护了人与人之间的和谐关系，有利于社会稳定。

在"滑稽型"故事中，幽默滑稽的制造者主要有智障者、听力障碍者、吹牛者、夸张者、自以为是者、失信者、爱慕虚荣者、孤陋寡闻者等。他们在行动中要么机械呆板、要么渺无边际地吹嘘、要么一意孤行、要么失信于人、要么爱慕虚荣、要么孤陋寡闻等，通过这样一些行为制造大量笑料。

（二）行动选择与结果

在"弱胜型"故事中，诱发采取行动的原因主要有保护森林之王、保护自己生命安全、拯救他人、质问施咒者、维护自身合法利益等。在这些原因的驱使下，主人公采取行动。在行动方式上，主要有联合同族、联合异族、独立完成等。在联合同族方面，蜗牛的做法具有典型性。蜗牛充分利用外貌相似的特点，迷惑马，使马误以为参加比赛的是同一只蜗牛。联合异族是一种主要方式，在战胜强者时，单靠自身力量无法扭转局面，需要联合其他力量。独立战胜强者的案例也很多，在这些故事中，弱者主要发挥自己的聪明才智，在战胜强者方面发挥不可估量的作用，凸显主人公聪明才智，也彰显人们对智慧的崇尚。

在"得宝型"故事中，诱发回报的原因也是多方面的，主要有善良者的祈求、怜悯、同情，动物报恩，收留和供养落难的朋友，秉持公平正义，信守诺言，不畏恐惧，勇敢机智等。在给予回报者方面，主要有树精、乌鸦、报恩的动物、食人妖、劫匪等。从回报者及其身份来看，回报者大多来自异界，这体现劳动人民对获得财富的幻想，希望自己的善良和勇敢行为能够得到"神灵"的认可，赐予他们财富以资奖励。

在"公断型"故事中，纠纷双方有动物，有普通民众，有士兵，有官员，甚至也有国王。涉及前两者角色的故事所占比重较大。引发纠纷行为的原因有多种，主要有财产分配、人身伤害、债务偿还、赠予索回、民间担保等。每当纠纷产生以后，当事人采取的行动均是寻求第三方——法官进行裁决。裁决所遵循的原则是使当事人双方都满意，都心服口服。

在"滑稽型"故事中，行动所产生的效果主要是使听众发笑。因此，制笑既是行动方式，也是行动结果。在这类故事中，由于不懂事物之间的关系或者不能理解劝告者话语的真实含义，而采取机械的行为，结果使听众大笑。在中国，有句话说"聋子的耳朵会打岔"。在缅甸民间故事中，这类故事也比较常见，所产生的艺术效果具有相通性。爱慕虚荣、自以为是、失信等主题在不同民族文学中均有体现，但具体表现方式具有民族特色。在缅甸僧侣故事中，僧侣成为爱慕虚荣、自以为是、失信的代言人。众所周知，缅甸是一个佛教国家，僧侣的这种行为与这个国家意识形态相去甚远，造成这种现象的原因是西方文化的侵蚀。人们想通过这种方式批评和讽刺那些意志薄弱的佛教信徒。

在缅甸民间故事中，"情况出现"和"采取行动"之后，就进入最后一个环节——"达到目的"。在民间故事中，"达到目的"不仅是整个故事的高潮，而且也是承载文化意义的主要部分。为此，对这个结果的分析就显得尤为重要。在"弱胜型"故事中，情况出现以后，弱者通过联合或运用智慧最终战胜强者。通过这类故事，团结和智慧两个主题得以昭示，告诉人们要团结一致，要运用聪明才智。这是战胜强者或困难的法宝。在"得宝型"故事中，道德教育倾向非常明显。好人常常因为"善举"得到"上天"的垂青，而获得财富或幸福生活。财富和幸福生活是"善举"的必然结果。那么，要想获得财富和幸福生活，人们就应该去践行"善举"。"公断型"故事主要体现公平正义，"法官"所追求的就是化解纠纷、令纠纷双方都满意、恢复和平关系。在这一过程中，公平正义的秉持者就显得尤为重要，他们代表着国家或民族统治者的意志，是构造整个社会良好风尚的重要实践者。"滑稽型"故事尽管能给人们带来很多笑料，能让人们消除疲惫、愉悦心情，但这不是这类故事的唯一目的。在这类故事中，笑料制造者命运多舛。他们命运的结局给我们以教育和警示。

经过上面分析可以看出，"大团圆的结局"是民间故事的重要特征之一。弱者战胜强者，好人获得财富和幸福生活，纠纷当事双方对裁决结果心服口服，主人公制造笑料以教育和警示民众，这些安排都是故事创造者和传承者的追求和呈现意愿。在布雷蒙看来，可能采取行动，也可能不采取行动。行动的结果可能会成功，也可能不会成功。然而，缅甸民间故事却总是以"圆满的成功"为结局。在"弱胜型"故事中，弱者最终战胜强者，强者要么藏匿不敢出来、要么丧命、要么被吓跑、要么被击败、要么回归初始状态、要么输掉财产；在"得宝型"故事中，好人要么得到财富、要么得到幸福、要么变身为人等；在"公断型"故事中，纠纷裁决结果基本上能令当事人双方满意；在"滑稽型"故事中，不仅达到制笑的效果，也达到教育的目的。总之，缅甸民间故事主要是以"圆满的成功"作为结局。这也符合缅甸人民意识形态，善恶有报、众生轮回思想深入民心，成为他们内在的价值取向。

小　　结

本章运用普罗普故事形态学和叙事逻辑理论分析貌廷昂缅甸民间故事集。经过对比，发现貌廷昂缅甸民间故事不仅涵盖普罗普所发现的 31 个功能项，而且还多出 7 个功能项，这不仅体现出貌廷昂缅甸民间故事与其他国家民间故事之间的共通性，也表现出缅甸民间故事的独特性。随着研究的深入，笔者发现它们在序列和回合方面也存在同样的情况。为了深入貌廷昂缅甸民间故事集结构内部，运用叙事逻辑理论，按照"情况出现—采取行动—获得结果"三合一模式展现故事表层叙述逻辑。三者浑然一体，不可分割，是深层结构与文化意义研究的前提和基础。

第七章

貌廷昂缅甸民间故事的母题研究

母题（motif），也称之为"情节单元"，这个概念出现得比较早，真正将其运用于民间故事研究则始于汤普森。他发现故事类型及其索引过于粗疏，不利于进行更加深入细致的研究。于是，他倡议在民间故事类型研究中使用"母题"。在他看来，母题是构成传统叙事文学的元素，是一个故事中最小的、能够在传统中持续的元素，有某种不寻常的、动人的力量。① 汤普森将母题引入民间故事研究领域，拓展了民间故事研究的方法和视角，为后来民间故事发展做出重要贡献。不仅如此，汤普森还对母题进行分类。他将母题分为三类：第一类是故事中的角色，比如众神、非凡的动物、残忍的后母；第二类涉及情节的某种背景，比如魔术器物、奇特的信仰、不寻常的习俗等；第三类是单一的事件，它们构成绝大多数母题，可以独立存在，为数众多的传统故事类型就是由这类单一母题构成的。② 本书以汤普森母题分类中的角色为参照，将貌廷昂缅甸民间故事中具有代表性的母题划分为四类，即"动物"母题③、"怪异儿"母题④、

---

① 斯蒂·汤普森. 世界民间故事分类学［M］. 郑海，等译. 上海：上海文艺出版社，1991：499.
② 斯蒂·汤普森. 世界民间故事分类学［M］. 郑海，等译. 上海：上海文艺出版社，1991：499.
③ 在貌廷昂的《缅甸民间故事》中，动物母题故事占41%以上。
④ 我国学者（如林继富）曾做过"怪异儿的英雄传奇"研究。在貌廷昂3部代表性民间故事集中，存在一定数量的"怪异儿故事"。与林继富这项研究相比，缅甸"怪异儿故事"与我国怪异儿传奇故事有相似之处，但与此同时它们也具有自身独特性。

"法律公主"母题①和"僧侣"母题②，分别从民俗学、心理学、美学等角度进行解读和分析，这样就可以从多视角全面展现故事母题所承载的文化内涵。民俗学方面，主要从民间故事发生、传播、影响等视角入手；心理学方面，主要从心理投射、心理诉求、心理认识等角度展开；美学方面，主要从审美形态、表现、特征、价值等维度呈现。

第一节　貌廷昂缅甸民间故事中的"动物"母题

在人类与动物长期相处与交往过程中，人类对动物产生形象认知和爱憎情感，用以代言自己对生活的理解和对社会的态度，并以故事的形式进行记载与传播，进而形成大量以动物为主角的故事，它们蕴含着丰富的社会、文化、科学思想。按照国际惯例，学术界在故事分类编码体系中，往往都把动物故事放在最前面，貌廷昂缅甸民间故事集也是如此。在 AT 分类法中，阿尔奈和汤普森将动物故事分为野生动物（1~99）、野生动物和家禽（100~149）、人和野生动物（150~199）、家禽（200~219）、禽鸟（220~249）、鱼（250~274）、其他动物故事和物件（275~299）等 7 个系列。尽管这种分类方法促进民间文学发展，但是也显得有点烦琐。为了便于研究，本书将缅甸动物故事简化为两个系列，即"动物系列"和"动物与人"系列。因此，凡是以动物或动物与人为主要角色的故事都归为动物母题故事。

一、"动物"母题的民俗学解读

动物与人类共同生活在地球上。在很长一段时间内，人类过着狩猎经济生活。为了生活需要，人们接触到各种各样的动物，仔细观察它们的形体和习性，展开丰富想象，将它们"人格化"与"社会化"，形象地展现

---

① 在貌廷昂的《缅甸法律故事》中，80%以上故事内容涉及法律公主。
② 缅甸是个佛教国家。对佛教徒来说，从出生到死亡，重要活动都离不开佛教。

人类的社会生活。动物故事普遍存在于世界各国、民族和地区。由于地理环境和生活习惯的不同，不同国家、民族或地区的民间故事所涉及的动物不尽相同。从整体上来看，这些动物大多没有神奇能力，但都能够讲话，具有自身生活习性和特征。在貌廷昂缅甸民间故事集中，动物故事中涉及的动物主要有蜗牛、马、那伽、鹪鹩、老虎、兔子、狮子、猴子、乌鸦、鳄鱼、凤头麦鸡、蚯蚓、青蛙、猫、杜鹃、野鸡、鹌鹑、秃鹰、老鼠、蝙蝠、伽龙鸟①（the galon-bird）、河马、鹿等。这些动物大致可以分为3类，即神兽动物、陆生动物、水生动物。其中，神兽动物主要是指那伽和伽龙鸟，后者是前者的天敌。缅甸人民对这些动物有着复杂的情感，如对那伽充满恐惧和敬畏，对兔子充满喜爱，对乌鸦则有时喜爱、有时厌恶，等等。

在缅甸，有这样一个传统，就是僧侣用故事教化信众，长辈用故事教育子女或后代。在日常佛教节日时，僧侣常常会用佛经故事传播教义以教化信众。当信众犯错时，僧侣一般不会直接进行批评，而是通过讲故事的形式进行引导，让他们在故事中感受对与错。在貌廷昂缅甸民间故事集中，像这种同佛教教义有关的、明显带有佛教色彩的故事有很多。除《缅甸民间故事》和《缅甸法律故事》中的这类故事以外，整部《缅甸僧侣故事》都属于这一类。当然，这与缅甸的佛教信仰与传播不无关系。在缅甸，虔诚的佛教徒根据佛教教义编撰故事用以宣扬佛法和教育民众。因此，从这类故事诞生之日起，它们就深深地打上了教化民众的烙印，告诫信众要遵守佛法、尊敬长辈、乐善好施，只有这样的人才能得到佛祖保佑，获得功德，得到好报。同样在一个家庭中，当子女犯错时，长辈常常也会以讲故事的形式进行教育。正如姜永仁所言："古代缅甸人对子女儿孙如有不满，并不会直截了当、毫不掩饰地说出，而是经常讲一些动物故

---

① 伽龙鸟是印度教和佛教中的金翅鸟（Garunda），是像鹰一样的巨鸟。这种鸟又称"迦楼罗"，源自古代印度神话传说，是佛教天龙八部之一的护法形象，是神鸟修婆那族的首领，众鸟之王。

事，采用隐晦的方法，拐弯抹角地进行教育。"① 久而久之，这些故事在口耳相传中一代一代地传承下来，就形成民间故事的一个重要内容——动物故事。不仅过去是这样，即便是现在，通过讲动物故事教育子女的情况依然存在。

举例来说，A15 Why The Cormorant Has No Tail（为什么白杨鱼没有尾巴）这则故事主要情节为：（1）鸬鹚和白杨鱼有仇；（2）国王召见白杨鱼，因看到宫殿门口的鸬鹚而不敢进入皇宫；（3）结果白杨鱼被抓，向国王讲明原因；（4）国王命令鸬鹚向白杨鱼道歉，并宴请它；（5）在鸬鹚家，它趁机偷走白杨鱼的尾巴；（5）白杨鱼状告鸬鹚，法官裁决要求鸬鹚将它的 V 形尾巴赔偿给白杨鱼。这个故事看似是讲白杨鱼 V 形尾巴的来历，其深层含义则是在讽刺人类社会中存在的矛盾和非道德现象。一方面，鸬鹚利用手中的权力，威胁白杨鱼的正常生活和安全，令人感到厌恶；另一方面，白杨鱼勇于同邪恶势力做斗争，值得学习。这个故事不仅能够培养儿童的勇敢精神，还能增强他们的责任意识。在宴请他人时，就应该对客人财物和人身安全负责。

正如钟敬文所言："动物故事表现动物之间的纠葛，此种纠葛常对人民生活有一定的象征和暗示意义。"② 在对动物故事进行全面研究的基础上，钟敬文将动物故事分为 4 类：

（1）野兽与鱼鸟的故事。这类大多表现动物的不同性格和弱小动物战胜强大凶猛的动物。在貌廷昂缅甸民间故事集中，这类故事占有很大比例。除此之外，比较常见的还有动物争王位、比赛、借物，以及弱小动物巧妙脱险等内容的故事。（2）家畜的故事。这类故事包括家畜和野兽的故事，如 A14 Why The Tiger Is So Bitter Against The Cat（老虎向猫学习本领）。（3）人和动物故事。这类故事中，有的人和动物一起生活，如 A3 The Coming of Daywaw［老虎与贼（怕漏）］，

① 姜永仁. 缅甸民间文学［M］//陈岗龙，张文奕. 东方民间文学：下. 北京：北京大学出版社，2021：78.

② 钟敬文. 民俗学概论：第二版［M］. 北京：高等教育出版社，2010：189-190.

还有的动物故事着重表现人和动物的斗争。（4）以动物为主角的寓言。①

故事所暗含的经验教训常常被明确地指出。有的动物故事可以被当作笑话，如 A10 The Three Foolish Animals（三只愚蠢的动物）。在动物故事中，角色按照自身生活习性行事、活泼有趣；同时，又折射出人类社会生活中存在的某种现象或特征。动物故事能够给人以启示和教育。在漫长岁月里，人类与动物结成亲密友好关系，动物故事的传承在某种程度上折射出民众的善良慈爱之心。

二、"动物"母题的心理学解读

"动物"故事反复出现，无不彰显着民众的集体无意识。可以说，这是人类心理投射的结果。什么是心理投射？所谓心理投射就是把思想、态度、情绪、性格等特征反映于外界事物或他人的一种心理作用。长期以来，动物与人类共同生活在一个地球上，人类不可能对这个"伙伴"视而不见。在万物有灵和动物图腾崇拜观念和思想影响下，大量动物故事被创造出来。不同历史时期，这类故事被不同的人改编和传承，积淀深厚，蕴含着时代的、民族的心理认知，主要表现在以下三个方面：（1）弱小联合能够战胜强者；（2）崇尚智慧；（3）重视友谊。

人类如何认识到"弱小联合战胜强者"这一点呢？这与当时人类的生产生活以及人类智力水平发展有着密切关系。人类自诞生以来，多以群居方式生活，他们不仅用这种方式同自然做斗争，还用这种方式获取食物。在面对强大凶猛的猎物时，单靠个人力量很难征服它们，甚至还有丧命的危险。在长期生产生活实践中，人们认识到了这一点。另一方面，与人类的观察分不开。人类生活在自然界中，经常会看到弱小动物合力捕获强大猎物，结合自己的生产生活经验，人类就形成了"弱小联合战胜强者"的认识。为了能将这种认识和知识传递下去，这类主题就进入了民间故事。

---

① 姜永仁．缅甸民间文学［M］//陈岗龙，张文奕．东方民间文学：下．北京：北京大学出版社，2021：78.

在传递过程中，得到一代又一代人的认同，所以能够持续地传递下来。

在貌廷昂缅甸以弱胜强故事中，弱者单独或联合其他动植物战胜强者，智慧往往成为重要评判标准。另外，在人类社会中，我们崇尚忠诚，唾弃背叛。人们不仅通过人与人的交往讲述这样的道理，同样也用动物故事讲述这一道理。这样的动物故事不仅在我国民间故事中存在，而且在国外其他国家或民族民间故事中也存在。比如在缅甸，有一则名为 A11 Golden Rabbit And Golden Tiger（金兔与金虎）的故事。主要内容是忠诚老虎如何被兔子一步步欺骗最终死亡的故事。故事基本情节如下：（1）兔子和老虎相约第二天一起去割草；（2）老虎带了食物，兔子却带了牛粪和沙子；（3）老虎勤快地干活去了，兔子把老虎的食物全部吃光，换成牛粪和沙子；（4）老虎发现食物变成牛粪和沙子，兔子欺骗老虎说食物变质了；（5）老虎割了很多草，兔子却装病，让老虎驮着自己和草往回返；（6）兔子点着干草，老虎被烧伤；（7）兔子欺骗老虎说不是自己干的，一定是和自己长得一样的兔子干的；（8）兔子让老虎在树桩上摩擦，结果水泡全破了；（9）兔子让老虎在沙子里打滚，老虎疼痛难忍；（10）兔子将老虎欺骗到许愿井旁，将其推了下去。在这则故事中，兔子变成反面角色，而老虎成为正面角色。在很多故事中，主要体现兔子的机智和勇敢，而这则故事是个例外，兔子的行为遭到人们厌恶和唾弃。兔子不仅没有真诚地对待朋友，还一步步利用老虎对自己的信任而将其折磨死，一改过去树立起来的良好形象。随着社会不断发展，社会生产结构发生变化，人际关系和人群结构也发生变化。在人与人的交往过程中，忠诚受到人们推崇，但是，背叛的事情也常有发生。人们极度厌恶背叛者，因为忠诚有利于集体团结，有利于强大。这类故事告诉人们，背叛者往往不会有好下场，还会遭到唾弃。因此，这类故事的教育意义非常重大。

三、"动物"母题的美学解读

无论是在我国，还是在西方，动物美学思想由来已久。早在先秦时期，庄子就特别关注动物。刘成纪在《物象美学》一书中说："《庄子》

书中所涉及飞鸟有 22 种，水中生物有 15 种，陆上动物有 32 种，虫类有 18 种。"① 可见，在先秦诸子著作中，动物种类及其形象所占比重大。对此，宗白华有过这种论述："庄子，他好像整天在山野里散步，观看着鹏鸟、小虫、蝴蝶、游鱼。"② 庄子不仅将自己的哲学思想融入动物形象之中，而且还呈现出独特的审美境界。正如俞田荣所言："庄子生态智慧的一大特色，是将道上升为美学层面的追求，形成独特的审美境界。生态审美的重要前提是生命性，生态美的基点就是一种生命之美。"③ 也就是说，先秦时期，我国思想家就将人类自身生命和动物生命平等看待，并将自己的思想和情感投射于动物，赋予它们特别的审美意味。在西方，查尔斯·达尔文（Charles Darwin）是动物美学研究领域一位重要人物。他将人类美学和动物美学结合在一起，认为它们一脉相承。

对缅甸人民来说，"动物"母题的美学思想与南传佛教之间有着密切关系。受南传佛教影响，缅甸人民相信"轮回"。佛教认为人死后由于生前行为而产生的业力会产生与之相关的新生命，而新生命体的行为又会产生以后的生命体，这就是所谓的轮回。④ 在《佛本生经》（亦称《佛本生故事》《本生经》）中，有大量动物本生故事，如《羚羊鹿本生》《狗本生》《鱼本生》《鸟本生》《鹧鸪本生》《苍鹭本生》《鸽子本生》《蚊子本生》《竹蛇本生》等，也就是说在佛陀转生过程中，有时也会转生成动物。同样，《五卷书》⑤ 中也有大量动物故事。无论当世是什么，只要获得足够业力，就能有好的来世，过上幸福生活。

在这种"轮回"和万物有灵思想的影响下，人们平视人类生命和动物生命，构建起一个广博的生命世界，摒弃人类至上的生命观。例如，《鸟本生》讲述说：

---

① 刘成纪 . 物象美学：自然的再发现 [M]. 郑州：郑州大学出版社，2002：381.
② 宗白华 . 美学散步 [M]. 上海：上海人民出版社，2005：2.
③ 俞田荣 . 中国古代生态哲学的逻辑演进 [M]. 北京：中国社会科学出版社，2014：59.
④ 姚卫群 . 佛教入门 [M]. 北京：中国人民大学出版社，2006：143.
⑤ 《五卷书》，又称《比德佩寓言集》（Fables of Bidpai），是一部著名的梵文故事和寓言集。公元 5 世纪，它首先诞生于印度。至今已被翻译成 50 多种语言，被认为是世界寓言文献的主要来源。

古时候，梵授王在波罗奈治理国家的时候，菩萨转生为鸟。它是群鸟之王，住在森林里一棵有枝杈的大树上。一天，树杈互相摩擦，碎屑坠落，青烟冒出。菩萨见此情景，思忖道："树杈这样摩擦下去，会迸出火星，而火星落在树叶上就会起火，烧毁这棵大树。我们不能住在这里，应该迁居别处。"于是，它向群鸟念这首偈颂："众鸟所栖树，树杈迸火星；展翅飞他方，此处有险情。"

一些聪明的鸟听从菩萨的告诫，立即随同菩萨飞往别处去了。而另一些愚蠢的鸟不听菩萨的告诫，仍然住在那里，并且说道："它总是这样，一滴水里见鳄鱼①！"不久，正如菩萨所料，大树起火，浓烟滚滚，烈焰腾腾，众鸟的眼睛被烟火熏瞎，无法逃往别处，纷纷坠入火中丧命。②

在这则故事中，尽管菩萨转生成一只鸟，但是它依然在预见危难之时，能够帮助其他鸟类，告诉它们将会发生的危险，让它们提前离开。从化身为鸟的菩萨的举动来看，它的行为受到称赞，是一种美德。从身体外形来看，它是一只鸟，属于动物。也就是说，故事将美德与动物结合在一起，用美德贯通了生命世界。这就是"动物"母题故事长久不衰的重要原因之一。

第二节 貌廷昂缅甸民间故事中的"怪异儿"母题

怪异儿故事是一个具有广泛影响的故事类型，在世界范围内流传广泛。汤普森将这类故事列为700型"拇指汤姆"。③ 林继富研究发现，"中国的怪异儿故事母题由怪异儿出世和怪异儿创造奇迹组成"④。他将这类故

---

① 古印度谚语，意思是过分谨小慎微。
② 佛本生故事选 [M]. 郭良鋆，黄宝生，译. 北京：人民文学出版社，1985：25.
③ ANTTI A, THOMPSON S. The Types of the Folktales [M]. Helsinki：Academia Scientiarum Fennica，1973.
④ 刘守华. 中国民间故事类型研究 [M]. 武汉：华中师范大学出版社，2002：453-462.

事分为 3 类，即"结亲型"①"除恶造福型"②"历险型"③。林继富认为这类故事展现了民众对生命的追求和怪异儿的高贵品质与非凡能力。这种分析有一定的合理性，但并不一定具有普遍的适用性。在貌廷昂缅甸民间故事集中，怪异儿的故事类型并不少见。但是，这类故事并没有从结婚多年的夫妻期盼生子开始。因此，林继富的论断并不能解释这种现象。阳清研究了我国《搜神记》中的怪胎记录。他认为《搜神记》中的怪胎记录既有真实的社会生活基础，又有虚构讹传的痕迹。真实的一面主要是连体婴儿或畸形胎儿的出现，这可能是由于染色体诱变、基因突变、近亲繁殖、环境污染、药物等而出现的生育变异。同时，他还指出有一些怪胎故事完全是出于某种文化意图而产生的主观臆造。④ 在综合考察缅甸怪异儿故事文本基础上，本书将"怪异儿"界定为：在出生时就不同于正常婴儿的孩童，不包括正常出生的孩子后来变化为非人类的那些人的变化。因此，在貌廷昂缅甸民间故事集中，代表性"怪异儿"故事主要有 A30 Little Miss Frog（青蛙姑娘）、A31 The Frog Maiden（青蛙姑娘）、A37 Master Thumb（拇指哥如何打败太阳）⑤、A38 The Diminutive Flute Player（拇指长笛手）⑥、A39 Golden Tortoise（金龟）、A40 Master Head（头郎）、A41 The Big Egg（巨蛋）等。

一、"怪异儿"母题的民俗学解读

"怪异儿"，又称"怪胎"。从人类生育史上来看，生育"怪异儿"的现象一直都存在，这种现象的出现既与科学和医疗水平有关，也与人类的婚配观念和方式有关。面对这种现实，人类肯定会有所反应，"怪异儿"

---

① 结亲型：是指怪异儿向姑娘求婚，遭到女方父母的难题考验，怪异儿一一办到，最终娶得了姑娘。
② 除恶造福型：是指怪异儿惩处恶人或魔鬼以造福百姓。
③ 历险型：指怪异儿离开父母，经过艰难险阻再次与父母团圆。
④ 阳清. 汉魏六朝变异语境与《搜神记》中的怪胎记录［J］. 延安大学学报（社会科学版），2007，29（1）：46-49，108.
⑤ 在英语国家中，相类似的故事被称为《拇指汤姆》（*Tom Thumb*），属于类型 700。
⑥ 同②。

母题故事就是一种重要形式。从成人仪礼习俗来看，人类非常重视成人仪礼。在未成年时期，人们表现得比较野蛮，用文学形式来表现就是"丑"。当成年之后，懂得社会规范和为人之道，就变为"美"。

不仅是在科学和医疗技术不发达的远古时期，即便是到了科学高度发达的近现代，生育"怪胎"的现象依然没有完全消除。人类不仅重视这个问题，而且生育怪胎现象给人类留下深刻记忆。对人类来说，生育怪胎是一件既痛苦又可怕的事情。历史上，我国有大量文献均对此现象进行记载，如《汉书》《后汉书》《隋史》《五代史》《宋史》《元史》《明史》《清史稿》等。这么多有关怪胎的相关记载证明生产怪胎给人类留下深刻记忆。

除科学和医疗条件以外，男女结合方式对于生育怪胎也有一定影响，如血亲婚。列维通对血亲婚界定如下："血亲婚是指至亲之间的性关系，即近亲血亲之间的婚配和性关系。广义上来说，是指破坏日常生活中的族外婚准则，是血缘极其相近人之间的任何隐秘结合。"① 从这一界定来看，血亲婚包括了兄妹婚、表亲婚，以及不同辈分之间亲属的婚姻等形式。在这个概念中，关注的焦点是血缘。人类很早就认识到血亲婚所造成的危害，因此将血亲之间的婚配视为禁忌。在神话故事中，血亲婚现象常常会出现，如亚当与夏娃的子女、伏羲与女娲、奥罗隆与奥都瓦等。在他们结合之前，已经意识到血亲婚禁忌。但是为了人类的繁衍生息，他们不得不结合。然而，他们生育出的却是肉球，将肉球剁碎后才出现人类。可以说，这是人类对生育怪胎的早期认识。后来，随着人类对血亲婚危害认识的不断增强，进而发展族外婚以增强人类体质和健康成长。

除此之外，"怪异儿"故事与成人仪礼密切相关。怪异儿出生，他们要么只有头、要么身材矮小、要么以动物外形出现等。不管怎样，他们总是那么丑陋。从他们出生到成年要经历一系列考验或磨难，例如，A37 Master Thumb（拇指哥如何打败太阳），拇指哥在伙伴的帮助下，打败太阳，被奉为英雄；A38 The Diminutive Flute Player（拇指长笛手），父亲 3

---

① 列维通，刘方. 血亲婚 [J]. 民族文学研究，1990 (3)：93-95.

次将其丢弃在森林中，但他每次都能安全地返回家中，而且在第三次竟然骑着老虎归来，足见他有超凡能力；A39 Golden Tortoise（金龟），主人公经过一系列磨难和考验，娶公主为妻，后变为美男子；A40 Master Head（头郎）也是如此，主人公与公主成婚后，变成美男子。在这些故事中，主人公由"丑"变"美"，都是经历一番磨难与考验，是一个由"野蛮"变"文明"的象征。这也正是成人仪礼的主要目的所在。因此，"怪异儿"故事的出现正是成人仪礼的真实反映。

二、"怪异儿"母题的心理学解读

在科学和医疗技术不发达的时代，人们认识水平比较低，常常会将"怪异儿"和某种神秘力量或惩罚联系在一起，令父母或家族成员感到害怕和恐惧。但如果是掌握话语权的父母或家族成员，则会想尽办法将其美化以掩人耳目。与此同时，"怪异儿"也时刻警示着人类，促使人类形成正确的生育观和育儿观。另外，"怪异儿"与人类潜意识中的"性"也有着密切关系。

在远古时代，宗法制度森严、泛灵论信仰普遍存在。在这种信仰体系下，人们不明白这种现象出现的原因。在参照健康婴儿和儿童时，人们会认为生育怪异儿的家庭或家族做了"坏事"，受到神灵或上天的惩罚。而生育怪异儿的权势家庭或家族，利用自己手中的话语权，扭转这种对家庭或家族不利的局面。将怪异儿进行美化，认为他是神奇之人、大能之人、英勇之人，并不是上天或神灵对他们的惩罚，而是奖励。在科学落后和人类认识水平低下的时代，普通民众因为没有话语权，对这类美化的怪异儿信以为真。这类故事非常多。在我国，类似的例子也有。比如哪吒，他是道教护法神。他的出生，就不同于常人，也属于怪异儿这个类型。他的母亲怀胎 3 年，生出一个大肉球。但其一生的功绩，足以证明他不是一个凡夫俗子。

"怪异儿"母题在缅甸民间故事中反复出现，在创作与传承过程中，留下不同时期民族的心理"基因"。在自己生活的村庄中，这样的怪异儿给周围人带来笑料的同时，也用活生生的例子在教育着他们。看到怪异儿成为其他人的笑料，给周围人也带来警示，教育他们重视生育和抚养孩子，避免生育那样的孩子。在他们内心深处，对怪异儿有着无尽的同情。在现实生活中，一个村庄如果有一个怪异儿，会有人和他逗乐。等他离开之后，人们就会感叹道："这孩子真可怜！"发出这样的感叹，一方面体现出对同类的同情，庆幸自己没有成为那样的人；另一方面也深深影响着自己的生育观和育儿观，为能够生育和抚养健康的孩子而努力。

大多数人都非常熟悉格林童话中的"青蛙王子"这则故事，它属于AT440型。故事中，青蛙一再恳求公主，逐渐赢得好感，最后与公主同床共枕，破除魔咒，变身为英俊的王子。有研究认为：

> 青蛙一直是王子乔装的。在无意识中，青蛙是令人厌恶的男性性器官的一个永恒象征。所以我们应该说，这个故事表现了女子在与男子亲昵过程中，逐渐克服了对他这个部位的厌恶感。①

这种从心理学角度对"怪异儿"从"丑"到"美"的解释具有一定说服力。在貌廷昂缅甸民间故事集中，像"乌龟""拇指哥""巨蛋"等"怪异儿"形象都与"性器"有着内在联系。起初，青年男女对性既感到渴望，又感到恐惧，在克服心理障碍之后，能够接受它。

三、"怪异儿"母题的美学解读

"怪异儿"故事以多种形态在缅甸民间社会传承，既反映缅甸民众的多重审美品格，又体现出缅甸民族文化的多元性。怪异儿常常有着丑陋的外表，如青蛙姑娘、拇指哥、巨蛋、乌龟、头郎、龙蛋等。与正常人相比，从外貌上看，他们显得格外丑陋。如果听众仅仅关注主人公之外在形象，而忽视其内在美，故事将不会被人们追捧。然而，就是在这样的外表下，却有着完美的人格，如勤劳善良、机智勇敢、聪明智慧、孝顺长辈、心胸开阔、乐于助人、舍己为人等。为此，怪异儿故事寄寓着缅甸民众对美好品德的追求和崇尚。故事主人公常常以异于常人的外形出现，但他们

---

① 阿兰·邓迪斯. 世界民俗学 [M]. 陈建宪，彭海斌，译. 上海：上海文艺出版社，1990：142.

具有高贵品质，这正是民众所追求的理想人格。另外，从"怪异儿"创造的奇迹来看，主要表现在以下几个方面：逃离食人妖居所、迎娶公主、获得宝物、嫁给王子等。

现以 A30 Little Miss Frog（青蛙姑娘）为例进行说明。基本情节如下：（1）一对老年夫妇渴望得子。当得知妻子怀孕之后，他们喜出望外；（2）然而，当孩子降生之后，发现是一只青蛙姑娘，但是言行和人类一样；（3）几年之后，母亲去世，父亲决定再婚，娶了带着两个丑陋女儿的寡妇；（4）继母和她的女儿常常虐待青蛙姑娘；（5）一天，王子邀请全国所有未婚女子出席自己的洗头礼；（6）继母让两个女儿穿上华丽的服装参加仪式，却拒绝青蛙姑娘参加仪式的请求；（7）青蛙姑娘跟在她们后面来到王宫，说服门卫，进入王宫，来到仪式现场；（8）仪式快结束时，王子宣布将通过抛小花方式选取新娘；（9）结果，小花落在青蛙姑娘头上，王子很失望，但依然遵守诺言，与青蛙姑娘结婚；（10）一天，国王要把王位传给能在第七天时带回一只金鹿的王子；（11）在青蛙姑娘的帮助下，丈夫成功地完成任务；（12）大王子不服气，恳请国王再分派一项任务；（13）国王分派的任务是让王子们在第七天时将没有腐烂的米饭和大肉带到自己面前；（14）在青蛙姑娘的帮助下，丈夫成功地完成任务；（15）其他 3 位王子都不服气，恳请国王再分派一项任务，这也是最后一项任务，王子们在第七天时要将最美丽的女人带到国王面前；（16）到了指定日期，青蛙姑娘让丈夫把自己带去，丈夫非常不情愿地将青蛙姑娘带到国王面前；（17）青蛙姑娘当场脱掉青蛙衣，身着绫罗绸缎，漂亮极了；（18）国王当场宣布将王位传给青蛙姑娘的丈夫；（19）在王子的请求下，青蛙姑娘将青蛙衣扔进火里烧掉了。

在这则故事中，一对夫妇热切渴望能够有一个孩子。后来，他们终于如愿，妻子怀孕。从这一点上看，它与我国怪异儿的英雄故事传奇非常相似。夫妇结婚多年，一直没有孩子，整日祈求得到孩子。愿望终于实现，可是，当孩子降生以后，却发现是个"怪胎"。在 A30 Little Miss Frog（青蛙姑娘）故事中，夫妻发现所生孩子是一只青蛙。与健康宝宝比较起来，仅从外貌上看，青蛙着实丑陋。一般情况下，不太会受到人们待见。接下来，这个故事嫁接了《灰姑娘》（"Cinderella"）的故事情节。后母及其女儿虐待青蛙姑娘，阻止她参加王子举办的洗头礼仪式。然而，青蛙姑娘并没有屈服，跟在她们身后，来到王宫门前，又说服门卫，来到仪式现场。读到这里，我们不得不赞赏青蛙姑娘的执着。仪式最后，王子宣布将通过抛花方式选择妻子。结果，花落在青蛙姑娘头上。看到这样的结果，在场的所有姑娘都很失望，王子也感到非常失望。从这里可以看出，王子也对青蛙姑娘的外貌感到不悦。然而，难能可贵的是王子遵守诺言，与青蛙姑娘结婚。这就为故事情节进一步发展做好铺垫。到这里，读者感觉这个故事情节和《灰姑娘》非常相似，不同的是青蛙姑娘并没有神奇的助手，而是自己独自来到王宫。后来，故事又嫁接了"考验型"母题，青蛙公主变成神奇助手。表面上看，王子是直接的考验对象。事实上，这些考验的最终完成人都是青蛙姑娘。在考验过程中，运用民间故事典型的"三叠式"。一次次高难度的"任务"，在青蛙姑娘的帮助下，王子都出色地完成了。国王通过考验方式确定王位继承人。昔日需要神奇助手的灰姑娘如今却变成神奇助手，体现出缅甸人民奇妙的想象力，构思出美妙神奇的故事，满足人们对艺术审美的需求。

第三节　貌廷昂缅甸民间故事中的"法律公主"母题

在貌廷昂的《缅甸法律故事》中有一个重要人物，就是"法律公主"。在故事中，她主要对当事人之间的纠纷进行裁决。不仅如此，而且她的裁决结果往往具有"终审"性质。之所以这么说，主要是从裁决结果与影响方面考虑，法律公主做出的裁决均能令当事人双方心服口服，任何一方都没有反驳之力。

一、"法律公主"母题的民俗解读

在社会生活中，人与人之间发生纠纷是一种普遍现象。不仅存在于古代社会，即便到了现代社会，纠纷依然普遍存在。也就是说，人与人之间的纠纷伴随着人类的社会生活而存在。这种现象不仅以历史、文学、艺术等形式被记载，在民间故事中，这种现象也被广泛地记录着。那么，人们如何解决纠纷则体现出他们的智慧和价值取向。貌廷昂《缅甸法律故事》就是通过民间故事的形式记载缅甸民众之间的民事纠纷，并展现纠纷化解方式。法律故事在缅甸的形成与发展有着深刻的历史渊源。1885 年，缅甸沦为英国殖民地。在这之前，缅甸是一个"无阶级"社会。包括统治阶层在内的缅甸人认为土地是大自然的恩赐，人们可以自由流动，开垦土地，成为那块土地的主人。在那时，私有制得到认可。但是当时生产力低下，人们所拥有的资产非常有限。况且，这些资产归家庭所有成员拥有，不能随意处置，只有在父母或其中一方去世以后才能再次在其他家庭成员中进行分配。在这个社会中，村庄是最基本和最主要的社会单位。在村庄里，没有特别富有和特别贫穷的人，人们崇尚平等观念。缅甸国王经过民选而产生，并且没有世袭观念。在这种社会制度中，没有人能够凌驾于法律之上，而且缅甸法律的唯一来源就是习惯。秉持公正是国王的重要职责。正如 B4 The Drum Of Justice（正义之鼓）讲述说：

　　从前，有个国王，不仅统治着人类，还统治着所有动物。他仅仅就是一个国王而已。王宫前，架着一个大鼓，上面写着："凡是对法官裁决不满意的人，希望由我亲自进行裁决的，都可以击鼓。"正义之鼓名扬四海。此后几年时间里，人类和动物都和平共处，几乎没有任何纠纷发生，国王也就没有因纠纷而被打扰。一天早晨，国王和大臣们正坐在一起，一位宫女告诉国王南宫娘娘诞下一位王子。国王非常高兴，当即宣布："他将继承我的王位。"几分钟之后，又一位宫女告诉国王北宫娘娘诞下一位王子。国王高兴地宣布："他将成为王储。"两位王子住在同一座金塔之中，由多位老师教授他们各种课程。将来要想当国王，就必须学习这些课程。当他们快 18 岁时，国王宣布他们 18 岁那天自己就退位，归隐山林。等到那天，两位王子身着盛装朝金碧辉煌的王宫走去。由于天气太热，大王子拿出弓箭瞄准太阳，说道："太阳比我们的父王还强大吗？竟然强烈地照耀在我们头上。"一位随从赶紧劝说道："王子殿下，快把剑收起来，太阳是您的祖先，应该跪下来向它致敬。"几分钟之后，一只鹤从空中飞过。小王子说鹤肯定不能从他们头顶上飞过，就拿弓箭射向它，结果将它射死。鹤妻子非常伤心，到处告状。然而，法官们都拒绝受理，并且说道："你丈夫毕竟只是一只鹤。而一小时内，小王子就会加冕为王储。"鹤妻子伤心极了，就敲打正义之鼓。一听到鼓声，国王感到非常好奇，就召见鹤妻子。国王了解事情来龙去脉后，非常伤心，下令让小王子偿命。大王子说道："如果弟弟有罪，那我也有罪，我不该拿弓箭瞄准太阳，误导弟弟。"国王只好答应大王子所请。

太阳快落山时，两位王子被押到西门外准备斩首。在他们脚下，两位娘娘哭得非常伤心。她们愿意献出所有财宝，请求刽子手不要杀王子们。成千上万人聚在周边，看着这一切。这时，太阳已经落山。刽子手们谁也不接受她们的财宝，举起刀就要砍。这时，人们冲上去，夺下他们手中的刀。刽子手们哭诉着说道："国王会杀我们，因为鹤妻子肯定会再去击鼓。"人们根本不听，对刽子手们拳打脚踢，直到鲜血四溅，都溅到王子们身上。这时，其中一个刽子手想出一个好办法，让王子们单独待一会儿。鹤妻子看到王子们浑身是血，就会认为他们已经被处死。这样鹤妻子就会满意地离开。事情果然如他们所料，鹤妻子看到之后，就离开了，再也没有回来。

在这则故事中，国王维护公平正义的形象得到很好的塑造。在国王眼里，动物和人都是平等的。当王子犯法以后，同样会受到惩罚。在貌廷昂《缅甸法律故事》中，面对纠纷，法律公主和这里的国王所起到的作用是一样的。在纠纷化解中，法律公主发挥着重要作用。在口耳相传的过程中，民众通过《缅甸法律故事》将法律公主这个人物传到千家万户。在缅甸，法律故事从何而来？貌廷昂对此有过这样的解释："法律故事有三个主要来源，它们分别是改编自梵文或巴利文或修改过的民间故事，或者是作者虚构出来的故事，或者是法官在法庭上记录的故事。"① 那么，这些法

---

① AUNG M H. Burmese Law Tales [M]. London: Oxford University Press, 1962: 2.

律故事有什么样的价值和作用呢？最明显的一点就是这些故事对那些没有经过专业训练和经验不足的律师和法官来说意义重大，也就是说这些故事会成为他们审理、辩护或判决时的重要参考和评判依据。关于这一点，貌廷昂曾做过这样的解释：

> 本质上而言，缅甸法律只是一种习惯法。一千多年以前，缅甸国家在形成过程中，村中的长者就是实际的法官。他们并没有接受过专门的法律训练。指导他们进行纠纷化解的就是包含缅甸法律基本原则的法律故事。①

在缅甸，主要采用的是习惯法，所以记录民事纠纷裁决案例是一个传统，通过这种方式维护法律的公平正义，确保纠纷双方合法权益得到保护和彰显。这些法律故事在化解民众之间的矛盾，促进社会和谐稳定方面具有重要的价值和意义。它们的出现是缅甸社会组织和结构运转的必然需求，是历史发展的自然选择。

二、"法律公主"母题的心理解读

随着蒲甘王国的不断扩张，出现了很多村主任和"法官"，他们大多是文盲，更没有接受过专门的法律培训。在纠纷化解实践中，他们常常会做出随意的、不公的、难以令人信服的裁决。法律的权威性很难得到保障，村主任在人们心目中的认可度和接受度大大降低。在这种情况下，虚构一个法律权威就显得非常重要。于是，统治阶层就塑造出了"法律公主"这个形象。对此，貌廷昂也进行了解释：

> 在法律故事中，主角是个神话式的女法官，叫作"法律公主"。选择一位女子来代表法律智慧，这一点不需要大惊小怪。这是因为在远古时期，在缅甸社会中，妇女和男子一样，享有同等地位、同等身份、同等权利、同等义务。②

---

① 貌廷昂. 缅甸民间故事选［M］. 殷涵，译. 北京：中国民间文艺出版社，1982：1.
② 貌廷昂. 缅甸民间故事选［M］. 殷涵，译. 北京：中国民间文艺出版社，1982：1.

从名称上来看，"公主"这个词显然与王室有关系，一方面说明她的严肃性，另一方面则说明她的权威性。而"法律"这个词更是体现出专业性。在专业性、严肃性和权威性共同作用下，法律公主自然成为公正正义的代名词。

当法律故事与统治阶层交织在一起时，法律故事就不是单纯的民间故事了，而具有了"行政法规"的性质。民众在心理上出于对权力的敬畏，而对法律公主产生敬畏之情。另外，法律公主被神化，权威性得到强化。从裁决实践来看，法律公主遵循公平公正原则，能够令纠纷当事双方都心服口服。在这两者综合作用下，民众不仅敬畏"法律公主"，而且信任和拥护她。现仅通过证人这一个方面来看法律公主的态度与观点。在缅甸，法律公主明确地指出有些人的证言不足信。这类人主要有年龄太小和太大者、歌手、跳舞者、习惯赌博者、依靠诉讼谋生者等。他们的证言为什么不足信呢？从年龄方面来看，年龄太小的人认识事物和判断的能力不强，常常会受到迷惑或不能对事物进行全面的描述；年龄太大者，由于行动不便、脑子不灵活、视力下降，也可能造成对事物的认识和判断能力的下降。从职业的角度来看，歌手、跳舞者、习惯赌博的人和依靠诉讼谋生的人不可信。从事这些职业的人有什么特点？歌手和跳舞者游走四方，以卖艺为生，因此常常会受到威胁或者利益的诱惑而做假证；或者由于他们的生活习惯，对当地的某些事情并不一定非常了解，为此，他们或许并不能提供全面而可靠的证据。至于习惯于赌博的人，他们常常会因为输掉钱财，或因为债务而受到威胁，或者在利益的驱使下而做假证。依靠诉讼谋生者自然会为自己的当事人辩护，他只会将有利于当事人的话说出，而不会把不利于当事人的事情说出来，如果不这样的话，他就会出现没有尽职尽责的情况，进而失去委托人的信任，甚至导致职业生涯的终结。由此可见，那些容易受到威胁或利益驱使的人所说的证言，并不可信。这是缅甸法官们普遍的认识。

三、"法律公主"母题的美学解读

民间故事具有双重属性，即文学性和生活性。一方面，民间故事是一种文学创作，但它不同于作家文学。作家创作是一种相对独立的美学活动，具有专门性特点。民间故事则属于生活的一部分，从来就没有脱离过现实生活。因此，民间故事与作家文学之间的审美形式并不一样。万建中认为："民间文学以内涵的审美意识和外表的生活方式形成它的双重复合，这是一种审美型的生活、生活化的文学活动。"① 这样一来，在对民间故事进行美学分析时，不能直接套用作家文学审美那一套原则和模式，而需要根据民间故事自身独特性进行重构。

由于民间故事具有生活化特征，那么它的审美就应该从在场情境中体现。民间故事由集体创作，在创作方式和过程中，能够体现群体的审美取向。然而，民间故事讲述以表演的形式进行流传，在具体情境中，故事讲述者的表情、声音声调、情感表现等都能为听众带来不同的审美享受。在貌廷昂缅甸民间故事集中，"法律公主"无疑是真善美的化身，从她对纠纷化解的过程和结果就能表现出来。

缅甸法律故事主要涉及婚姻、财产、债务、保管、继承等方方面面的内容，与民众日常生活密切相关，能够引起民众重视。在纠纷中，涉及的当事人来自各行各业，具有普遍性。有时当事人是动物，有时当事人是富贵之人，有时当事人是食人妖，有时当事人是普通老百姓，有时当事人是王公大臣，有时当事人是国王。在各种人物纠纷中，法律公主均能做出令当事人心服口服的裁决，从而在民众心目中树立起崇高形象。无论是老百姓，还是达官贵人，无论是富商巨贾，还是乞讨者，只要他们之间发生纠纷，均能在法律公主那里得到公平公正的裁决。法律公主这种高大形象让民众肃然起敬，产生美感，享受艺术熏陶，明辨事理，让民众感受到正义的力量。缅甸法律故事的审美价值就体现在它与生活的联系之中。故事中所反映的纠纷平淡无奇，广泛存在于民众生活之中。纠纷的圆满化解无不彰显着民众对公平正义之美的追求和理想。

另外，在维护法律公平正义方面，缅甸有一套独特的体系。从信仰方面来看，缅甸人认为如果一位法官做出错误裁决，不仅他的声誉会受到损

① 万建中. 民间文学引论 [M]. 北京：北京大学出版社，2006：102.

害，而且他将会陷入某种危险绝境之中，如被泥潭吞噬，被鳄鱼吃掉，被魔鬼吃掉，被雷劈，溺水而亡等。从轮回观念方面来看，如果法官做出错误裁决，他将会投胎为低等动物。从制度方面来看，法官不仅要被任命，而且要进行宣誓。在一系列制度和信仰保障之下，法律公主成为公平正义之美的化身。人们敬重她，主要原因也在于此。

第四节 貌廷昂缅甸民间故事中的"僧侣"母题

早在公元前 274 年，印度阿育王派遣使团将佛教传入缅甸南部孟国，并成为首府直通（Thaton）① 官方正式宗教。公元 6 世纪时，佛教就已经传入缅甸。1044 年，阿奴律陀统一缅甸全境，将南传佛教确定为国教，供养僧侣，护持佛教。在缅甸，佛教繁荣昌盛，缅甸一度成为南传佛教传播中心。今天，85%以上缅甸民众依然是佛教徒。在 2000 多年的发展历程中，佛教已经深入人心，渗透到不同时期民众生活的方方面面，成为缅甸人共享的宗教信仰。这就是缅甸僧侣故事产生、发展与传承的沃土。在本书中，"僧侣"母题故事主要有以下两个类别，一类是以僧侣为主人公的故事，另一类是以僧侣为讲述者的故事。

一、"僧侣"母题的民俗解读

自 11 世纪初起，南传佛教在缅甸的主导地位就得到确立。在后来的发展过程中，佛教渗透到缅甸文化的方方面面。在缅甸，有这样一首民谚唱道："牛车轴声响不断，蒲甘佛塔数不完，若问总计有多少？四四四六七三三。"② 诚然，其不免有夸张成分，但手指所指之处必有浮屠却是不争的事实。这足以说明佛教在缅甸的盛况。

缅甸村落中，一般都会建有寺庙，寺庙中有僧侣，他们承担着布道

① 直通（သထုံခေတ်，Thaton）是缅甸孟邦一个城镇。公元前 4 世纪至公元前 11 世纪，它是直通王国的首府。
② 李谋，姜永仁. 缅甸文化综论［M］. 北京：北京大学出版社，2002：69.

者、教育者、仪式主持等角色，享有很高的社会地位。这样一来，在村落中就构成僧俗共同体关系，僧俗关系成为村落中最核心的社会关系。对缅甸佛教徒来说，从出生到死亡，一生中要遵守众多佛教教规。从儿童期开始，父母或僧侣就开始向他们讲述佛教经书相关内容，其中就包括佛本生故事，而佛本生故事是缅甸封建王朝初期民间文学重要的内容和素材。正如姜永仁所说："在缅甸，最早的'讲故事'就来源于人们彼此之间相互传颂的《佛本生故事》中的内容。"① 由此可见，佛本生故事是民众口耳相传的重要内容。随着佛教信徒的不断增多，佛本生故事的听众和传播者也不断增加。缅甸文字出现以后，很多民间故事被记录下来，进一步促进了民间文学的发展与传播。在《佛本生故事》和《五百五十本生经》基础上创作的《清迈五十本生经》，在缅甸几乎妇孺皆知，且他们耳熟能详。另外，佛本生故事也是僧侣用以向佛教徒宣传教义的重要素材。近千年来，在缅甸，佛本生故事早已深入人心、家喻户晓。姜永仁指出："《佛本生故事》是缅甸民间文学取之不尽、用之不竭的源泉，也为缅甸作家文学的创作提供了大量灵感。"② 也就是说，在缅甸流传的民间故事中，有很多内容来自或改编自《佛本生经》，它对缅甸民间文学产生了重要影响。

　　缅甸许多民俗中也体现着僧侣与缅甸人民之间的密切关系。在缅甸，有敬僧习俗。从古至今，这种习俗一直延续着。这种习俗主要集中表现在以下六个方面：（1）佛教大法师地位高；（2）形成了专门的敬语体系；（3）免费乘坐公交车；（4）僧侣常常被奉为上宾；（5）见到僧侣，要行跪拜礼；（6）供奉僧侣等。从这种敬僧习俗来看，僧侣在信众中享有崇高的地位。也就是说，佛教信仰习俗使得民众敬重佛陀代言人的僧侣。僧侣在民众获得功德和走向轮回过程中有着举足轻重的作用和影响。在缅甸，还有剃度习俗。男子一生中至少要剃度一次，皈依佛门。未曾皈依佛门的人很少会得到人们的信任，也没有哪户人家愿意把闺女嫁给这样的人。因

---

① 姜永仁. 缅甸民间文学［M］//陈岗龙，张文奕. 东方民间文学：下. 北京：北京大学出版社，2021：66-67.
② 姜永仁. 缅甸民间文学［M］//陈岗龙，张文奕. 东方民间文学：下. 北京：北京大学出版社，2021：66-67.

此，在缅甸这种信仰体系中，一代又一代的人大都要在寺庙中度过一段时间，以使自己能够被社会接受和认可。这样一来，佛教信仰传统就可以世代相传，不断发扬光大。

综上所述，"僧侣"母题故事成为缅甸民间文学中的重要内容是由其内在佛教信仰传统和习俗所决定的。佛教的长足发展给缅甸人民带来丰富的精神文化食粮。在这种文化底色中，僧侣故事孕育其中，不断演化发展，最终成为民俗中一种显性文化样态。

二、"僧侣"母题的心理解读

众所周知，缅甸是一个佛教国家。那么，佛教就是缅甸人民的意识形态。这种意识形态不仅影响着人们的言行，而且还能够拉近佛教徒之间的心理距离，产生佛教认同。这是因为"缅甸佛教的核心观念在于业力而非涅槃"①。而业力与功德将僧侣与民众紧紧地联系在一起。人们通过功德积攒业力以换取来世幸福生活，而供养和布施僧侣是普通民众积攒功德的重要途径。也就是说，民众要实现功德，必然离不开僧侣。钟小鑫研究发现："僧侣是村民功德实现的重要对象，用缅甸人的话来说，'僧侣是功德田（pon nya'mymei）'，信众即施主（d-ga）。"② 缅甸人民在追求功德积累过程中，认同佛教，在心理上产生共鸣，拉近了佛教与佛教徒之间的心理距离。

缅甸人民崇信佛教，而僧侣是佛陀的代言人，他们自然也受到敬重。史拜罗（Melford Elliot Spiro，1920—2014）认为："世界上可能再也没有其他地方的教职人员，能够像缅甸佛教僧侣那样，受到如此崇高的荣耀和尊敬。"③ 在缅甸，为什么会出现这种现象？毕冈迭特（P. A. Bigandet）认为主要有两个方面的原因：一方面佛教徒能够通过对僧侣的供养而获得功

---

① SPIRO M E. Buddhism and Society：A Great Tradition and Its Burmese Vicissitudes［M］. California：University of California Press，1970：70.

② 钟小鑫. 缅甸乡村的日常生活与社会结构［M］. 北京：学苑出版社，2019：75.

③ SPIRO M E. Buddhism and Society：A Great Tradition and Its Burmese Vicissitudes［M］. California：University of California Press，1970：70.

德与回报；另一方面出于对僧侣苦修态度与行为的崇敬。第一个原因出自信众个人需要，第二个原因则源自对优秀者所产生的敬意。① 从这一论述来看，信众希望从僧侣那里获得功德，这种心理诉求能够在僧侣那里实现。除此之外，缅甸人认为僧侣是非凡之人，他们能够驱鬼、治病、炼金、看星象等。如 A50 Why There Are So Many Pagodas At Pagan（为什么蒲甘会有那么多佛塔）讲述说：

> 很久以前，蒲甘人非常贫穷。那里住着一位僧侣，他是一名炼金师，尝试着要寻找炼金之法。由于实验花费不菲，他得到国王支持。经过一段时间实验，国库已经亏空。没有办法，国王只得向人们征税，但是遭到拒绝。僧侣坚信自己一定会成功，恳请大家再给他最后一次机会。人们相信他，纷纷交税。然而，实验还是失败了。人们纷纷要求国王惩罚僧侣。国王知道这不是他的错，不想惩罚。但是，人们不答应。僧侣只好挖掉自己双眼，这才平息众怒。返回寺庙之后，他还在不断地思考，仍然无果。他心灰意冷，让小沙弥将炼金材料全部扔到厕所边上。小沙弥照着做。晚上，小沙弥看到厕所那边发出光亮，就赶紧去告诉僧侣。僧侣说自己现在什么也看不见，只好让小沙弥描述给自己听。听后，僧侣知道实验成功了，就让小沙弥赶紧去宰杀动物，取出眼睛给自己装上。由于天色已晚，小沙弥得到一只羊眼和一只牛眼。僧侣把它们放进眼眶里，结果眼珠自动安上了。现在，僧侣能够看见了。他拿着点金石，即刻去告诉国王这个好消息。国王让所有人把家里的铅和铜拿出来熔化。僧侣挨家挨户地去点石成金。蒲甘人有钱了，就建造起很多佛塔。后来，小沙弥还俗，僧侣就赠给他一个口袋，里面装有一块金子。到家后，小沙弥发现可以从口袋里源源不断地取出金子。

这个故事是凄美的。为了支持僧侣试验点石成金，国王不惜花光国库的金银。无可奈何之下，国王不得不向臣民征收附加税，但遭到民众反

---

① BIGANDET P A. The Life or Legend of Gaudama：The Buddha of the Burmese ［M］. London：Trhbner Press, 1912：311.

对。僧侣依然坚持认为自己能够取得成功，恳请民众再支持一次。可见，僧侣非常执着，对自己非常有信心。因民众不是完全感到失望，于是支持了僧侣。然而，事与愿违，试验又一次失败了。民众要求惩罚僧侣，但国王认为他并无过错。然而，僧侣并不能宽恕自己，亲手挖掉双眼。故事讲到这里，听众会对僧侣投去敬佩之情。僧侣心灰意冷，决定放弃，让小沙弥把所有实验材料扔掉。然而，到了夜晚，奇迹发生了。小沙弥看到扔掉的材料闪闪发光，并将这个情况告诉僧侣。一番描述之后，僧侣让小沙弥找来动物的眼睛。装上之后，视力恢复，他看到一切，试验终于成功。他拿着点金石挨家挨户去点金，蒲甘人民从此过上富足的生活。尽管故事讲述僧侣炼金试验的过程，但是也体现出僧侣的博学和多能，使人对其产生敬佩之情。

另外，钟小鑫认为将僧侣视为自己的保护人是缅甸民众的普遍心理。[①]他讲述发生在缅甸木姐的一件事情。有位村民去木姐卖牛，结果被人下迷药。醒来后，发现牛不见了。他没有办法回家，这位村民的家人要开车去木姐把他接回来。由于路途遥远，还要经过很多关卡哨所，为了减少麻烦，他们就请求僧侣一同前往。通过这件事情，我们可以看出僧侣在人民心目中的地位很高。

三、"僧侣"母题的美学解读

在貌廷昂缅甸民间故事中，有大量僧侣故事存在。由于这些故事产生于缅甸沦为英国殖民地时期，故事中充满滑稽。而滑稽是审美艺术中一个重要内容。另外，由于"僧侣"特殊的身份与地位，使得这类故事中的审美与功利交织在一起。缅甸民众信仰佛教，认同佛教教义，遵守佛教教规，只希望获得更多功德，在轮回中，获得好报，这就是佛教信徒目的所在。

滑稽是审美艺术中一个重要内容，它与丑、讽刺、幽默等审美形态之间有着密切关系。滑稽主要是指主人公动作或语言上的夸张给人带来的一

---

① 钟小鑫. 缅甸乡村的日常生活与社会结构 [M]. 北京：学苑出版社，2019：152.

种愉悦。在貌廷昂缅甸民间故事集中，有一整本故事集是僧侣故事，其中具有讽刺性幽默的故事占有很大比重，这是审美的一种形式。何谓讽刺性幽默？从这个词组来看，它由两个具有独立意义的词构成，即讽刺和幽默。韩国学者金泰万将讽刺界定为：以愤怒、轻蔑和嘲笑的方式对社会假丑恶现象加以否定，是人们以真善美的态度对社会中的假丑恶现象否定的心理外露。① 蒋澄生和廖定中将幽默定义为：幽默是对语言的一种有意识积极运用，反映出幽默制造者的知识、修养、智慧以及交际技巧，颇有审美价值。② 王金玲将幽默的特征概括为六个方面，即不协调性、不一致性、反常规性、奇巧得体性、精练含蓄性、失败—胜利性等。③ 结合前人已有研究成果，可以将讽刺性幽默界定为：用智慧的语言技巧表达对社会假丑恶现象的否定，既可以起到教育的作用，同时又不至于让当事人感到难堪。

这种讽刺性幽默在貌廷昂缅甸民间故事中随处可见，尤其以《缅甸僧侣故事》为主要代表。随着英国殖民者不断地采取多种措施压制缅甸传统文化，佛教开始式微，一些人在坚守传统文化中表现出暧昧的态度，既不愿与西方殖民文化划清界限，也不敢与缅甸传统文化走得太近。这种矛盾心理外化为行为时常令人哭笑不得。如 C62 How The Head-Clerk Failed To Keep The Sabbath（安息日）讲述说：

> 在下缅甸④一个城镇里，住着一位总经理，他不信佛教，也从来不去寺庙。他妻子是一位虔诚的佛教徒。一个圆月日，妻子从寺庙回来抱怨说："老公，今天在寺庙里遇到你单位所有职员，他们问起你。当我告诉他们你在家时，他们纷纷嘲笑起来。认为你不够体谅人，安息日时还要让我赶回家为你做早饭。"丈夫默默地吃着早饭，然后说："老婆，我竟然是单位里唯一没有去参加安息日活动的人，感到非常

---

① 金泰万. 讽刺理论初探［J］. 国外社会科学, 1997（6）: 67-71.
② 蒋澄生, 廖定中. 试析幽默的语用理据［J］. 外语教学, 2005（5）: 26-29.
③ 王金玲. 论幽默语言的特征与技巧［J］. 外语学刊, 2002（3）: 58-63.
④ 缅甸分为上缅甸（Upper Burma）和下缅甸（Lower Burma）。上缅甸是指曼德勒、克钦邦、掸邦等地。下缅甸指伊洛瓦底江三角洲以及沿海地区。

羞愧。但是现在为时已晚，我也不知道安息日需要做什么。"妻子说道："老公，今天就可以参加安息日啊，因为还有整整一个小时才到中午。至于安息日需要做什么，去寺庙后，去找住持，他说什么，你就说什么。"

总经理急忙来到寺庙，跪在住持面前。住持很高兴他能来参加安息日，说道："先生，我想你一定是想从我这里学习'八戒'？"这时，总经理想起妻子的话，认为仪式已经开始，就重复住持的话。住持认为总经理是来嘲笑僧侣和参加安息日活动信众的，就说："你真是个智力障碍者。"总经理也虔诚地说道："你真是个智力障碍者。"听到这话，住持嚷道："不要扰乱安息日的平静！立刻离开寺庙。"总经理也嚷道："不要扰乱安息日的平静！立刻离开寺庙。"住持非常生气，抓起他，就把他扔到门外。总经理回家之后，垂头丧气地说："在参加安息日之前，看来我还得学习摔跤。"

在这则故事中，总经理由于受到单位同事嘲笑而决定去参加安息日。他从来没有去过寺庙，也不懂安息日活动需要做些什么，妻子简要介绍一番，他就前往寺庙参加安息日活动。由于机械呆板，结果弄出笑话。故事中，总经理的言行令人感到好笑，他成为被讽刺的对象。缅甸是一个佛教国家，信仰佛教的信徒众多。总经理生活在这样一种文化背景下，却对佛事孤陋寡闻，令人难以想象。另外，作为一个单位的负责人，居然如此机械呆板，面对一个简单事件，居然弄出那么多笑话，更是令人感到好笑。故事在对总经理言行进行讽刺和批判的过程中，也对那些假信徒进行了批判。

小　结

母题是民间故事研究的重要内容。在综合分析和梳理貌廷昂缅甸民间故事的基础上，将其划分为四个母题，即"动物"母题、"怪异儿"母题、"法律公主"母题、"僧侣"母题。这些母题涵盖貌廷昂缅甸民间故事集中80%以上的作品。在貌廷昂《缅甸民间故事》中，"动物"母题故事占到41%以上；在《缅甸法律故事》中，80%以上故事均涉及"法律公主"，而且她在民间纠纷化解方面具有权威性，能够达到"案结事了"的效果；缅甸是佛教国家，85%以上民众是佛教徒，忽视"僧侣"母题无疑会给研究带来致命性损害。在母题解读时，分别从民俗学、心理学和美学三个方面展开，最大限度接近各个母题内在文化本质。

第八章

貌廷昂缅甸民间故事的文化价值与文化意义

马林诺夫斯基（Bronislaw Kasper Malinowski，1884—1842）在对文化功能与需求研究基础上，提出两个公理：一个是"每种文化都必须满足需要的生物系统"；另一个是"每一种文化成就都是人体功用性的进步，它直接或间接地满足了人体的需要，这些文化成就包括人工制品的使用和符号的应用"①。总之，文化同"需要"与"功能"密切相关。按照这种理论，结合第六、七章对貌廷昂缅甸民间故事功能项、结构和母题的分析与解读可以发现，它们蕴含着丰富的文化内涵，承载着缅甸传统文化的基因。无论是在缅甸文化发展史上，还是在缅甸人民生活史上都发挥着重要的作用。它们不仅能够展现缅甸人民价值取向、道德观念、伦理思想，而且在民族危难之际还能够唤起民众的文化认同，使得民众能够团结一致，共同维护民族传统文化。貌廷昂缅甸民间故事能够满足民众对知识的渴求、对生命的关注，以及对文化认同的需要。

第一节　貌廷昂缅甸民间故事的心理价值取向

貌廷昂缅甸民间故事集中体现了缅甸人民的智慧和心理价值取向。在佛教文化与农耕文明影响下，缅甸人民形成颂扬智慧、崇尚公平、重视道

---

① 杰里·D. 穆尔. 人类学家的文化见解［M］. 欧阳敏，邹乔，王晶昌，译. 北京：商务印书馆，2016：158.

德、注重伦理的心理价值取向。这些心理认知倾向影响着人们的行为。与此同时，人们的行为实践一再印证着这种心理取向。它们之间构成相互影响、相互促进的关系。

一、颂扬智慧

在"弱胜型"故事中，弱者单独或联合其他动植物战胜强者，智慧往往成为重要评判标准。在 A1 Why The Snail's Muscles Never Ache（为什么蜗牛从来不会感到肌肉酸痛）、A2 Why The Wren is Small（为什么鹪鹩身材小）、A4 The Rabbit Has Cold（兔子感冒了）、A5 How The Rabbit Rid The Forest Of Its Tyrant（兔子如何除掉森林暴君）、A6 Why The Tiger And The Monkey Are Sworn Enemies（为什么老虎与猴子之间有不共戴天之仇）、A7 Master Po And The Tiger（坡和老虎）、A68 The Boatmaster And The Boatman（船主与船夫）、A69 The Boatmaster And The Man From The Hills（船主与山里人）等故事中，无不彰显着弱者的智慧。弱者依靠自己非凡的智慧，战胜比自己强大的对手。缅甸人民通过这类故事颂扬着以弱胜强的智慧，启迪着人类。现举例来说明，A6 Why The Tiger And The Monkey Are Sworn Enemies（为什么老虎与猴子之间有不共戴天之仇）讲述说：

> 在森林小道上，老虎遇见大象，说道："让开，让开。我是森林之王。"
>
> "在我心目中，只有狮子才是森林之王。"大象生气地回应说，"尽管你侮辱我，但我不会把你踩死。"
>
> "那我们比试比试，看看谁力气大。"老虎说道，"获胜者一方吃掉对方。"大象同意了。老虎大吼一声，附近的豺因为害怕而倒地死亡。大象发出喇叭似的声音，没有任何人死亡。
>
> "哈哈哈。"老虎笑着说道，"现在我要吃掉你，你输了。"大象承认老虎有资格吃掉自己，但是请求缓几天。大象想和家人道别。"可以。"老虎同意了，"但是，七天后必须回到这个地方。"
>
> 大象回家后，同家人一起待了五天，告诉家人获取食物的方法。

第六天，大象想再去森林里走走，于是就去漫步，看上去非常痛苦和绝望。兔子注意到大象的表情，问发生了什么事情。大象就把事情缘由讲给兔子听。兔子沉默许久，不停地思考着。

"明天，我就要死了。"大象叹息道。

"不，你不会死。"兔子兴高采烈地说道，"明天日出时，我们在这里见面，我能救你的性命。"

第二天，兔子早早就起床。除猴子和老虎外，兔子将其他动物召集在一起，对大家说："你们愿意帮我一个忙吗？请你们在森林里四处逃窜，看上去非常惊慌，并且大喊道，'强大的兔子战胜了大象，正在四处寻找老虎'。"

"当然愿意。"动物们热情地回答道，"在我们遇到困难时，你总是为我们出谋划策。智慧的兔子，我们随时听从你的安排。"于是，兔子跳上大象的背，手里拿着一把香蕉，悠闲地朝约定地点走去。现在，森林里到处都能听到动物们恐惧的哀号——强大的兔子战胜了大象，正在四处寻找老虎。

老虎听到哀号，变得有点焦躁不安。老虎根本不相信兔子能够伤害自己或大象。但与此同时，老虎需要一位同伴站在身边，想知道这件事是否属实。于是，老虎向动物们解释说是自己要吃掉大象，而不是兔子。老虎说道："今天，大象要来到约定地点被我吃掉。而且，我不是一个贪吃的人。谁要是跟随我，我们一起分享大象肉。"

"我们不敢！我们不敢！"动物们齐声说道，"兔子吃掉你之后，肯定会吃掉我们。"说着，就跑开了，依然假装非常害怕。猴子两腿分开坐在树杈上，听到老虎那番话，从树上爬下来，表示愿意和老虎站在一起。

老虎和猴子一起来到指定地点，到达之后，躲在灌木丛后等待着大象，就在等待之时，再次听到动物们的惊恐哀号，开始有点担忧。猴子心想："老虎是个背信弃义的家伙，要是兔子确实非常强大，老虎就会扔下我，独自跑掉。"于是，猴子建议老虎将他们的尾巴绑在一起，这样不管遇到什么样的敌人，自己和老虎都可以在一起。猴子说："团结就是力量。我们不能分开，我们要一起战斗。"老虎即刻就答应了，因为老虎也认为猴子是个背信弃义的家伙。要是兔子确实非常强大，猴子会抛下自己逃走。于是，老虎和猴子把尾巴绑在一起，等待着大象。

不一会儿，老虎和猴子看见兔子骑在大象背上朝这边走来。兔子一根接着一根地吃着香蕉，并且不停地喊道："我在吃大象的脑子，一会儿就要吃掉老虎的脑子。"

老虎真把香蕉当成大象的脑子，浑身颤抖，提议赶紧逃走。然而，猴子说道："你傻呀，那是香蕉。肯定错不了，我天天吃。"尽管如此，老虎还是不确定。

于是，兔子恶狠狠地看了猴子一眼，说道："废物猴子！你吹牛说会给我带一只又肥又大的老虎，为什么这只老虎又瘦又小！"

听到这话，老虎就要逃跑，对着猴子喊道："你是个背信弃义的家伙！我现在终于明白你为什么要和我站在一起，为什么要把我们的尾巴绑在一起，为什么说大象的脑子是香蕉。"猴子请求老虎不要跑，但是老虎不听，拖着猴子不停地跑，跑着跑着，撞到树桩上，摔倒了，再爬起来，绕着树桩，朝相反方向跑，结果尾巴卡在树桩上。老虎和猴子拼命挣扎，直到尾巴挣脱开，拖着血淋淋的尾巴朝不同方向跑去。从那时起，老虎和猴子就结下世仇。

通过对比可以发现，这个故事开头和 A1 Why The Snail's Muscles Never Ache（为什么蜗牛从来不会感到肌肉酸痛）故事非常相似。故事中的老虎，对应 A1 中的马，在道路上，都高傲无礼地叫嚣着让对方给自己让路。大象对应 A1 中的蜗牛，都是被羞辱的对象。不同的是，蜗牛利用自己的智慧想办法活命，而大象则悲观失望，准备消极地接受现实。在遇到兔子之后，事情才有了转机。兔子开动大脑，深思熟虑，想出一个好办法。除老虎和猴子之外，兔子将所有动物团结起来，让动物们为自己造势，到处宣扬兔子打败大象、正在寻找老虎这个假消息，给老虎造成极大的心理压力。如果单凭这种造势就能吓唬住老虎的话，事情也未必太简单了。兔子的高明之处，就是充分利用老虎和猴子各怀鬼胎的性格特点。虽然老虎和猴子站在一起，但是彼此缺乏信任，在面对困难时，不能团结一致，只会各奔东西。在故事结尾，老虎和猴子非常狼狈，更加烘托出兔子的智慧。每当人们讲起这个故事，总会感叹兔子的聪明之处，津津乐道。在强烈对比中，凸显智慧，启迪人类。

二、崇尚公平

貌廷昂民间故事中，"公断型"故事主要反映人们日常生活中的纠纷和矛盾以及它们的化解。这些故事的主人公大多数是普通百姓，他们之间的纠纷主要是关于财物、人身伤害、家庭生活、邻里之间等方面的矛盾。在解决这些纠纷时，村主任往往具有裁决权。但是，当人们不认可村主任的裁决结果时，就去找法律公主。只要是法律公主做出的裁决，几乎就是最终裁决，而且当事人都心服口服地接受。这些纠纷型故事的分析，将缅甸人的公平正义价值取向呈现得淋漓尽致。那么，什么是公平正义？关于这个概念的内涵有多种说法。从其功能来看，它是维护社会稳定的重要因素，是一个社会核心价值观的重要构成部分。貌廷昂的《缅甸法律故事》所追求的就是案结事了，秉持公平正义，促进社会和谐，维护社会稳定，主要体现在以下四个方面。

第一，法官近在咫尺，能够及时化解矛盾纠纷。《缅甸法律故事》囊括了各种各样的民间纠纷，主要涵盖人身安全、债务、实产寄托、夫妻（职责、权利、婚姻、离婚）、继承权、奴隶身份、致人死亡、盗窃和抢劫、地界、违背诺言、约定、赠物等。从这一点上看，《缅甸法律故事》具有普遍适用性特征。"法官"具有不可或缺性，这主要基于以下三个方面考虑：（1）即时性。在缅甸，村主任是最基层的管理者，他就生活在人民群众中。当人们产生纠纷以后，能及早找村主任进行调解和裁决。这种即时性能有效地阻止矛盾进一步恶化或扩大。（2）便捷性。当纠纷双方对裁决结果不满意时，可以到镇上王座法庭进行申诉。王座法庭会及时进行重新裁决，还原事情真相，做出一个令双方都信服和满意的裁决。这种申诉机制及其效率能及时化解纠纷，有效地维护社会和谐稳定。（3）权威性。通过对法律故事分析，可以看出，在缅甸，不管纠纷有多小，也不管纠纷有多大，"法官"都会受理。比如，国王与有夫之妇通奸，其丈夫就去法律公主那里状告国王。又如，两个邻居为了一根黄瓜而发生争执，也会到法律公主那里去上诉，各类纠纷都会得到合理裁决。

第二，法官能够秉持公平正义，践行法律面前人人平等。为了保障民间纠纷裁决的公平正义性，多种因素得以运用，相互牵制。主要表现在以下四个方面：（1）建立了一套司法体制，从村主任到镇法庭的联动机制。（2）建立了保障体系。在缅甸，村主任是一个特殊职位，采取半世袭制半选举制。前任村主任的儿子可以成为继任村主任，但同时还要得到大部分村民拥护。因此，村主任也要注意自己的言行，尤其是在处理民事纠纷时要秉持公正，否则将会失去村民的信任和支持。（3）佛教信仰的规约。缅甸是一个佛教国家，人们相信业报和轮回。佛教价值体系也影响着村主任的言行，他们重视积攒功德。在处理纠纷过程中，如果村主任存有私心而偏袒一方，功德就会减少。为此，他不愿意因为处事不公而给自己带来恶业。（4）摘录具有典型性的法律故事。既具有权威性，又具有全面性，还具有可操作性。为此，在实践中，能够有效地得到实施和贯彻。在佛教信仰和行政制度双重保障下，"法官"能够公平地裁决，维护法律公平正义。以 B19 The King's Sword（国王之剑）这则故事为例。故事内容是：国王非常喜爱自己的枣红马，晚上总要去马厩看看马。巡夜人的妻子总是看到国王，后来，她成了国王的情妇。再后来，国王到马厩直接去找巡夜人的妻子，而不去看枣红马。有一天，巡夜人发现了他们的奸情。国王答应给予赔偿。但是，巡夜人怕国王反悔。为了让巡夜人放心，国王把佩剑交给他做抵押。第二天，巡夜人本想拿着剑去找国王。但他担心国王反悔，不敢前去，就去找法律公主。法律公主经过调查，了解了事情真相，要求国王兑现诺言，进行赔偿。从当事双方地位来看，一个是国王，一个是国王马厩的巡夜人，他们两个人身份地位悬殊；从内容方面来看，是国王与巡夜人妻子之间的奸情。也就是说，在这个纠纷中，国王是有过错的一方。在这种情况下，如何裁决，直接影响着法律在民众心目中的地位和威严。从裁决结果来看，要求国王给予巡夜人一定的赔偿。也就是说，法律公主做出了公平公正的裁决。即便是高贵的国王犯了错，也会受到法律制裁和惩罚。这一点有力地说明，在缅甸社会中，法律能够得到公正实施，法律威严能够得到保障。

第三，法官能够明察秋毫，体恤民情。从缅甸法律故事产生背景和内容来看，统治者推行法律故事制度的目的在于教育引导基层管理者能够有效化解民间纠纷，促进社会和谐稳定。可以说，重点在于维护社会和谐稳定。所以，在强调维护公平正义的同时，也强调当事双方的满意问题，如B1 Tiger As Judge（老虎法官）和 B2 Rabbit As Judge（兔法官）。从整个法律故事内容来看，这一精神始终得到贯彻。也就是说，强制性功能比较弱，更多的在于化解纠纷，维护社会和谐稳定。所以，"法官"人情味十足。这里的人情味并不是要损害法律的公平正义和威严，而在于裁决过程和结果上。例如，故事 B43 The Bee-Hunter And The Elephant-Driver（采蜜人和赶象人），其内容是：采蜜人看到树上有一个蜂窝，就用烟把蜂给熏走。他爬上树去摘蜂窝，可是下不来了。赶象人听到呼救声，就过去救他，但是未能成功。这时，4 个年轻人路过，看到这一幕，解下纱笼①，让他们跳下，由于判断有误，6 个人都不同程度地受了伤。他们去看医生，费用是 6 个银币，但是问题是谁应该出钱。法律公主裁决认为：他们都有疏忽的责任，采蜂人应该付一个银币，赶象人付 3 个银币，其他 4 个人总共付 2 个银币。在这则故事中，救人者反而要进行赔偿。法律公主做出这样的裁决，是考虑到他们都是成人，应该有基本的判断能力。在实施救援时，应该考虑措施的有效性。正是由于他们都没有考虑到这一点，所以所有人都有过错，都应该支付一定的医药费。这个纠纷的解决极大地体现了警示教育作用。不管是被救者，还是救人者，都应该全面考虑问题。对他们每个人来说都是一次深刻的教训，能够警示其他人。

第四，法官裁决中有矛有盾，入理切情。在《缅甸法律故事》中，收录着一些这样的故事：故事情节相似，但是裁决结果截然不同。下面先看

① 纱笼，又称筒裙，是缅甸一种传统服饰。一般情况下，宽 1 米余，长约 2 米，用整块布料缝合两边成筒状。

两则故事，它们分别是 B37 The Four Scholars Who Were Killed By a Boar（四位学者与猪）和 B38 The Four Scholars Who Were Killed By a Tiger（四位学者与老虎）。第一则故事的主要内容是：在国外学习 3 年之后，4 位年轻学生回国了。他们分别学习木雕、雕塑、绘画和法术。有一天他们去森林里打猎，追赶一头野猪。到了晚上，轮流守夜，他们就逐步地把一个雕刻的野猪变活了，结果他们被野猪咬死了。4 位寡妇互相指责，要求其他 3 个人的妻子进行赔偿。最后，法律公主裁决为：前 3 个人无罪，赋予木雕野猪生命的那个人应该负责。因此，他的妻子应该给予其他 3 个人的妻子赔偿。第二则故事的主要内容是：4 名学生在国外学习 3 年后归国。他们分别擅长解剖学、生理学、药理学、万能药。有一天，他们去森林打猎，想射杀老虎，但是没有找到。他们就准备造出一只老虎，经过 4 个人的努力，一只活生生的老虎出现了，结果把他们 4 个咬死了。4 个寡妇起诉让对方赔偿。法律公主裁决为：4 个人都有责任。通过对这两则故事进行比较分析，故事情节高度吻合，可以说它们就是同一个故事的两个异文。在第一则故事中，裁决结果是赋予野猪生命的那位学生的妻子应该赔偿其他 3 位寡妇；而在第二则故事中，裁决结果是 4 个学生都有责任，相互之间不应该赔偿。这两种截然不同的裁决结果，似乎都有其合理性。为什么会出现这样的结果呢？这样矛盾的结果，会不会损害"法官"的形象？笔者认为，一方面这两种裁决结果都可以接受，都具有合理性；另一方面，搜集者也认可这样的裁决结果。在故事搜集过程中，并不是说貌廷昂没有发现这个问题。他可能出于呈现法律故事的真实存在状态，才将这两则故事放在一起。这样一来，在遇到类似纠纷时，"法官"可以根据实际情况做出合理裁决。

三、注重伦理

伦理学家将人的欲望分为两类："一类是自然欲望，另一类是非自然欲望。自然欲望又分为两种，即必要的和非必要的。自然而又必要的欲望是指对维持生命和健康所必需的物质，如饮食等的追求。"要满足人类自然而必要的欲望，先民们就必须向大自然索取，探索能够满足人类这种欲望的方式和途径。人类较早就从事农业、渔业、畜牧业等以满足自身生存需求。在食物生产过程中，人类逐渐萌发生态伦理意识。起初一段时间，甚至说很长一段时间内，人类没有明显的生态伦理意识，但在与自然长期交往的过程中，发现自然能够满足人们的需要，实现人们的欲望，符合人们的目的属性，对人们有利。这不仅成为财富伦理思想产生的重要前提和基础，也是整个伦理思想产生的先决条件。缅甸先民选择中南半岛西部这块自然资源富足的土地生息，早就认识到此地自然资源能够满足他们的基本生存需求。也就是说，很早的时候，缅甸先民就萌发了财富伦理思想。为了利用和开发自然界对人的满足性，缅甸民众建立起多元一体的财富生产体系。农业生产是根本，稻米、甘蔗、菜籽、烟草、热带水果等是主要农作物；渔业是重要方式，这取决于缅甸发达的水系和热带季风性气候与亚热带季风性气候；手工业和伐木业是有益补充。这一财富生产体系体现缅甸民众朴素的生态伦理思想。缅甸人民与大自然之间是一种友好型关系，在满足自身生存需求的同时，与自然和谐相处，建立起非对抗性生态关系。

人类诞生以后，主要以群居方式生活，共同劳动，共享劳动成果。从那时起，人类就萌发食物（财富）分配意识。尽管那时分配还处于原始状态，也没有形成系统分配原则或标准。分配方式协调人与人之间关系，凝聚群体向心力，为人类后来繁衍生息起到重要作用。随着人类社会不断发展，私有制和劳动分工出现，产生不劳而获的阶层，他们控制着资源，剥削和占有人民劳动成果。在这种制度下，统治阶层掌握着财富分配权，制定有利于自身的分配制度，使得财富主要流向他们那个阶层。尽管如此，劳动人民也能获得维持自身和家人生存的基本财富。貌廷昂缅甸民间故事中主要反映的财富分配伦理就处于这种社会制度下。诚然，故事不一定能够反映出整个社会完整的财富分配伦理原则或标准，但从中所反映的具体情况来看，财富分配主要有三种形式，即异界获得、劳动所得、财富继承。

首先，异界获得。幻想从异界获取财宝故事占有一定比例，如 A55 The Drunkard And The Opium-Easter（醉汉与吸毒者）、A56 The Opium-

Eater And The Four Ogres（吸毒者与四个食人妖）、A57 The Drunkard And
The The Wrestling Ghost（醉汉与鬼）、A58 The Tree-Spirit Who Likes To
Tickle（喜欢挠痒痒的树精）、A59 The Thieves And The Pot Of Gold（贼和
一罐金子）等。由此可见，"得宝型"故事和"怪异儿"故事中均有幻想
从异界获得财宝这个内容。对此，前文已经做过详细论述，这里不再赘
述。其次，劳动所得。在原始社会中，共同劳动和平均分配的情况在私有
制社会中发生根本性变化。进入阶级社会以后，出现不劳而获的阶层，他
们掌握着生产资料，统治着国家机器，利用资源掌控权剥削劳动人民，攫
取劳动人民创造的大部分财富。尽管如此，为了使得社会正常运转和发
展，会留给劳动者一部分物质财富以维持继续劳动的现实需要。虽然，这
部分内容并不能从民间故事中直接看出来，或者民间故事对这部分内容表
现得不明显，但从奴隶社会和封建社会制度的组织形式可以推知。最后，
财富继承。现实生活中，财富继承普遍存在，它也是民间故事一个重要主
题。缅甸民间故事也不例外。故事 A48 The Eclipse Of The Moon（月食）和
B51 Richman's Son And His Three Wives（要求分家产的蛇）中分别讲述了
孙子从奶奶那里继承魔宝和作为蛇的小儿子从父母那里继承财产。虽然财
富继承一主题以奇特方式呈现，但其反映出财富继承关系是客观存在的，
它是人类财富分配的重要形式之一。另外，还有一种财富继承方式值得一
提，那就是婚姻。按照人类学的观点，婚姻是财富分配与继承的重要方式
之一。男女双方经过联姻，继承女方或男方财产，例如 B7 The Three
Faithful Lovers（三位忠诚的求婚者）。在这则故事中，3 位男子同时向一位
富翁的女儿求婚。当时姑娘尚未成年，他们就在富翁家做帮工。能和富翁
独生女结婚的男子将来肯定会和妻子继承岳父的遗产。从以上两种财富继
承方式来看，主要是血亲继承关系。当然，非血亲继承关系也存在。B49
The Rich Man Who Became a Beggar（变为乞丐的富翁）和 B50 The Rich
Man's Son With a Ruby Ring（戴着宝石戒指的富家公子）这两则故事所反
映主题就属于这一类。前者主要内容是：一位富翁将自己的财产给儿子以
后，儿子对他越来越不好，最后沦为乞丐。朋友收留他，过着富足的生
活。临死前，他告诉朋友自己埋金子的位置，让他去挖。朋友挖出 7 坛金

子，富翁并没有将金子给那个逆子。后者主要内容是：有个富翁，他的儿子出家当了和尚。临死时，把宝石戒指送给寺庙的凡人修士，报答他对自己的照料。在这类继承关系中，赠予者与受赠者之间没有血缘关系，但是受赠者向赠予者提供一定的服务或承担一定的义务，赠予者自愿将一定数量的财富赠送给他们。

当人们获得财富以后，就会将其以不同方式消费掉。除自身及其家庭消耗以外，还存在其他消耗方式，有的甚至特别重要，例如，献供消耗。它是指信徒通过向神灵献祭将部分财富消耗掉。在缅甸，佛教长足发展离不开统治阶级和普通民众的护持和供养。与此同时，佛教也滋养着缅甸人民的精神世界。在业力和轮回思想影响下，不仅缅甸统治阶级捐建寺庙，供养僧侣，而且普通民众也那样做。佛教在缅甸的广泛传播和对民众日常生活的影响，使得缅甸人民对业力和轮回思想深信不疑。在这种意识形态下，人们乐善好施，常常通过献供或捐建寺庙或向僧侣提供日常饮食和日用品等方式积攒功德，以求来世幸福生活。这方面内容被大量民间故事所记载，如 A50 Why There Are So Many Pagodas At Pagan（为什么蒲甘会有那么多佛塔）、A52 The Fortune-Teller Of Pagan（蒲甘占星家）、A64 The Four Deaf People（四个聋人）、C1 The Hungry Man From The Hills（山里来的饿汉）、C10 The Monastery-Donor Who Had His Eyes Washed（寺庙捐赠者）、C11 The Shaven-Head Who Preferred Pork To Cabbage（喜欢猪肉胜于白菜的僧侣）、C16 The Dead Monk Without a Funeral Pyre（高僧的葬礼）、C20 When Will The Monk Return?（僧侣何时归）等。尽管这些故事所记录的很大一部分内容出现在殖民统治开始时，批判和讽刺殖民统治下部分佛教徒对佛教态度暧昧或背弃的行为，但也从另一个方面肯定了殖民统治之前缅甸社会中的僧俗关系。民间财产纠纷是民间故事的主要内容之一。在貌廷昂缅甸民间故事集中也收录了这类主题的故事，如 A14 Why The Tiger Is So Bitter Against The Cat（老虎向猫学习本领）、B30 The Elephant-Driver Who Lost His Elephant（丢失的大象）、B32 Creditor And Debtor（债权人与债务人）、B33 A Mat Against One Hundred Baskets Of Paddy（值一百筐稻谷的垫子）、B41 Poisoned Mushrooms（毒蘑菇）、B43 The Bee-Hunter And The

Elephant-Driver（采蜜人和赶象人）等。这些故事都涉及民间纠纷。当事双方因为各种原因而产生纠纷，一方造成他人财产或人身伤害的，就需要赔偿。尽管在现实生活中，这不是一种主要消耗方式，但是在民间故事中这一主题得到凸显。对未经过专门培训的基层法官来说，这类故事具有一定的指导或参考价值。而对儿童或民众来说，它们还具有一定的教育价值，即在给他人造成伤害或损失时，应该勇于担责。这样看来，在消费实践中，除满足家庭成员日常开销以外，缅甸人通过各种途径和方式将很大一部分财富献给佛教。直到今天，这一传统依然在传承。2016 年中央电视台开始录制《远方的家》栏目推出的大型系列节目——《一带一路》，其中一集中有这样的内容：一位缅北矿工将积攒很久的钱财拿到仰光捐给大金塔。为了能去仰光捐献这笔财富，他辛勤地工作，积攒了很久。因为去仰光捐献这笔财富，是父母多年的夙愿，也是整个家庭的荣耀。可见，不管家庭生活状况如何，都将献供看作一件重大事情。这主要是因为人们非常重视积攒功德。当然，以此追求在社区中的荣耀也是一个原因。在缅甸人看来，这是一种大福德。

按照文化人类学家的观点，人的需求可分为基本需求（生物需求）和衍生需求（文化需求）。这两种需求之间关系密切，人类在满足基本需求的过程中创造了一个新的、衍生的环境，也就是文化。反过来，文化就具有满足人们基本需求的本质特征。当然，人类对基本需求的追求是第一位的。马斯洛（Abraham Harold Maslow，1908—1970）需求层次理论将生理需求看作其他需求的前提和基础。没有生理需求的满足，其他需求将难以实现。人类是自然发展的产物，起初只是本能地从自然界中获取食物，慢慢地掌握工具，提高生产效率。在劳动和进化过程中，智力得到开发，能动性得到增强，不再被动地适应自然，而是具有初步改造自然的能力，并付诸实践。渐渐地形成物质财富生产方式和分工，这样简单的文化就产生了。在缅甸，农业、渔业、采摘业、手工业、伐木业等是主要生产方式。在这种生产实践中，形成具有缅甸特色的农业文化。这就是人与自然和谐相处的结果，是"善"的表现。

人类主要以群居方式生活生产。也就是说，人类群居以来，或是出于安全需要或是出于合力获取食物，在不知不觉中就形成合作关系。这种关系构成人类原始文化，它成为日后人类复杂文化体系的雏形。随着人类社会不断发展，制造和使用工具的能力不断地得到加强，社会生产力不断得到提高，人类智力水平不断提高，社会结构发生重大改变，人与人之间的关系发生重大改变。主要是私有制的出现，人类赖以生存的主要资源掌握在少数人手里，他们可以凭此而迫使其他人为自己劳动。与原始社会相比，人与人之间的关系发生了重大改变。当然，从原始社会过渡到奴隶社会、封建社会，是人类的进步，而不是倒退。如果说在原始社会时期，人类共同劳动和共享劳动成果是人与人、人与自然"善"的体现，更多地体现为自然对人类需求的满足，那么到了奴隶社会、封建社会，人类改造自然的能力得到加强，社会财富增多，人类关系的改变不仅体现在与自然的关系上，还体现在人与人之间的关系上。这种关系适应促进了生产力的不断发展，这也是"善"的体现。诚然，不能说人类在物质生产和自身生产过程中进步，就完全表现为"善"，不能满足人类需求"恶"的一面也会存在。但是"善"是主流，"恶"是非主流；"善"是主要方面，"恶"是次要方面。

不同时代不同人群对幸福感体认不同。在物资极度匮乏的时代，人们能吃饱饭，就感到幸福。在物质极度丰富的情况下，人们享有更大的自主权，这就是幸福。从某种程度上来讲，幸福感与财富之间关系密切。在满足基本需求的情况下，人们才能反思自己是否幸福。当然，物质财富不是衡量幸福的唯一标准，但是若没有物质保障，幸福感就无从谈起。为此，财富分配和消费影响着人们的幸福感。在奴隶社会，生产资料被奴隶主占有，就连奴隶也是奴隶主的私人财产。奴隶主将幸福建立在对奴隶剥削和压榨的基础上。在这种关系中，奴隶主的幸福感明显要高于奴隶。但不能说这种社会形态中，奴隶没有幸福感，他们对幸福体认不同，例如，得到奴隶主赏识、获得满足自己及家人的物质财富等，也会让奴隶感到幸福。到了封建社会，生产资料被地主占有，农民是被剥削者，他们从地主那里租来土地耕种，向地主交地租。地主获得财富多，拥有更大的自由，获得的幸福感就高于农民。同样，农民也有幸福体认，但是幸福需求不同。从原始社会到剥削社会，再从剥削社会到社会主义社会，幸福感在不同人群中以不同方式呈现着。这种人际关系不同的社会以生产力和生产关系的适应为内在牵制力而在发生调整和改变。但是，调整和改变总的趋势是构建和谐关系以促进社会发展。这种关系体现在伦理学中，就是"善"。当一种关系不能适应社会发展时，这种"善"将不再维持和继续，而是被冲破，重新构建出一种新型关系。在新型社会关系中，人们获得更大的自由，拥有更多机会获得财富，幸福感也会相应得到增加。

第二节　貌廷昂缅甸民间故事中的生命意识

为了生存，人类非常关心物质资料的获取与再生产。同时，人类也非常关心自身生产。繁衍后代是人类生存的一个重要内容。可是，在生育后代过程中常常会出现所谓的"怪胎"。"怪胎"的出现给人类带来了心灵上的创伤和深刻的历史记忆，人类总会通过这样或那样的方式将这种记忆记载和传承下来。民间故事就是一个重要传播形式与载体。通过这类故事，可以窥探出人类的生命意识，主要表现在健康生育、和谐共生、幽默人生等方面。

一、健康生育

滑稽故事不仅能给人们带来欢声笑语，它还具有极强的教育意义。在给孩子讲述缅甸民间故事时，最能使孩子开怀大笑，最能给其留下深刻印象的往往是滑稽故事。在听过这类故事之后，他往往会按捺不住内心的欢快，迫不及待地想将故事讲给别人听。当被问及为什么喜欢这类故事时，他会回答这类故事非常好笑。问他能从这个故事中学到什么，他会说某个人真笨，不能向那个人学习。

这类故事内容大多在现实生活中能够找到。讲述者发掘这些素材，将其编成民间故事，讲述给大家听。故事不仅能让人开怀大笑，在笑的过程中，人们也陷入无尽思考。为什么生活中会有这样的人？在人类社会中，各种各样的人都有：有的人生活环境限制，很难有机会接触外面的世界，长期与世隔绝，显得孤陋寡闻；有的人虚伪，自己犯了错误，不愿意承认，而是一味地想掩盖，结果越描越黑；有的人爱慕虚荣，别人随意说几句好话，就得意忘形，甚至连长辈或长老也不放在眼里；有的人学识肤浅，故作姿态，显得非常有学问，但经不起考验，一个小小测试就将其真实水平暴露无遗；有的人缺乏生活经验，连起码的常识也不懂，简直让人瞠目结舌，感觉他好像来自外星球；等等。面对这样的现实，人类不可能不思考"人到底是什么"这个命题，生命的意义是什么？在对这类问题进行思考的过程中，逐步形成他们的生命观和生命意识。如 A40 Master Head（头郎）故事讲述说：

从前，有一户贫穷人家。妻子生了个儿子，他只有头，没有躯体。丈夫因这个"怪物"而感到非常丢人，于是想要将其杀掉。然而，妻子一再劝说，即使他是"怪物"，但也是他们的孩子啊。儿子对妈妈说："妈妈，感谢您。我能让您晚年过上幸福生活，我会证明给您看。"妈妈向邻居诉说自己神奇的孩子。他们纷纷好奇地前来看望，并给他取名为"头郎"。

几周后，头郎对妈妈说："妈妈，请把我带到王城大商人那里。"到那里后，头郎说："商人先生，我愿意做你的奴隶，请给我妈妈一千银币。然后，你可以带我出去表演，向观众收费。"商人很高兴。没过几天，商人就把钱赚回来了。

这天，从外国来了一个船队。头郎向商人说道："商人先生，我已经为您赚了很多钱。我想到海外去冒险，可以吗？你把我一千银币卖给外国水手吧！"商人非常喜爱头郎，不愿意和他分开。但是为了满足头郎的愿望，就将他卖给水手。卖完货物以后，船队就离开了。在风力作用下，没过几个小时，他们就已经远离海岸。暴风刮了三天，突然停下来，船也开始平静地航行。水手们认为头郎给他们带来了厄运，想要将他扔掉。这时头郎说道："朋友们，耐心点。请把我拴在桅杆上。"水手就照着做。头郎用力吹口气，船就快速航行。水手们都感到非常高兴，让头郎不要再把自己当作奴隶。他们来到一座漂亮的岛屿旁。头郎非常喜欢那座岛屿，想待在那里。水手们请求他不要靠近岛屿，因为岛上有很多食人妖。这时，一阵微风吹来，头郎说道："朋友们，我不走了。请把我留在这里。"于是，头郎在岛屿边上下了船。

在岛屿上，头郎耐心地等待着。日落以后，食人妖来到海里洗澡。头郎见到他们，与他们交谈甚欢，以至于食人妖喜欢上了他。他和食人妖一起生活了好几个月。他们非常喜欢头郎，就教给他一些魔咒。一天，头郎看见一条旧船路过，就大声疾呼。船员们听到声音，把船开过来。看到头郎和食人妖在一起，着实让他们感到害怕。然后，头郎安慰他们不用害怕，不会有任何危险。头郎想让船员们带自己回家。食人妖和头郎道别，并赠给他一筐宝石。船抵达之后，头郎将宝石赠给水手们，并且说道："如果你们愿意追随我，有享不尽的荣华富贵。"船员们毫不犹豫地就答应了。

头郎让随从们带他去皇宫。来到皇宫门外，头郎告诉门卫，如果国王不把公主许配给他，不任命他为太子，他就要毁掉整个皇宫。大臣们出来要一看究竟，谁这么大口气。当他们见到头郎之后，不屑地说道："哎哟，就你，一个有头无尾之人，带着几个衣衫褴褛的随从，还敢说大话。"一听这话，头郎念起魔咒，千军万马立刻出现在眼前，包围了皇宫。国王没有办法，只好投降。头郎变成太子，迎娶公主。当婚礼刚一结束，头郎突然变成了一位身强体壮的美男子。

在这个故事中，当母亲生下头郎时，父亲感到非常丢人，几番想要杀掉他。在母亲一再劝说下，父亲放弃了这个念头。从这一点来看，母亲珍爱孩子。可以说，这是一种无疆大爱。无论孩子是正常人，还是非正常人，妈妈都会将慈母之爱倾注于他。这不仅表现出妈妈对生命的敬畏，更表现出对生命的珍惜。

繁衍后代是人类自身生产的重要形式。人类在追求生命延续的过程中，把子女健康放在首位。尽管故事主人公是"怪异儿""怪胎"，但是他们最终能够"成人"，融入人类大家庭之中。故事充满神奇幻想。这种幻想塑造出机智和勇敢的人物形象，让人感叹生命之伟大；这种幻想神奇美妙，让人惊奇智慧之奇特。这类故事时刻警示着人类，具有极强的教育意义。

大多数人都具有正常的智力水平。但是，在现实生活中，难免会出现智力障碍者或低能儿。一般情况下，他们不能像正常人一样行事，会闹出很多笑话，成为人们的笑柄。当人们在笑的时候，庆幸自己没有成为那样的人。但同时，也担心自己的后代会出现那样的人，所以平时更加注意，想探寻其中的缘由。假如是近亲结婚造成的，那么人们就会自觉地拒绝近亲结婚。如果是孩子小时候生病没有得到及时的治疗造成的，那么人们就会特别关注子女的健康问题。

二、和谐共生

不管怎样，智力障碍者也是人。他们需要生活在我们这个群体中。为了让这样的人能够融入人群中，他们的父母或亲人一般会给他们安排一些力所能及的事情。如在 C38 Master Tall And The Buffaloes（傻大个和水牛）和 C46 The Ever-Moving Letter "O"（总是移动的字母"O"）两则故事中，主人公在父亲或师父的教导下做一些简单的事情，本来他们可以很好地完成这些任务，但是他们总是受到其他同伴的愚弄，处于疲惫不堪的境地。父亲或师父总是想办法帮助他们摆脱被利用的困境，但是常常会失败。从中可以看出，一方面，父亲或师父等亲人对智力障碍者寄予着同情和希望，让他们做些力所能及的事情，而且他们也能很好地完成，在他们看来这是一件非常好的事情。但另一方面，他们常常被同伴或其他正常人愚弄，使他们始终无法摆脱困境。仅从同伴或其他正常人身上看，他们缺乏同情心，愚弄那些智障者，或许他们只是出于逗乐的目的，但是从某种程度上来说，体现出他们丑恶的一面，应该遭到指责和唾弃。

三、幽默人生

幽默滑稽故事除具有生命警示意识和人性拷问以外，还有一个非常直观的价值，即娱乐功能。"Märchen"这个德语词指童话、故事、民间故事，它们主要是为了消遣娱乐而讲的故事。① 在研究缅甸民间文学特征时，陈岗龙、张文奕指出诙谐、幽默、喜欢逗乐和开玩笑是缅甸民族的典型性格，也是缅甸民间文学的特点之一。② 同时，他们也对缅甸人这种性格做出解释，认为"缅甸民族是一个乐天而诙谐的民族，缅甸人容易满足，没有很多的奢望。在日常生活中，他们喜欢逗乐、开玩笑，经常讲一些笑话消遣"③。在缅甸幽默滑稽故事中，数量众多的故事足以说明这一点。如 A53 The Origin Of The Coconut（椰子的起源）讲述说：

很久很久以前，有三个人乘坐木筏来到缅甸一个海岸城镇。他们很快就被带到国王面前。在回答国王提问时，他们坦诚自己是罪犯。他们的国王下令让他们乘坐木筏在海上漂流，生死由命。这三人中，第一个是贼，第二个是巫婆，第三个是恶作剧者，常常嚼舌根伤害他人。国王赠给贼一千银币和一座房子，允许他在缅甸定居。国王解释说："他是一个贼，那是因为他贫穷。现在他有钱了，就可以成为一个好人。"国王赠给巫婆一千银币和一座房子，允许她在缅甸定居。国王解释说："她给别人施魔法，完全是出于嫉妒。她之所以嫉妒别人，是因为贫穷。现在她有钱了，也就不嫉妒别人了。"至于恶作剧者，国王命令将其处死。国王说："如果人一旦做一次恶作剧，就总是搞恶作剧。"于是，恶作剧者就被处死了。

第二天，一位大臣从那里路过，惊讶地发现恶作剧者的头颅在地上滚来滚去。头颅张开嘴巴说话，大臣更加惊讶。头颅说："去告诉国王，让他过来跪在我面前。否则，我就会去敲掉他的脑袋。"大臣来到王宫，把看到的事情告诉国王。但是，没有人相信。国王非常生气，认为大臣想要取笑自己。大臣解释说："国王陛下，您可以派一

① 查·索·博尔尼. 民俗学手册［M］. 程德祺，贺哈定，邹明诚，等译. 上海：上海文艺出版社，1995：212.
② 姜永仁. 缅甸民间文学［M］//陈岗龙，张文奕. 东方民间文学：下. 北京：北京大学出版社，2021：67-68.
③ 姜永仁. 缅甸民间文学［M］//陈岗龙，张文奕. 东方民间文学：下. 北京：北京大学出版社，2021：84.

位大臣和我一起去看看，他肯定能够证明我的清白。"于是，国王派遣另外一个大臣同他一起去看看。他们到达之后，头颅静静地待在原地，一动也不动。第二个大臣回去向国王如实汇报，国王非常生气，将第一个大臣斩首示众。这时，头颅又开始说话。他说道："哈哈哈！尽管我已经死了，但我还可以搞恶作剧。"大臣们看到这一切，知道冤枉了第一个大臣，就回去把这件事告诉国王。国王感到非常伤心。

国王认为他以后还会搞恶作剧，就下令将其埋掉。然而第二天，在埋头颅的地方长出一棵奇怪的树，树上结着奇怪的果实，因为它们和恶作剧者头颅非常相似，能够发出咯咯咯的声音，人们将这种果实称为"恶作剧果"。后来，随着时间的流逝，其发音发生变化，就变成了"椰子"。直到今天，只要你拿起椰子摇晃一下，放在耳边还能听到咯咯咯的声音。

在这个故事中，缅甸人的幽默、诙谐、逗乐性格表现得淋漓尽致。尤其是在对待恶作剧者时，人们认为一个人只要有一次恶作剧，就会常常进行恶作剧，确实让人感到厌恶。尽管故事中有斩首场面，但并不会令人感到恐怖和害怕，反而让人置身于愉悦的氛围中。在缅甸民间故事中，这种氛围是一个主基调，时刻彰显着缅甸人幽默诙谐的性格。然而，笔者也从中发现一个奇怪的现象，那就是幽默滑稽故事中的主角大多是男性。也就是说，无论是在智力障碍者或低能型、缺乏生活经验型、违背常理型、自以为是型、失信或虚荣型的故事中，还是在其他类型的滑稽故事中，主角大多是男性。男性成为滑稽型故事的主角，成为被嘲笑的对象。这反映出男子在缅甸社会中的角色和地位。从缅甸人家庭习俗方面来看，男女地位平等。一般情况下，妻子对男子特别敬重，无论是在饭桌上、座位安排上，还是睡觉时都有特别的习俗。但与此同时，缅甸还有另外一个习俗，就是男子入赘，婚后男方至少要在妻子家居住满3年才能分家，而且，男方要赡养妻子的父母。在这些习俗的综合作用下，男子有着独特的社会身份和责任，社会对他们的关注度就比较高，他们也就比较容易成为民间故事塑造的对象。这不仅能够体现民众给予他们的期望，还能够勉励和激励他们积极前行。

第三节　貌廷昂缅甸民间故事中的历史记忆

　　民间故事诞生的时间比较早，与人类的发展壮大过程相伴而行。它们在发展过程中，经过不断筛选、创新、组合形成与时代相符的内容，在继承中不断创新。然而，它们在发展过程中，记载了很多"过往"，成为后人认识先辈生活场景与思想的重要素材。尤其是在民族危亡之时，它们活在人们的口耳之中，能够很好地得到保存与传承。因此，民间故事承载着很多历史记忆内容，能够唤起民众的心理共鸣，产生文化认同。

一、历史记忆内容

　　貌廷昂在谈到缅甸民间故事的现状时指出："近一二十年中，由于杂志、小说和电影的出现，流传于乡村的民间故事快被遗忘掉了。"① 这一论述表明西方文化的传入，对缅甸传统文化造成冲击，造成大量传统文化在逐渐消失。同时，也表明貌廷昂强烈的危机感，拯救和保存缅甸传统文化的意识和责任感驱使他不得不采取行动。貌廷昂这样论述廷加扎长老创作和讲述僧侣故事的目的："廷加扎长老讲述这类故事具有明确的目的性。他完全明白缅甸完全沦陷的命运不久将会到来，缅甸社会很快将发生重大改变，这些故事可以保存所知的社会生活。"② 同时，貌廷昂认为："在英国征服缅甸前夕，这些故事除回顾和评述佛教在缅甸的地位以外，还记录缅甸乡村生动的生活图景。"③ 在《缅甸戏剧》（*Burmese Drama*，1937）中，貌廷昂论述在偏远乡村看到未受外来文化浸染的尼巴塔克宾剧。这些论述集中说明民间文学具有历史记忆的特性。

　　历史记忆是集体记忆（collective memory）的一种形式。集体记忆这一

---

① AUNG M H. Burmese Folk-tales [M]. London: Oxford University Press, 1948: ix.
② AUNG M H. Burmese Folk-tales [M]. New York: Columbia University Press, 1966: 34.
③ AUNG M H. Burmese Folk-tales [M]. New York: Columbia University Press, 1966: 35.

概念首先由法国社会学家哈布瓦赫提出，意为"一个特定社会群体之成员共享往事的过程和结果，保证集体记忆传承的条件是社会交往及群体意识需要提取该记忆的延续性"①。可以看出，集体记忆具有群体性特征，是一种群体的社会行为，其主要功能在于凝聚群体成员。民间文学具有历史记忆的本质属性。陈金文认为："民间文学中的历史记忆属于诗性记忆、群体记忆、流动性记忆与固化性记忆。"② 同时，他在《盘瓠神话：选择性历史记忆》③ 一文中探讨和回答了民间文学历史记忆的选择性问题。陈金文对民间文学历史记忆的全面阐释，高度概括了民间文学历史记忆的本质特征，肯定了民间文学所具有的历史记忆功能。民间文学的讲述或展演不断地激起人们对"过往"的回忆和体验感受，在某种程度上强化认同。民间文学讲述者、展演者、听众、语境融合在一起，易于产生共鸣。回到貌廷昂缅甸民间故事作品集上来，无疑貌廷昂为拯救、保存、传播缅甸民间文学起到重要作用。同时，这些著作也是重要的历史记忆素材，为保存和传承缅甸传统文化起到重要作用。那么，貌廷昂缅甸民间故事作品集到底"记忆"了哪些传统文化？一般来说，文化可分为物质文化、制度文化和精神文化。为此，呈现这三种文化记忆内容能够展现其历史记忆的真实面貌。

（一）物质文化记忆

物质文化又可分为饮食文化、服饰文化和建筑文化。由于服饰文化并不是民间文学关注的重点，因此在本书中，只探讨饮食文化和建筑文化两个方面。

饮食文化方面。缅甸地处亚洲东南部、中南半岛西部，全境属于热带季风性气候和亚热带季风性气候，气候炎热、湿润、多雨，适宜稻米、甘蔗、菜籽、烟草、林木等生长。缅甸人民在与自然长期斗争改造适应的过程中，逐渐实现与自然融洽相处，例如，在故事 A41 The Big Egg（巨蛋）、

---

① 哈布瓦赫. 论集体记忆 [M]. 毕然，郭金华，译. 上海：上海人民出版社，2002：48.

② 陈金文. 民间文学中的历史记忆 [J]. 鲁东大学学报（哲学社会科学版），2013，30（6）：30-33.

③ 陈金文. 盘瓠神话：选择性历史记忆 [J]. 民族艺术，2018（3）：59-63.

A47 The Old Man In The Moon（月中老人）、A54 The Great King Eats Chaff（吃糠的国王）、A61 The Four Foolish Men（四个智力障碍者）、B32 Creditor And Debtor（债权人与债务人）、B33 A Mat Against One Hundred Baskets Of Paddy（值一百筐稻谷的垫子）、C26 The Old Widow And The Thief（寡妇与贼）中，都明确提及了稻米生产、食用、交换等内容，说明缅甸人民在长期生产实践过程中，发现了本国地理环境特征，找到并培育合适的农作物。除农产品以外，人们也发现大自然的恩赐，采摘野生食物。B41 Poisoned Mushrooms（毒蘑菇）中欠债夫妇到森林中采摘蘑菇为债主准备美味佳肴，向大自然直接索取是缅甸人获取生存资料的重要方式之一；B43 The Bee-Hunter And The Elephant-Driver（采蜜人和赶象人）中"采蜜人"到森林中采集自然界的蜂蜜，以此作为谋生手段，向人们提供特别的物质财富。缅甸江河水系发达，海岸线绵长，水产品丰富，如 A43 The Big Tortoise（巨龟）、A45 Rain Cloud The Crocodile（鳄鱼的云）、A62 The Four Mighty Men（四个强壮之人）、B25 The Fisherman And The King's Chamberlain（渔夫和国王的内务大臣）中有渔夫或出海捕鱼等内容。C8 Mistress Cold Who Sold Pickled Fish（冷小姐卖腌鱼）中冷小姐在附近村子以兜售腌鱼为生。C11 The Shaven-Head Who Preferred Pork To Cabbage（喜欢猪肉胜于白菜的僧侣）中有白菜和猪肉。B47 The Squirrel And The Rat（麻雀和老鼠）讲述有一户人家靠养殖麻雀为生，还有一家靠养殖蝙蝠为生等，这都说明那时专门养殖业已经在缅甸形成。

建筑文化方面。除了干栏式民居，缅甸佛塔林立，被称为"万塔之国"。C30 Mistress Monastery-Donor Who Broke Into a Dance（寺庙捐赠人）说明了缅甸寺庙的一个重要来源，即民众捐赠。这则故事的情节为：（1）一位寡妇捐建 5 座寺庙以纪念自己的丈夫；（2）5 座寺庙住持的布道没有一个让她满意；（3）后来，一位小丑教表演者建议村寺僧侣伴着音乐进行布道；（4）当伴以音乐布道时，寡妇却跳起舞来；（5）大家感到非常诧异。尽管这则故事的侧重点不在寺庙捐建这个事实，但是也能说明缅甸民众捐建寺庙这个传统。与此相似的故事还有 C35 Monk Lily Tray From East Rangoon（来自仰光的僧侣），故事讲述说：（1）仰光一位富商捐建一座寺庙，可是

住持常常外出到其他地方；（2）斋月以后，住持没有按期返回；（3）商人
认为住持为年轻人做了坏榜样，住持也不得不承认自己确实食言了。尽管
这则故事主要是讲僧侣食言，但是再次呈现民众捐建寺庙这个传统。一个
方面，这些故事能够解释缅甸佛塔之多的原因之一，即民众捐建；另一个
方面，民众把捐建佛塔与功德联系在一起，是民众心性的一种表达。纵观
缅甸历史，缅甸王室成员、官员、富商、普通民众捐建佛塔的事情比比皆
是。直到今天，这一传统依然存在。

（二）制度文化记忆

一般而论，制度文化主要有行政制度、教育、法律、民间礼俗、民间
信仰习俗等。在本书中，制度文化方面主要包括婚姻习俗、习惯法、教育
等内容。

婚姻习俗方面。在廷昂民间故事集中，常常会出现3位或4位甚至更
多位男士同时向一位女子求婚的情况，在这种情况下，如何选取最合适的
女婿就成为女方及其父母最头疼的事情。如故事 B7 The Three Faithful
Lovers（三位忠诚的求婚者）的故事情节如下：（1）富翁有一个漂亮的女
儿，很多人前来求婚；（2）但女子年龄尚小，其他人都离开了，只有3位
青年留下来做帮工；（3）3年后，女子长大成人，但突然去世了；（4）第
一位青年为其准备了葬礼，然后就离开了；（5）第二位青年收集了她的骨
头，也离开了；（6）第三位青年一直在为其守墓，并没有离开；（7）后
来，第一位青年获得了神水，在火葬的地方把神水当众浇在骨头上，可以
让其复活；（8）姑娘复活以后，该嫁给谁成为难题；（9）最后，裁决认为
第三个人的牺牲最大，姑娘应该嫁给他。在这则故事中，3位男青年在富
翁女儿成长过程中，做富翁的帮工3年，付出了艰辛的劳动。在姑娘去世
以后，又分别为其准备葬礼、收藏其骨头、为其守墓。从他们3个人的行
为来看，他们都深爱这位姑娘。第一位男青年在葬礼完毕后离开，但还是
非常伤心。机缘巧合使他获得能够救活姑娘的神水，但又必须获得她的骨
头，并在墓地浇在她的骨头上。这样一来，3个人无论是在姑娘生前、死
后，还是复活的过程中都有付出。在这种情况下，姑娘应该嫁给谁呢？富

翁及其女儿却没有了主意，只能求助于公平正义的化身——法律公主。听了富翁的讲述以后，法律公主认为第三位男子牺牲最大，对姑娘的爱最深，因此，姑娘应该嫁给他。

在上面这则故事中，有一个现象就是求婚者在等待女子成年的时候在女方家做帮工。这样做的目的是增进双方的了解，也就是我们常说的"日久见人心"。在此基础上，才能确定双方是否要结婚。这一观点得到众多研究成果的支持。谈金铠在《外国风俗趣谈》① 一书中对这一现象做了这样的解释：按照缅甸的风俗习惯，在婚嫁之前，双方要经过很长一段时间的"互相认识"阶段。如果一位小伙子想娶某位姑娘，应在父母的陪伴下去女方家。如果双方父母都同意，年轻人就开始在一起生活，但这并不是夫妻生活，而是"相互认识"阶段。一般情况下，两三年后，如果男女双方发现他们的初衷未变，并且相互合得来，这时才要谈举行婚礼的事情。这也就解释了为什么求婚的男子要在女方家里生活两三年。那么，为什么要有两三年的"认识"阶段呢？寸雪涛、赵欢对此解释和说明道：缅族青年男女相恋后，并不马上结婚，而是按照习俗进行为期 3 年的相互观察。这样做的目的主要是考察对方家庭里有没有赌博、酗酒、违法犯罪、第三者及纳妾的家庭成员。直到双方认为彼此已经非常了解，才准备结婚。② 这种解释与其他学者的观点基本一致，如钟智翔在《东南亚文化概论》一书中提道：在缅甸，青年男女一般的恋爱时间是 3 年，以相互了解、考察和适应。③

还有这么一则故事，C21 The Old Maid Who Waited For Her Lover（等待情郎的大龄姑娘）。故事主要情节为：（1）有位 30 多岁的姑娘还没有找到对象；（2）有一天，在市场上她注意到一名男子关注着自己，想着他晚上肯定会来拜访自己；（3）那天晚上，她梳洗打扮好，敞开后门等待着男子的到来；（4）她突然听到脚步声，开心地背对着门；（5）等脚步声停下来，她回头一看，竟然是一条狗；（6）她非常失望地把狗赶走了，然后独

---

① 谈金铠. 外国风俗趣谈 [M]. 北京：文化艺术出版社，1982：49-50.

② 寸雪涛，赵欢. 缅甸传统习俗研究 [M]. 北京：民族出版社，2008：197.

③ 于在照，钟智翔. 东南亚文化概论 [M]. 广州：世界图书出版公司，2014：36-37.

自去睡觉。这则故事反映了缅甸一种比较特殊的择偶方式——串姑娘。另外一则故事可以对这种择偶方式进行印证。这则故事是 B45 The Young Man And The Lost Cow（青年与丢失的牛），故事的梗概是：一个年轻人到访一位姑娘家，向她求婚，姑娘一再谢绝。一直持续到半夜，等他要走的时候，姑娘发现自家的牛不见了。第二天找了一天也没有找到，姑娘的父母让他赔偿。官司打到了法律公主那里，她认为晚上没有关门是因为年轻人的到访，才使得牛被偷，因此他应该予以赔偿。欧阳若修和韦向学在《外国婚俗集锦》中介绍了缅甸崩龙族有"串姑娘"的习俗。夜晚，小伙子们纷纷到自己喜爱的姑娘家中串门，姑娘用苦茶来招待。小伙子未经姑娘同意，是不能和其进行交谈的。如果姑娘不喜欢小伙子，就不会和他进行长时间的交谈。① 王介南和王全珍在《缅甸》一书中也对缅甸这一婚俗进行了介绍。在缅甸，缅族实行一夫一妻制度，男女青年自由恋爱。但是，婚前男子要向女方求婚。求婚要在夜晚进行。女子在窗前放一盏灯，等女方父母睡着了，男子就可以进入女子家中，如果双方情投意合，就交换礼物，确定关系，择日举行婚礼。② 这就解释了缅族男子晚上进入女子家中的原因。

习惯法制度方面。在缅甸，习惯法长久地存在和使用着。一般的纠纷往往由村主任、僧侣、镇上的法官来进行裁决。为了能够公平合理地处理纠纷，《缅甸法律故事》这样的书籍便被编写出来，以供那些未经过专业训练的低级法官参考。故事 B2 Rabbit As Judge（兔法官）就体现了法律故事的精神实质。这则故事的基本情节为：（1）水獭和豺是好朋友，共同寻找食物，然后分享；（2）第一天，水獭捉到一些虾米，豺找到香蕉，它们共同分享；（3）第二天，豺找到竹笋，水獭什么也没有找到，它们共同分享竹笋；（4）第三天，水獭捉到一条白杨鱼，豺什么也没有找到，豺要吃头和身子部分；（5）水獭不同意，找兔子裁决，兔子把白杨鱼从头到尾切成两半，各得一半；（6）从此，它们和睦相处；（7）告诫法官们，要向兔

---

① 欧阳若修，韦向学. 外国婚俗集锦［M］. 桂林：漓江出版社，1986.
② 王介南，王全珍. 缅甸［M］. 重庆：重庆出版社，2007.

子学习，严格执行法律，但要让双方满意地离开法庭。这则故事看似是一则动物故事，但其实这个纠纷的裁决体现了缅甸习惯法的精神实质，即裁决结果要让双方当事人都心服口服，要让双方都满意。貌廷昂在探讨缅甸王朝时期司法机构时指出：

> 在王城，设立有法院（Hluttaw），内设刑法庭、民法庭和三个行政庭。缅甸法律的目的在于尽最大可能去满足双方当事人，恢复双方的和谐。只有当裁决结果遵循了法律原则和公平正义思想的时候，这个目的才能实现。①

这一论述不仅展现了缅甸法律机构组织形式，同时还指出了缅甸法律的根本原则。在涉及法律或纠纷的故事中，这一原则得到很好的贯彻。如B43 号故事 The Bee-Hunter And The Elephant-Driver（采蜜人和赶象人），故事情节为：（1）采蜜人在树上采蜜时被困；（2）赶象人听到呼救声前去救助，结果也被困；（3）路过的 4 个年轻人解下纱笼拼合在一起，让他们跳下来；（4）结果 6 个人都受伤了，谁该承担医药费；（5）裁决为：他们都有疏忽的责任，采蜜人应该付一个银币，赶象人付 3 个银币，其他 4个人总共付 2 个银币。这则故事告诉人们在出于好心帮助别人的过程中，如果造成了自身与他人受伤，帮助者也要承担相应的责任。

这些法律故事在维护社会稳定，构建社会和谐，塑造公平正义方面发挥重要作用，主要表现在以下三个方面。第一，民众申诉渠道畅通。在这些民间故事中，当民众遇到纠纷时，可以向村主任提起申诉，请求村主任进行裁决。如果双方中有一方或双方都对村主任的裁决不满意，他们可以到更高一级的法庭进行申诉。而更高一级的法庭会重新进行裁决，而且双方都会对裁决结果心服口服。第二，当事人不管地位有多高或多低，他们在法律面前是平等的。第三，无论涉及的纠纷有多么小，都会得到裁决。在这些民事纠纷中，有的仅仅涉及邻里之间鸡毛蒜皮的事情，只要他们进行申诉，都会受到重视，法官都会做出裁决。如因为某人在森林里咳嗽吓

---

① AUNG M H. Burmese Law Tales [M]. London: Oxford University Press, 1962: 21.

跑了猎人正准备射杀的猎物也会受到法官的裁决。这一方面体现了法律的公平正义性，另一方面体现了法律在维护基层社会和谐方面所起的重要作用。

民间信仰习俗方面。在缅甸，神灵信仰在人们心目中占有重要地位。缅甸人的神灵信仰主要有自然神信仰、婆罗门教神信仰、37 神信仰。在貌廷昂民间文学著作中，有关神灵信仰的民间文学作品也占有一定比例。A27 故事 How The Galon-Bird Became a Sail-Marker（伽龙鸟与那伽）不仅呈现了这两种神兽之间的关系，还表明了人们对它们的信仰。这则故事的基本情节为：（1）伽龙鸟发现了在森林中散步的那伽，向它扑过来；（2）那伽躲藏了起来；（3）后来变成人，躲在国王的队伍中；（4）后又躲在商人的队伍中；（5）到了海边，躲进了水里；（6）伽龙鸟伪装成盐商，在海边一直等。这则故事不仅反映出伽龙鸟对那伽的追捕，也呈现了这两种神兽变化为人形的本领。

自然神信仰也是缅甸民间故事中一个重要内容，如 A58 The Tree-Spirit Who Likes To Tickle（喜欢挠痒痒的树精）。该故事的基本内容是：一位老年妇女和她的儿子、儿媳生活在一起。儿媳不喜欢婆婆，整天向丈夫抱怨，说婆婆吃得太多，他们已经无力养活她，让丈夫将婆婆丢到森林里去，让老虎吃掉。丈夫把自己的母亲背到森林里，绑在一棵罗望子树上。晚上，老虎出现了。树精让老虎不要动，他要看看这位老人是什么人，就拿一根羽毛在她的鼻子上挠挠，老人打喷嚏，说道："阿弥陀佛！阿弥陀佛！"树精说："这是一个好人，不能吃掉。"当然，树精和老虎的对话老人是听不到的。天亮后，她发现绳索断了，跟前有一罐金子，就拿着回村子里了。她在村子里买了大房子，独自居住。儿媳知道婆婆获得财宝后，就让丈夫去问哪里来的钱。尽管儿子要害死自己，她还是把事情经过告诉他了。儿媳妇也想获得钱财，也让丈夫把她绑到那棵树上。树精同样用羽毛挠挠她的鼻子，她打了喷嚏，说："我的金子在哪里？我的金子在哪里？"树精对老虎说："你吃她吧，我不会再干预。"结果，她就被老虎吃掉了。

教育制度方面。在缅甸，寺庙和僧侣不仅承担着传教和主持重大仪礼的作用，同时还承担着学校教育的功能。C7 The Novice Who Jeered At The Sabbath-Keepers（新僧）中就记载了相关内容。这则故事的内容是：圆月日，村里的女人们带着施舍给僧侣的食物来到寺庙。她们把食物敬献给住持，获得八戒，在庭院的杧果树和罗望子树下休息。寺庙里面，住持和其他僧侣念诵经文。小和尚们没有课程，就在院子里面玩耍。他们看到院子里面的女人在闲聊，有个孩子就走近听到她们谈论一些家长里短的事情。太阳已经落山，女人们准备回家。这时，那个孩子坐在门口，对她们刚才的行为表示厌烦。女人们追赶那个孩子，他跑到住持那里把听到的事情一五一十地说出来。住持对她们的言行感到非常失望。尽管这则故事反映女佛教徒礼佛行为的失范，但故事还体现出寺庙和僧侣的教育功能。孩子们除学习佛法以外，还要学习文化课程。

（三）精神文化记忆

一般来说，精神文化是指人们的意识形态。由于缅甸是一个佛教国家，佛教就是缅甸人民主要的意识形态。在缅甸，85%以上的民众信奉南传佛教。貌廷昂在《缅甸史》（*A History of Burma*，1967）一书中这样写道：缅甸虽然在各个方面受到具有不同文化和传统的大国包围，但是它在近两千年来一直维护了它的一致性、它的社会组织和它的宗教，这样一个国家肯定有着某些持久的独特性。[①] 这一论述不仅明确地指出佛教在缅甸传播的悠久历史，还指出其传统的稳定性。关于这方面的内容，貌廷昂民间故事作品集中都有体现。这里仅以 C52 The Origin Of Conical Hats（圆帽的来历）为例进行说明。这则故事的基本内容是：蒲甘王朝时期，有一位住持，他是国王的教师。一天，他醒来发现自己头上长出两只角，感到非常丢人，就跑到厨房做了一顶圆帽戴上。由于担心秘密被发现，在征得国王同意的情况下，他隐居森林。一天早晨，一个人发现住持头上的角，惊讶地叫出声来。住持请他保密。在回家路上，他觉得森林里没有人，就大声地说出秘密。有一位猎人正要射杀一只鹿，听到声音就赶紧往回跑。到家后，屠夫对他一顿指责。猎人说："责任不在我，大声说话的人把鹿吓

---

① 貌丁昂．缅甸史［M］．贺圣达，译．昆明：云南省东南亚研究所，1983：序．

跑了。"还说："住持头上有两只角。"消息很快传到国王那里，国王亲自到教师住处，发现真相。国王忘记礼节，感到惊讶，生气地说道："这种事情怎么会发生在老师身上？"说完，住持头上的两只角不见了。国王和其他子弟都很高兴，就带着住持返回了。

在佛教传入缅甸之后，统治阶层就认识到佛经的价值和作用，纷纷用来教育子女、臣民和宣传教义以维护封建王朝的统治。这样一来，在统治阶层的护持下，佛教在缅甸发展与兴盛，将佛本生故事传承下来，构成现今缅甸民间文学的重要组成部分。同时，他也指出在缅甸封建王朝时期，由印度民间故事发展而来的佛经故事是缅甸文学创作的永恒主题。在封建王朝时期，缅甸文学题材主要有佛教文学、宫廷文学和爱情文学等三类，而佛教文学的地位最高，影响最大。缅甸著名评论家佐基认为古代作家过于重视本生经故事，以至于作家不再创作自己的故事，而只改编本生故事。① 从缅甸碑铭文学来看，其主要内容大多与佛事相关，如修建佛塔、寺庙、行善、布施等。后来，诗歌成为缅甸文学的主流，但它们与佛教之间的关系还是非常密切。除此之外，缅甸戏剧也受到佛本生故事的影响。这些论述不仅说明了缅甸民间文学与作家文学之间的密切关系，同时还指出了缅甸文学的主要特征，即佛教性。下面仅以《佛本生经》对缅甸文学的影响为例进行说明。

《佛本生经》是佛教《小部》中的一部经书，源于释迦牟尼讲经布道时对自己前生的回忆，以教育弟子，弘扬佛法。其主要在于教导人们要宽大为怀、乐善好施、持守戒律、尊老爱幼、勤学善思、深情厚谊等。在《佛本生经》流传的普及性方面，林琼做过这样的表述：

佛本生故事在信仰上座部佛教的斯里兰卡、缅甸、柬埔寨、泰国等国家中流传甚广，对人们的思想观念、文化艺术以及风俗习惯等方面有着极大的影响，对文学创作方面的影响尤为突出。②

对此，季羡林先生也曾指出：在信仰小乘佛教的国家里，像斯里兰

---

① 佐基. 比釉诗和比釉诗作者 [M]. 北京：蓝天出版社，1993：307-326.
② 佐基. 比釉诗和比釉诗作者 [M]. 北京：蓝天出版社，1993：308.

卡、缅甸、老挝、柬埔寨、泰国等，任何古代的书都比不上《佛本生故事》这一部书那样受欢迎，直到今天这些国家的人们还常常听人讲述这些故事。①

姜永仁在评价缅甸民间文学的地位和作用时指出，佛本生故事以及经过改编和加工的佛本生故事对其情节和人物是缅甸民间文学的主要内容。②这些论述，不仅肯定了《佛本生经》在缅甸传播的广度，同时也肯定了其对缅甸人民产生的影响。

根据考古发现，从缅甸流传下来的佛像陶片、壁画和碑文文献中可以直接或间接地看到佛本生故事的影响。佛教对缅甸不同体裁的文学均产生了重要影响。从诗歌方面来看，缅甸是一个诗歌王国。诗歌体裁多样，数量众多，但大多取材于本生故事，如信摩诃拉塔达拉（Shin Maha Ratathara，1468—1529）③的《九章》④。这首诗是作者依据第 509 号佛本生故事《哈梯巴拉本生》改编而成，主要讲述了婆罗门的 4 个儿子先后讲法度僧的故事，意在宣扬因果报应、清静无为、成事在天等思想。缅甸著名作家敏杜温这样评价《九章》："除了叙述佛教之精华，在写作方面具有描写细腻、叙述简明、比喻生动、结构新奇等特点。"⑤ 姚秉彦、李谋、杨国影分析了《九章》的文学地位和影响力形成的原因，他们认为诗人抓住了原故事的核心思想和情节，熟悉宫廷生活和人间俗事，发挥了自己的天赋才华和想象，运用比喻手法，加之不俗的语言天赋和才华，才使得他能创作出这样的经典之作。⑥

在戏剧方面，缅语中的"戏剧"这个词是从巴利文"jataka"一词演

---

① 佛本生故事选 [M]. 郭良鋆，黄宝生，译. 北京：人民文学出版社，1958：1.

② 姜永仁. 缅甸民间文学 [M] //陈岗龙，张玉安，等. 东方民间文学概论：第三卷. 北京：昆仑出版社，2006：376.

③ 信摩诃拉塔达拉，缅甸文学史上一位大文学家，被称为"最贴近民众生活的僧侣作家"。他精通梵文、巴利文、缅甸文等，曾被缅王奉为国师。16 岁时，根据第 543 号佛本生故事《布利达龙王本生》写成了缅甸最早的一部长诗——《布利达》。它是一种四言长诗。

④ 作者先后历时 5 年时间，于 1523 年完成《九章》。

⑤ 姚秉彦，李谋，杨国影. 缅甸文学史 [M]. 广州：世界图书出版公司，2014：62.

⑥ 姚秉彦，李谋，杨国影. 缅甸文学史 [M]. 广州：世界图书出版公司，2014：65-66.

变而来的，这个词的本义是"本生故事"。从词源上来看，戏剧与本生故事之间有着密切的关系。这一点，从作家作品中能够得到印证。吴邦雅（U Ponnya，1812—1866）① 是一位多产的、集大成的作家，被誉为"缅甸的莎士比亚"。据不完全统计，吴邦雅一生创造纪事诗茂贡 4 篇，讲道故事诗 30 篇，密达萨 60 篇左右，剧作 7 或 8 部，其他体裁诗歌数百首。其中，代表性剧本有《马霍达塔》《固达》《巴杜玛》《卖水郎》《维丹达亚》，这些剧本大多根据佛本生故事改编而成。现今以《卖水郎》为例来进行说明。这个剧本共有九幕，第一至七幕的情节取自《今伽玛拉本生》，后两幕由吴邦雅本人创作。作品的大致情节是：贫穷的卖水郎遇到了境遇相同的卖水女，两人情投意合。为了筹备婚礼，卖水郎头顶着烈日欢欣地前往城北去拿自己的 4 个铜板。恰被国王遇见，问明缘由后，出于同情，赠给他双倍的铜板，但遭到卖水郎的拒绝。国王很感动，立卖水郎为王储。当上王储的卖水郎，贪欲膨胀，竟产生了杀掉恩人的念头，后经过反复思索，终于良心发现，惭愧不已，向国王请罪，得到国王的谅解，并愿意让位于卖水郎。卖水郎不肯接受，和卖水女两人隐居山林。易嘉在对《卖水郎》分析之后指出："《卖水郎》剧作不但宣传了佛教教义中劝人为善的理念，还深刻揭露和批判了社会现实，具有一定的现实意义。整个剧情映射了当时缅甸宫廷内部争权夺利，为谋一己私利，不择手段，相互残害的现实。"② 综上所述，戏剧与佛教之间有着密切的关系。佛教经典成为戏剧创作的素材来源。散文、诗体小说的情况也是如此，这里不再一一赘述。

　　到了近现代，佛教对文学的影响依然存在。1904 年，缅甸作家詹姆斯·拉觉根据法国文学名著《基督山伯爵》（*The Count of Monte Cristo*）的部分情节创作了缅甸小说《貌迎貌玛梅玛》（*Maung Yin Maung Ma Me*

---

① 吴邦雅出生于缅甸中部一个村长家庭。缅甸著名作家，他既是僧侣作家，又是宫廷作家。吴邦雅在缅甸文学史上享有崇高的地位。甚至有人评论说："吴邦雅就像曼德勒王朝时代宫中最大最好的红宝石鄂茂，价值连城，诗歌国宝。"缅甸著名作家、记者吴瑞久称："吴邦雅就是缅甸的莎士比亚。"

② 易嘉. 传统与求新：缅甸贡榜时期的戏剧［J］. 云南民族大学学报（哲学社会科学版），2013，30（3）：120-123.

Ma）。在小说的开始部分，作者有这样一段话："故事是真实的……在遇到重大灾难的时刻，能够像个真正的男子汉那样坚韧不拔地奋斗。最后，不仅可以摆脱苦难，而且到一定的时候还会发财致富，并与久别的从小相亲相爱的情人重新团聚。"① 这段话显然是作者告诉读者自己创作这部小说的目的所在。小说的男主人公貌迎貌自幼丧母，父亲离家出走，商人吴欧波收养了他。貌迎貌长大后，随养父经商，喜欢上了玛梅玛。与此同时，貌妙达也喜欢上了玛梅玛。一天，经商途中，反叛亲王让养父捎一封信回京城。由于养父感染了传染病，所以在临终前嘱咐貌迎貌将信件送回京城。此事被貌妙达得知。在貌迎貌准备与玛梅玛结婚之际，貌妙达告密，貌迎貌被抓，关进了监狱。巧合的是，貌迎貌在狱中遇到了自己的生身父亲。父亲教给他医术、占星术等，并且告诉他自己埋藏财富的地方和逃狱的方法。逃狱之后，貌迎貌隐姓埋名，依靠占星、行医维持生计。当经过瑞波镇时，貌迎貌治愈了身患重病的玛苏丁，赢得了她的爱慕。返回家乡那天，貌妙达和玛梅玛举行了婚礼。貌迎貌挖出财宝，安顿好养母，就前往下缅甸经商去了。玛苏丁终日不见貌迎貌归来，就女扮男装去寻找貌迎貌。两人相见后，悲喜交加，情谊更深。当时，缅甸正流行瘟疫，貌妙达染病，临死前，见到了貌迎貌，承认了错误，赢得了貌迎貌的原谅。不巧的是，玛苏丁也染病去世了。貌迎貌只能只身南下。不久，新王登基，大赦天下。貌迎貌返回家乡，与养母团聚，并与玛梅玛终成眷属。通过故事情节可以看出，《貌迎貌玛梅玛》与《基督山伯爵》存在很大差异。为什么会出现这种情况？缅甸著名文学评论家佐基认为原著中充满复仇思想，不符合佛教教义，所以詹姆斯·拉觉在创作的时候把貌迎貌塑造成了一位不计前嫌、宽宏大量的男子汉。姜永仁认为："从基督山伯爵对坏人的惩罚到貌迎貌对坏人的宽恕，佛本生故事中所宣传的与人为善、对人宽容、从善积德的思想跃然纸上。坏人的最终结局折射出善恶有报、因果报应的佛教哲学思想。通过对貌迎貌形象的塑造和性格的描写，我们还可以看到

---

① 姚秉彦.《基度山伯爵》与缅甸现代小说［J］. 国外文学，1991（3）：19-28.

第 539 个佛本生故事《摩诃萨那加本生》中萨那加王的影子。"①

　　缅甸作为一个佛教国家，那么"活态"的民间文学在缅甸依然兴盛。在民族独立运动浪潮中，佛教发挥着重要的作用。那么，蕴含佛教教义的故事肯定发挥着不可忽视的作用。正如帕特里夏·梅雷迪思·米尔恩（Patricia Meredith Milne）所言："在缅甸，讲故事是具有普遍性的传统。夜晚，人们在公共场合或家里讲述故事，这是乡村生活的一个重要特征。僧侣在讲经时，也讲述蕴含着道德教育内容的故事，尤其是佛本生故事。"② 2012 年 8 月和 9 月两个月中，寸雪涛前往缅甸实皆、曼德勒、马圭、勃固、伊洛瓦底等省开展田野调查工作。两个月内，共搜集民间口头文学 96 则。从搜集的结果来看，又一次印证了"活态"民间文学在缅甸依然盛行。从讲述者③角度来看，共有 40 人，年龄最小的 24 岁，最大的88 岁；女性 18 人，男性 22 人；受教育程度最低的是二年级，最高的是本科；有摩托修理工、有教师、有养老院从业人员、有警察、有渔夫、有寺庙导游、有画家、有会计、有理发师、有神婆、有庙祝、有宾馆服务生、有农民、有作家、有诗人、有自由职业者。通过对报道人的分析，可以看出，他们来自各行各业，不仅有受教育程度较低的普通劳动人员，也有受教育程度较高的知识分子；既有老年人，也有青年人。他们的故事从哪里来？最大的可能有三种：第一种是通过阅读书籍或从亲朋好友那里得知；第二种是通过参加或观看各种演艺活动；第三种是通过参加佛教活动，从僧侣那里听到。可以肯定的是，佛教在民间文学传播过程中发挥着极其重要的作用。

　　综上所述，自佛教传入缅甸以后，佛经就成为其文学重要的素材来源，对缅甸文学产生了重要影响。尤其是对缅甸古代文学，不论是诗歌，还是散文、诗体小说都深受其影响，甚至成为这些文学体裁内容的主要来

---

① 姜永仁. 缅甸民间文学［M］// 陈岗龙，张玉安，等. 东方民间文学概论：第三卷. 北京：昆仑出版社，2006：383.

② MILNE P M. Selected Short Stories of Thein Pe Myint with Introduction, Translation and Commentary［D］. London：The University of London，1971.

③ 寸雪涛，陈仙卿. 语境理论视域下的缅甸本部民间口头文学研究［M］. 广州：世界图书出版公司，2015：110-113.

源。即便是到了近现代以后，佛教对缅甸文学的影响依然存在。从文学类别方面来看，佛教不仅影响了作家文学，而且也是民间文学的重要素材。为此，只要佛教不消亡，只要缅甸民众还信仰佛教，缅甸民间文学就不会消失，其地位和影响力就不会被撼动。另一方面，民间文学浇灌和滋养着缅甸人民的"民族心性"。在佛教文化濡染下成长起来的貌廷昂，不可能忽视佛教对缅甸所产生的影响。佛教宣扬因果轮回和行善积德。随着佛教在缅甸的发展，佛教走向大众，深入人心，成为民众生活的重要组成部分。即使到了今天，这种影响依然存在。钟小鑫调查发现缅族人村落"一村一佛寺"的形式使僧侣与村民的关系成为村落中最核心的社会关系。①人类学家纳什（Manning Nash）认为业力与功德是维系缅甸乡村僧俗关系的基础。② 在缅甸，僧侣在人生仪礼、节日庆典、消灾祈福、佛教活动中具有不可或缺的地位和作用。在这种情况下，因果轮回和积德行善思想在民众的心中深深扎根，左右和影响着民众的言行思，构成民众哲学观、价值观、道德观的重要内容。虽然，貌廷昂长期接受西方式教育，并在英国留学多年，但这并没有改变他对佛教信仰的坚守和执着。面对大量西方文化的袭来，他不仅没有被冲昏头脑，而且更加清楚地认识到什么样的文化才是缅甸人的文化。从貌廷昂民间文学作品中可以看出，缅甸佛教思想价值体系得以凸显，除了《缅甸民间故事》，《缅甸僧侣故事》和《缅甸法律故事》都是最好的佐证。它们不仅生动地记录和再现了缅甸文化传统，还突出了佛教在传统文化中的地位和作用。究其实质，佛教思想体系是缅甸"民族心性"的源头和动力所在。钟小鑫在研究缅甸乡村中僧俗关系时指出，僧侣为村民提供精神与道德的指引，村民为僧侣提供基本的物质需求，两者相互依存，彼此共生，缅人村落作为"僧俗共同体"正是依赖于此。③ 这也正说明佛教和僧侣在塑造缅甸人民精神世界中发挥着重要作用，是缅甸"民族心性"塑造的建造师，是缅甸人民灵魂的引路人。

---

① 钟小鑫. 缅甸乡村的日常生活与社会结构［M］. 北京：学苑出版社，2019：75.

② NASH M. Burmese Buddhism in Everyday Life［J］. American Anthropologist，1963，65（2）：285-295.

③ 钟小鑫. 缅甸乡村的日常生活与社会结构［M］. 北京：学苑出版社，2019：80.

二、历史记忆优势

在民族文化受到外来文化浸染的时候，民间文学何以能够成为历史记忆的重要选择？这与民间文学受众多，影响大的特点有关。具体表现在以下四个方面。

第一，积淀深厚。在佛教传入之前，缅甸人已经形成了自己的宗教信仰、文化传统以及生活方式等。自佛教传入以后，独尊佛教的政策对原始信仰和传统文化造成极大的冲击，一些传统就这样丢失了。但并不是所有的文化都遭受了那样的命运，人民经过改造传统信仰，将其披上佛教的外衣，使其得以传承与发展，直到今天仍然对人们的信仰和行为有着影响。如"37 神灵"信仰。在阿奴律陀之前，缅甸已经形成了"36 神灵"信仰。阿奴律陀推崇佛教以后，要求废除"36 神灵"信仰。但是，它们对人们的思想和日常生活具有重要影响，人们通过改造，使其与佛教结合，才得以顺利传承。仅从这一点来看，容纳着民间信仰的民间文学是人民的心灵之花，长于人民的心灵之中，传于人民的口耳之中，就像人民的"子女"一样，得到人民的呵护与照料。因此，民间文学天生就携带着传统文化的基因。随着人类社会的不断发展和文化事业的繁荣昌盛，民间文学也在不断地适应着环境，得以存续。经过漫漫历史长河的积淀，最终成为历史厚重的、传统文化的重要组成部分。

第二，受众多。民间文学是人民的文学，它的创作者是劳动大众，它的享用者是整个民族或国家。在文字尚未出现的时代，人们就创造出了灿烂的口头文学，它既是人们的世界观的体现，也是人们教育后代的重要素材。尽管，后来出现了阶级社会，占少数的统治阶级掌握着国家机器和话语权，引导着国家前行的方向。即便是这样，劳动大众仍然占绝大多数。他们接受教育的机会很少，难于掌握文字，但还是用自己喜闻乐见的方式进行"创作"，书写和表达自己对世界的认识、理解、喜怒哀乐，并以口耳相传的方式将其传承下去。在缅甸，佛教影响深远，渗透到了人们生活的方方面面。佛教在初创之时，就利用和改造了民间文学，形成了佛教经典。随着佛教的不断发展，吸纳在佛教经典中的民间文学就能够有效传播，比如《佛本生经》。它就是佛教经典之一，在东南亚佛教国家里，妇孺皆知。由此可以看出，它的受众之多，影响力之大。直到今天，在缅甸，不管是成人还是儿童，依然享用着这种文化。

第三，贴近生活。在缅甸文学发展史上，也出现了很多有影响的作家文学作品，主要有佛教文学、宫廷文学、爱情文学等。就拿宫廷文学来说，主要是由僧侣作家和御用文人创作的、描述王室生活或称赞王室功绩的作品，它们的享用对象主要是王室成员。远离人民大众的生活，受众比较小，影响也比较小。尽管佛教在缅甸影响甚广，僧侣也创作了不少佛教文学，但由于其内容艰深、晦涩难懂，很难受到普通民众的青睐。另外，有很大一部分佛教文学以诗歌的形式出现，创作手法多样，艺术性高，对读者受教育程度要求比较高，而现实是普通民众所接受教育有限，很难将其纳入自己的文化享用范围内。这就是说，在很大程度上作家文学主要供王室成员、官员、御用文人享用，远离普通民众的生活，很难进入他们的享用范围。对大部分民众来说，这些作家文学是空中楼阁、海市蜃楼，可望而不可即。这也是貌廷昂关注民间文学的一个重要原因。

第四，纯洁性高。英国殖民统治开始以后，采取了各种措施加强对缅甸人民的统治和控制。其中一项就是文化侵略。为了加强对缅甸人民的思想统治，英国殖民者大力支持基督教在缅甸的传统。西方的小说、戏剧、电影、杂志等也传入了缅甸，再加上对缅甸传统文化的限制，传统文化遭到极大的破坏。在这种情况下，殖民势力一时很难深入乡村，使得流传在那里的民间文学保持了高度的纯洁性，成为缅甸传统文化珍贵的宝库。为此，要探寻缅甸传统文化，将目光投向那里是正确的选择。

综上所述，缅甸故事之所以能够进入貌廷昂的视野，是历史现实与民间故事自身"生态"综合作用的结果。纵观缅甸民间故事流传和发展历史，它们是人民大众创作的、受到人民喜爱的文化样式。在社会发展变迁的过程中，它们不断改造，以适应新环境，以谋求生存。经过历史的积淀，形成传统文化的精髓，构成文化传统的宝库。民间故事是从人民心里长出的艺术结晶，自然会受到人民的喜爱和保护，面对文化的变迁，他们的坚守与适应，造就了人类文化的历史积淀和传承。没有文化的积淀，人类很难取得今天的成就。也就是说，民间故事受众多、传承久、积淀深，它自身的这种特征决定了其价值、地位和影响。

小　结

文化同"需要""功能"之间有着密切关系。民间故事属于传统文化，而且是传统文化中的重要内容。同样，貌廷昂缅甸民间故事具有满足人们某种需要之功能。经过分析，发现缅甸民间故事具有颂扬智慧、崇尚公平、注重伦理的价值取向；发现缅甸民间故事具有强烈的生命意识，主要表现在倡导健康生育，提倡和谐共生，彰显幽默心性；发现缅甸民间故事是历史记忆重要素材，内容丰富，能够唤起民众文化认同感，具有凝心聚力之功效。

第九章

貌廷昂的文化贡献及其影响

经过回顾貌廷昂搜集、整理、翻译、出版缅甸民间故事时代背景和活动过程，可以肯定其在该领域的先驱地位。文章运用故事形态学理论、叙事学理论以及文化功能主义理论审视貌廷昂三部代表性民间故事集，明确其结构特征，而结构是通向意义世界的必由之路。在此基础上，貌廷昂缅甸民间故事文化内涵得以揭示。纵观研究过程和研究发现，貌廷昂的文学理论贡献得以确立。同时，貌廷昂民间文学成就对当今跨国交流与合作有着深刻的启示意义。

第一节　貌廷昂的文学理论贡献

截至目前，尚未发现貌廷昂民间文学理论著作。然而，通过对其三部代表性民间故事集的研究，能够发现其民间故事搜集与整理的指导思想。随着对貌廷昂缅甸民间故事研究的深入，他在文学领域（尤其是民间文学领域）的理论贡献也被发现。

一、"民间"与"民"的重新界定

在谈及民间故事创作主体和传播方式时，"民间""民"是两个无法回避的概念。在民间故事作品集中，虽然貌廷昂没有明确界定什么是"民间"，什么是"民"，但是从其民间故事搜集区域、命名、流传方式等内容的描述中，可以窥见其对"民间"和"民"的认知。在《缅甸民间故事》一书中，貌廷昂用"乡村"（village）做限定词修饰"民间故事"（folk tales），于是就出现了"乡村民间故事"（village folk tales）这一名称。在民俗学术界或民间文学界，这种命名方式或名称比较少见。1906 年，爱丽丝·伊丽莎白·德拉科特（Alice Elizabeth Dracott）出版了《西拉姆乡村故事：喜马拉雅民间故事》（*Simla Village Tales：Folktales From The Himalayas*）。1910年，亨利·帕克（Henry Parker）出版了《锡兰乡村民间故事》（*Village Folk-tales of Ceylon*）第一卷。在书名中，搜集者直接使用"乡村民间故事"这一名称。除此之外，鲜见直接用 village 修饰 folk tales 的现象。貌廷昂对这一名称的使用，集中体现其"民间"与"民"的观念。

（一）乡村即民间

在民间故事采集和研究过程中，必须正视"民间"这个概念。什么是民间？钟敬文认为："民间，顾名思义，是指民众中间。它对应官方而言。概而言之，除统治集团机构以外，都可以称作民间。"① 在这个界定中，将"民间"与"官方"对应起来，构成一种二元对立关系。黄涛在此基础上，发展了这个概念，他认为：

> "民间"有其相对的一面，这就是"官方"。"官方"一般指政府，这里可以将之扩大，指所有正规的郑重的公务场合，如政府办公的场合、公司的公务场合、企业的公务场合等。在这种场合里，讲话、做事一般要符合公务规范，比较随意的民间习惯是不适宜的。而官员、职员等走出公务场合也就回到了生活场合之中，一般也就遵从民间习俗，进入"民间"。②

在这个概念中，将"场合"作为划分"民间"与非"民间"的关键，所谓"民间"就是指政府、企业、公司等"正规的、郑重的正式场合"之外的一切场合。尽管学术界对"民间"进行了界定，但它的内涵和外延非常广泛，在进行民间故事采集过程中不易把握。貌廷昂在进行民间故事采集实践中，践行着"民间即乡村"观念，他进行民间故事采录的地点在

① 钟敬文.民俗学概论：第二版［M］.北京：高等教育出版社，2010：4.
② 黄涛.中国民间文学概论：第三版［M］.北京：中国人民大学出版社，2013：4.

乡村。1937年，貌廷昂出版了《缅甸戏剧》一书。这部著作中的资料来源主要有口头传承、家族传统、访谈以及乡村演艺等。尽管，《缅甸戏剧》资料来源渠道很多，但是乡村戏剧演艺与其他口头传承之间构成一个证据链，使得材料更具有说服力。在编写《缅甸僧侣故事》的过程中，貌廷昂还是去乡村搜集民间文学作品。纵观貌廷昂主要民间故事作品集，其素材来源地主要在乡村。这也就是说，貌廷昂认为"乡村"是民间故事产生和传承的主要阵地。在这里，"乡村"就是貌廷昂所谓的"民间"。

那么，是不是说貌廷昂在"民间"界定上有意将"城乡"进行二元对立？显然，事情并不是这样。缅甸是一个佛教国家，佛教深入民众生活的方方面面，而不只是对村民产生影响，同样对生活在城镇的人也产生着重要影响。在进行佛教仪式过程中，蕴含在佛教经典中的民间故事同样也会对他们产生影响。那么，为什么貌廷昂偏偏将城镇排除在外？关于这一点，前文已经做过详细说明，这里不再赘述。貌廷昂不止一次提到乡村是传统文化的沃土，积淀深厚，传承久远。在《缅甸戏剧》中，貌廷昂指出："公元1257年，蒲甘王朝被推翻以后，缅甸分裂成多个诸侯国。各诸侯国之间的战争不断，但主要发生在大城市，对乡村和小城镇影响不大。"① 同样，貌廷昂还指出："尼巴塔克宾剧（Nibbatkbin)② 形成于何时，现在已经无法知晓。在一些偏远乡村，那里的戏剧不像都市里的戏剧那样受到严重影响。在这些村庄里，可以看到尼巴塔克宾剧发展全貌。"③ 在《缅甸法律故事》中，貌廷昂在论述缅甸法律故事传承特征时指出：

> 缅甸法律故事从产生之初直到英国殖民统治之前，缅甸法律的基本原则没有发生太大改变，因为缅甸社会的基本特征没有发生太大改变。难怪在19世纪时，王座法庭做出的裁决常常与很久以前的法律故事所具有的氛围、态度和精神如此惊人的相似。④

我国学者贺圣达在探讨东南亚村社文化和民俗文化时指出：

---

① AUNG M H. Burmese Drama ［M］. London：Oxford University Press, 1937：18.
② 尼巴塔克宾剧，缅甸一种类似于奇迹剧的剧种。
③ AUNG M H. Burmese Drama ［M］. London：Oxford University Press, 1937：7.
④ AUNG M H. Burmese Law Tales ［M］. London：Oxford University Press, 1962：40.

　　由于生产力发展的缓慢和村社的封闭性、凝固性、稳定性，当地绝大多数的村社和部落居民，仍然主要在本民族的传统文化中生活。这种情况实际上直到近现代还大量存在于东南亚的许多农村地区特别是山区的少数民族中，既包括了物质文化，也有一些精神文化现象，通过大量的生产、生活方式和风俗习惯表现出来。①

　　鉴于缅甸社会的这种封闭性，加之经济上自足性、行政上相对独立性以及佛教的凝聚性，外来文化想要渗透进来对其产生影响实属不易。这种封闭性使得村民们传承和享用着祖辈们创造的传统文化。因此，貌廷昂民间故事采集实践、相关表述以及相关学者的研究成果都有力地证明了其"乡村即民间"的观点。

（二）生活于乡村之人即民

　　"民间"与"民"是一对孪生姐妹，探讨了"民间"，不能不谈"民"。在民俗学家那里，"民"这个概念的内涵与外延在不断地发展变化。现代民俗学学科创始人格林兄弟认为"民"就是民族，他们认为民间故事、神话、传说等最能代表德国传统文化。② 当时，德国面临着外来文化的冲击和本民族文化的消亡，这迫使德国人去寻找自己真正的传统文化来重振民族精神。缅甸当时的情况与德国如出一辙，处于相似境遇中。貌廷昂受到格林兄弟的启发和影响，产生搜集、整理、出版缅甸民间故事的念头，并采取积极的行动。但是，貌廷昂对"民"的理解不同于格林兄弟。从民间故事讲述者来看，如果说"乡村"是"民间"，那么是不是意味着"农民"或"村民"就是所谓的"民"？其实不然，貌廷昂对"民"的理解有一个逐步深入的过程。早在 1926 年，貌廷昂搜集与整理《缅甸法律故事》时，就前往偏远乡村。遗憾的是，貌廷昂并没有在其著作中介绍故事讲述者的相关情况。尽管如此，依据缅甸社会结构和社会组织相关信息也能还原貌廷昂当时民间故事采集情况。貌廷昂在《缅甸法律故事》

---

① 贺圣达. 东南亚历史重大问题研究：东南亚历史和文化：从原始社会到 19 世纪初 [M]. 昆明：云南人民出版社，2015：244-245.

② 王娟. 民俗学概论：第二版 [M]. 北京：北京大学出版社，2011：8.

中明确提出："1885 年，缅甸沦为英国殖民地之后，甚至 1948 年获得独立之后，缅甸的社会结构没有发生重大改变。"① 在缅甸传统社会中，寺院与村社二元结构形成紧密的关系。寺院既是僧侣生活和宗教活动场所，也是教育机构和公共活动中心。僧侣在宗教和世俗事务中均发挥着重要作用，他们主要从事佛事活动，帮助人们学习和理解佛法，参与村社社会秩序的维护，教授人们基本的读写知识，调解村民之间的纠纷，组织有关重大活动等。可见，在这种社会生活方式中，僧侣和寺院发挥着举足轻重的作用。贺圣达研究认为：

> 在古代缅甸，由于以村社作为基本的社会经济组织，加之热带地区山川河流和气候等自然条件造成的障碍，村落与村落、地区与地区之间，互不依赖，往来不便，联系很少，外观优美、壮观而又具有多种功能的南传上座部佛教寺院以其宗教信仰的感召、佛法平等的开放性面向所有社会阶层，在村社居民的生活中起着极为重要的作用。②

由此可见，在相对封闭和独立的村社中，僧侣的传教士和教师身份决定了他们会成为人们知识的重要来源。在这样的乡村生活组织中，貌廷昂所谓的"民"只能是生活在村庄中的所有人，是按照生活地域来界定"民"。在这里，"民"的内涵与外延既不同于传统的"古人""农民或文盲"，也不同于欠发达地区的"野蛮人"。王娟在回顾"民"概念演变过程后指出：

> 民是与社会中的某些人群相对而言的：对于上层社会来说，"民"就是指下层社会；对受过教育的人来说，"民"指的就是文明社会中的文盲；对来自文明社会的人来说，"民"指的就是来自野蛮或原始社会群体的"未开化"人。③

然而，貌廷昂对"民"的界定和认识与以往学术界对"民"的界定

① AUNG M H. Burmese Law Tales ［M］. London：Oxford University Press，1962：5.
② 贺圣达. 东南亚历史重大问题研究：东南亚历史和文化：从原始社会到 19 世纪初 ［M］. 昆明：云南人民出版社，2015：219-220.
③ 王娟. 民俗学概论：第二版 ［M］. 北京：北京大学出版社，2011：10.

不同。在缅甸，寺院既是宗教活动场所，又是学校教育的场地；僧侣既是佛教徒，也是教师。这种特殊的结合使得缅甸人识字率较高，以往关于"民"的概念很难将其涵盖。为此，貌廷昂对"民"的界定具有现代意义，既包括学识渊博的僧侣，也包括文化程度不一的村民。

二、民间故事分类思想

从貌廷昂搜集与整理缅甸民间故事开始，故事分类就成为关注的焦点。在貌廷昂引入 AT 分类法之前，缅甸民间和文学界已经有自己的分类方法。在缅甸乡村，故事讲述者缺乏分类意识。貌廷昂将乡村流传的故事归纳为三类，即民间故事、民间传说、本生经故事。民间传说又分为人物传说和地方风物传说两种，地方风物传说又分为地名传说、地方传说、宝藏传说。而在故事讲述者那里，常常将民间故事和民间传说混为一谈。在缅甸文学界中，故事被分为四类，分别是本生经故事、从巴利语和梵语改编而来的道德和宗教故事、谚语故事、法律故事。以上这些故事分类法具有缅甸特色，主要是按照故事的来源和存在形式进行分类。

貌廷昂在回顾缅甸民间故事分类现状基础上，提出自己的分类方法。貌廷昂民间故事分类型思想主要源于其民间故事集。在《缅甸民间故事》中，他将民间故事分为动物故事（Animal Tales）、浪漫故事（Romantic Tales）、神奇故事（Wonder Tales）和滑稽故事（Humorous Tales）四类。这种分类方法明显带有"西学"色彩。这与其留学英国和所学专业有着密切关系。在英国，貌廷昂学习人类学和民俗学相关课程，掌握相关理论，这些理论对其思考民间故事分类问题产生重要影响。然而，貌廷昂并没有忽视缅甸民间故事自身的独特性。他结合缅甸民间故事的实际情况进行分类。这一点可以从他其他民间故事集名称中得到证实。貌廷昂民间故事作品集主要有《缅甸民间故事》《缅甸民间故事选》《缅甸民间故事三十则》《缅甸故事》《缅甸法律故事》《缅甸僧侣故事》《一滴蜜失王国和缅甸其他民间故事》。

从名称上看，有"民间故事""法律故事""僧侣故事""故事三十则""一滴蜜失王国和缅甸其他民间故事"等。尤其要说明的是"一滴蜜失王国"本身就是故事集《一滴蜜失王国和缅甸其他民间故事》（*A Kingdom Lost For A Drop Of Honey：And Other Burmese Folktales*，1968）中的一则故事，也就是说在命名故事集名称时，貌廷昂选取其中一则故事的名称作为故事集的名称。后来，这种传统得以延续，如《狗吞月与掸族其他民间故事》（*The Dog Holding the Moon in His Mouth and Other Folktales From Shan State*，2021）、《掸族幸运之剑：重讲缅甸民间故事》（*Shan's Lucky Knife：A Burmese Folk Tale Retold*，2000）等。还有就是以收录故事数量来命名，如《缅甸民间故事三十则》（*Thirty Burmese Tales*）。从内容上看，它们都是民间故事，但分类与命名上存在较大差异。"民间故事"类作品集数量多。其他类有"法律故事"和"僧侣故事"，从与民间故事的关系上看，它们分属于民间故事的两个子集。在民间故事分类上，鲜见将"法律故事"和"僧侣故事"作为一类。可以说，这是貌廷昂在对缅甸民间故事进行深入研究基础上进行的、具有缅甸特色的分类，是对世界民间故事分类的有益补充。

貌廷昂故事分类思想的形成主要受到以下几个因素影响。

第一，西方故事类型理论。在缅甸，貌廷昂被称为民俗学家。这不仅仅是因为他搜集与整理出版了大量缅甸民间故事作品集，也与其教育相关，貌廷昂在英国不仅攻读了法律专业，还攻读民俗学专业。从其求学经历来看，他肯定修学过相关民俗学课程，了解故事分类相关理论。这一点从貌廷昂的《缅甸民间故事》中的分类可以看出，他将西方故事分类思想直接套用到缅甸民间故事上，这样就能与国际相关学术界产生对话，将缅甸民间故事推向世界。

第二，缅甸民间故事的存在状态。缅甸有着丰富多彩的民间故事，但是人们故事分类意识不强，只知道自己讲述的是故事，到底是哪一类故事，并没有明确的概念。这一"混乱"现实使貌廷昂感到无比困惑，面对"如麻"的缅甸民间故事，如何对其进行分类成为貌廷昂关注的一个焦点问题。这一现实就成为貌廷昂思考缅甸民间故事分类的现实基础。

第三，缅西兼收并蓄。受西方故事分类思想影响，貌廷昂将其运用到缅甸民间故事中。然而，貌廷昂没有忽视缅甸民间故事自身的独特性。一方面，考虑到缅甸是一个佛教国家；另一方面，考虑到印度文化对缅甸所产生的影响以及缅甸的现实。貌廷昂又编写了《缅甸法律故事》和《缅甸僧侣故事》，这两类故事与西方民间故事存在较大差异，具有缅甸特色，无法将其归为西方已有故事分类体系中。故而，将其单独进行归类。在综合考虑西方故事分类理论和缅甸民间故事实际情况之下，在继承前人和创新基础上，貌廷昂形成自己的故事分类思想。貌廷昂故事分类思想形成以后，就能与世界民俗学学术界进行对话。格里·艾伯特（Gerry Abbott）和清丹汉（Khin Thant Han）共同出版了《缅甸民间故事概论》（*The Folk-Tales of Burma：An Introduction*，2000）一书。这是一部比较全面地介绍缅甸民间故事的著作。在书中，他们将民间故事分为人类起源故事（Human Origin Tales）、现象解释故事（Phenomena Tales）、神奇故事（Wonder Tales）、骗子/智力障碍者故事（Trickster/Simpleton Tales）、教导故事（Guidance Tales）、套式故事（Compound Tales）。其中，教导故事又分为法律故事、僧侣故事、本生故事等三类。这种分类方法不仅继承了貌廷昂关于缅甸民间故事的分类方法，还借鉴了西方故事分类的方法，同时还结合缅甸民间故事的实际情况进行创新，是综合考虑的思想结晶，是继承与创新的结合体。

尽管他们并没有完全接受貌廷昂的故事分类思想，但是貌廷昂的法律故事、僧侣故事分类思想被吸纳，为他们思考和创新缅甸民间故事分类提供前提和基础。从缅甸民间故事传播方面来看，貌廷昂的这些民间故事集用英文写就，能够借助英语的国际地位将其传播出去。这一点可以从西方学者撰写的相关书评中得到证明。从国际学术对话方面来看，貌廷昂运用AT分类法对缅甸民间故事进行分类，能够与国际相关学术界产生共鸣，将缅甸民间故事汇入世界民间故事大家庭中。同时，也向世界学术界抛出新问题，那就是具有缅甸特色的其他民间故事该如何分类。在国际上，学术界在进行民间故事研究时，应该充分考虑具有缅甸特色的民间故事，在故事分类中应该考虑它们的存在。

第四，文化自信的驱使。在貌廷昂看来，缅甸人民创造出灿烂文化。然而，在当时的国际舞台上，很少能够见到或听到缅甸文化。缅甸文化的这种"不在场"深深地刺痛着留学于欧洲的青年知识分子。将缅甸文化推向世界和让世界人民了解缅甸文化，加强缅甸文化的"在场"成为部分缅甸知识分子的"使命"。他们坚信缅甸文化是人类文化的重要组成部分，正是这种信念驱使他要将缅甸文化传统推向世界，呈现在世人面前。

三、民间故事价值的再认识

纵观民间故事发展史，它们产生的年代比较久远。然而，人类对其价值的认识经历了漫长的历史过程。直到近代，学术界才对它们的历史价值和现实价值有了更加深刻、更加全面的认识。貌廷昂对缅甸民间故事价值的认识是其涉足该领域的重要动力源泉之一。在民间故事价值方面，貌廷昂侧重于其认识价值和艺术价值两个方面。

第一，认识价值。在人类发展史上，文字尚未产生的时代，先民就已经创作出神话和史诗，它们诗性地传递着史前时期人类社会的各种信息。就缅甸而言，1044 年之后才开始用文字撰写和记载编年史。那么，这之前的历史怎么办？貌廷昂思考过这个问题，认为：

> 大多数民间传说具有历时性特征，但是它们对历史事件有夸大之嫌。尽管如此，1044 年之前的一些有关人物和历史事件原本可能就是民间故事。后来，它们也被写入了编年史。[①]

此外，貌廷昂还认为："1044 年之前的缅甸历史并不是基于现代记载，而是具有传奇性。正是由于缅甸编年史撰写始于 1044 年之后，之前的历史人物和事件有赖于传说。"[②] 这些论述说明民间故事缅甸历史的贡献。姜永仁也指出：

> 缅甸民间文学反映了缅甸早期社会的现实，反映了缅甸先民的生活，反映了缅甸早期发展的历史，也为缅甸人撰写缅甸历史题材的小

---

① AUNG M H. Burmese Folk-tales [M]. London: Oxford University Press, 1948: x.
② AUNG M H. Burmese Folk-tales [M]. London: Oxford University Press, 1948: x.

说或历史书籍提供了大量的素材，是一部鲜活的口传缅甸历史。①

姜永仁还指出："《琉璃宫史》（*Glass Palace Chronicle*）② 在编撰过程中经常引用佛本生故事，至少有三分之一的内容是根据缅甸历史传说编撰的。"③ 种种论述说明，缅甸先民将自己对世界的认识通过民间故事这种形式记载下来，并且一代一代地传承下去，成为后人认识早期社会的重要素材。

在分析动物故事时，貌廷昂发现动物故事中的主角大多来自缅甸本土。他指出：

> 在缅甸所有动物中，蛇、老虎和鳄鱼最危险。当然，今天受到袭击而死伤的人数不多。然而，民间故事产生的年代久远，那时森林浓密，覆盖面积广，出行途中充满危险。难怪人们常常将这三种动物和那伽联系在一起。④

此话说明这三种动物给缅甸人民生命安全带来极大威胁，人们对此有着深刻的创伤记忆。为此，在进行文学创作过程中，它们自然就进入民众和作家视野中，以警示和教育后代。在貌廷昂看来，缅甸中部地区河流较少，人们主要通过陆路出行，常常要经过潜伏着老虎的森林，据此认为缅甸中部是老虎的家园；下缅甸河流众多，人们常常通过水路出行，河里鳄鱼多，这里也就成为鳄鱼的家园。⑤ 另外，缅甸盛产宝石。缅甸人创作的A49 The Three Dragon Eggs（三个龙蛋）对这种现象进行解释和传承。故事讲述说：在缅甸北部山区住着一位非常漂亮的龙公主，与太阳神相恋，常常在一起。有一天，龙公主诞下 3 个蛋，就让乌鸦把这个消息告诉太阳

---

① 姜永仁. 缅甸民间文学 ［M］//陈岗龙，张玉安，等. 东方民间文学概论：第三卷. 北京：昆仑出版社，2006：384.

② 该书全名为《琉璃宫大王统史》，是一部缅甸编年史，由巴基道王（ဘကြီးတော်，Bagy-idaw，1784—1846）主持编撰，始于 1829 年，用时 4 年时间才最终完成。

③ 姜永仁. 缅甸民间文学 ［M］//陈岗龙，张玉安，等. 东方民间文学概论：第三卷. 北京：昆仑出版社，2006：384.

④ AUNG M H. Burmese Folk-tales ［M］. London：Oxford University Press，1948：xxv.

⑤ 姜永仁. 缅甸民间文学 ［M］//陈岗龙，张玉安，等. 东方民间文学概论：第三卷. 北京：昆仑出版社，2006：384.

神。听到消息后，太阳神非常高兴，但是没有时间返回。于是，他给了乌鸦一个宝石，让乌鸦带给龙公主。返回途中，乌鸦看到一群鸟围在一群商人周边，正在吃他们扔掉的食物。这时，乌鸦也很饥饿，就把宝石放在旁边，开始吃食物。有位商人看到宝石，就把它换成牛粪。乌鸦并未察觉商人这一举动，就把东西送给公主。龙公主打开一看，伤心而死。3 个龙蛋掉进河里，一个变成老虎，一个变成鳄鱼，还有一个变成宝石。太阳神得知后，非常生气，就把乌鸦洁白的羽毛变成黑色。今天，人们依然相信老虎和鳄鱼就是龙公主的后代。

兔子是大家比较熟悉的动物，在不同国家或民族文化中，人们对兔子有着不同的情感。在我国古代文学作品中，就有很多关于兔子的认识，如"有兔爰爰，雉离于罗"[1] "狡兔死，走狗烹"[2] "兔从狗窦入，雉从梁上飞"[3] "始如处女、敌人开户，后如脱兔、敌不及拒"[4] 等。这些说法表现出我国古代人民对兔子的认识，既有褒奖，也有贬低。这些内容大多反映出古人与兔子交往的经验总结。在人们狩猎过程中，不容易捕获兔子。为此，人们认为兔子非常狡猾。后来，将兔子的这一特性引申到其他相关领域，形成多样的兔子形象。当人们从兔子身上受到有益启发时，就褒扬兔子；当人们要捕获兔子为食，费尽周折而抓不到时，则贬低兔子。张晶在研究斯拉夫文化中兔子的寓意时，将兔子的寓意概括为：懦弱胆小、鬼怪恶魔、爱情与家庭、多产多育、火焰火灾等。[5] 在缅甸文化中，大多情况下，兔子足智多谋，英勇无畏。它聪明、公正，常常被称作"智慧兔子"。

民间故事 A45 Rain Cloud The Crocodile（鳄鱼雨云）似乎和蛇王子有相同主题，主人公均是由动物变化而来的人，幸福地生活着，直到再次变回动物。尽管情节相似，但它显然不同于蛇王子类型。这则故事没有女主

---

① 见《诗经·王风·兔爰》。用来比喻小人逍遥自在，而君子无故遭难。
② 见《史记·越王勾践世家》。用来比喻功臣被杀害。
③ 见《汉乐府·十五从军行》。意为兔子从狗洞里进进出出，野鸡在屋脊上飞来飞去，烘托出荒凉的景象。
④ 见《孙子·九地篇》。意为在开始的时候像处女一样沉静，等敌人放松了戒备，就像兔子一样迅速，使敌人对抗不及，从而取得胜利。比喻兔子动作迅速。
⑤ 张晶. 兔子在斯拉夫文化中的寓意 [J]. 俄语学习，2015（4）：26-28.

人公，甚至连雨云的妻子都没有提及，雨云的爱情只是出现在背景之中，故事的真正主题是渔夫的复仇。再者，故事属于鳄鱼冒险类。貌廷昂介绍说奶奶和伯祖母告诉他，在他们小的时候，知道很多有关鳄鱼雨云的故事，但现在已经忘记了。A46 The Rainbow（彩虹）就属于雨云故事。雨云故事和彩虹故事显然来自下缅甸，是孟族民间故事，被吸收到缅甸民间故事中。确认彩虹故事来自孟族，依据是女主人公的名字。男主人公南达（Nanda）出自巴利语，但这并不能说明什么，因为缅族和孟族皇室就像很多城市名字一样源于巴利语。雨云（Master Rain Cloud）是缅族名字，为此，就会有两种解释：这个故事不是来自孟族，而是缅族，通过改编，改变了鳄鱼的名字；或者它本身就是缅族故事，但是在改编孟族彩虹故事时缅族将后者变成他们自己的雨云冒险故事。遗憾的是，其他雨云故事已经失传，很难得出一个确切结论。依据上面内容，貌廷昂更倾向于认为它们来自孟族。这两则故事中的惆怅氛围没有出现在其他缅族故事中；缅族其他故事中的幽默也没有出现在这两则故事中。然而，相信百岁鳄鱼能够变成人的信仰普遍存在，不仅出现在上缅甸民间故事中，而且也出现在下缅甸民间故事中。埃利奥特教授在《龙的演化》中明确地指出："早期的中国龙不是蛇形躯体，而是鳄鱼形的。因此，在民众思想上，那伽可能与鳄鱼有关。"① 另一方面，鳄鱼和那伽一样受到缅甸人崇拜。

　　通过对这些故事的分析，不难发现人们对动物形象的认知体现在民间故事作品中。人们对动物特性的认识是逐步完成的，并且抽象性地将它们的特性通过民间故事作品记录下来，成为人们的知识。当然，貌廷昂民间故事不仅仅是反映人们对动物形象的认识，但其他方面内容不在这里讨论。

　　第二，艺术价值。民间故事由大众集体创作，是民众智慧和艺术创作的结晶，是民众审美意识的集中体现。在貌廷昂看来，民间故事的艺术价值主要表现在以下两个方面。一方面，民间故事为作家提供大量创作素

---

① 王继国．刍议人与自然关系的演变［J］．河北大学成人教育学院学报，2007（4）：93-94.

材。貌廷昂在分析民间故事中的伽龙鸟、紧那罗和那伽时指出："这三种神话动物都在缅甸文学里出现了，尤其是在戏剧里。"① 在这里，尽管貌廷昂只是简单地介绍作家在进行创作时吸纳民间故事中的神兽，但他并不仅仅是为了说明这一点，而是通过这个事实说明民间故事与作家文学之间的密切关系，即民间故事是作家创作的重要素材来源。貌廷昂在《缅甸戏剧》中，将戏剧的发展划分为6个阶段，其中第一个阶段就是本生故事剧时期。这就说明本生故事与缅甸戏剧之间的密切关系，前者是后者的前提和基础。大量作家文学作品都能证实这一点，信摩诃拉塔达拉根据佛本生故事《哈梯巴拉本生》创作了《九章》。信德佐搭拉依据本生故事《摩诃汉达本生》创作了《金鸳鸯王》等。另一方面，民间故事为作家提供了许多美的创作形式。虽然貌廷昂没有直接论述民间故事对作家文学创作形式的影响，但肯定民间故事是作家文学创作的重要素材，也肯定其创作形式的影响。姜永仁指出：

> 缅甸文豪德钦哥都迈创作的《洋大人注》《孔雀注》《猴子注》《罢课注》《咖咙注》《德钦注》等，也都采取了佛本生经诗歌和散文相结合的创作手法。②

他认为缅甸民间文学是作家文学的源头和基础，是缅甸文学的重要组成部分，在缅甸文学发展史上占有非常重要的地位，可以说没有缅甸民间文学就没有缅甸作家文学。③ 缅甸民间文学形成较早，是缅甸文学的源头和母体。缅甸文学是在民间文学的基础上发展而来。从创作内容方面看，民间文学是缅甸作家文学创作和发展的不竭源泉；从创作形式来看，缅甸作家文学在对民间文学进行改造和创新的过程中形成。

---

① AUNG M H. Burmese Folk-tales［M］. London：Oxford University Press，1948：xviii.
② 姜永仁. 缅甸民间文学［M］//陈岗龙，张玉安，等. 东方民间文学概论：第三卷. 北京：昆仑出版社，2006：383.
③ 姜永仁. 缅甸民间文学［M］//陈岗龙，张玉安，等. 东方民间文学概论：第三卷. 北京：昆仑出版社，2006：376.

第二节 貌廷昂的文化史地位与影响

一、貌廷昂的文化史地位

貌廷昂的民间故事采集与研究活动不仅具有开创性，而且对此后缅甸民间文学发展走向产生了重要影响。貌廷昂被称为“缅甸历史的捍卫者”①。多位学者对其在这一领域的贡献进行高度评价。正如约翰·卡迪（John F. Cady）所说的那样：“现在，即使菩提树已经被砍伐，改建成高尔夫球场，在哥伦比亚大学出版社的帮助下，缅甸历史的精神仍将继续发扬光大。”② 这是对貌廷昂及其缅甸历史著作的高度评价，肯定其历史地位与功绩。新加坡国立大学雷纳尔多·C. 依勒托教授（Reynaldo C. Ileto）在泰国清迈大学（Chiang Mai University）做了题为《东南亚本土学者：关于共同史撰写的事略与沉思》（*Local Scholars in Southeast Asia：Biographical Sketches and Reflections on the Writing of a Common History*）③ 的报告，高度赞扬貌廷昂在东南亚史编撰方面的成就。2017 年，汤姆（Tom）发表了《使缅甸举世闻名的貌廷昂博士》（မြန်မာကို ကမ္ဘာ က သိစေခဲ့သူ ဆရာကြီးဒေါက်တာထင်အောင်）一文，他在文中这样评价貌廷昂博士：“貌廷昂博士是伟大的学者，他撰写了缅甸历史和文化方面的书籍，使得外国人能够学习和了解缅甸文化，并使它

① မြန်မာရာဇဝင်များကို ခုခံကာကွယ်သူ ဒေါက်တာထင်အောင် ဆိုတာ［EB/OL］.（2013－05－14）［2021－06－15］. http：//historyistruthmm. blogspot. com/2013/03/blog－post_ 14. html.

② 评价原文：“ယခုအခါ ဗောဓိညောင်ပင်ကို ဂေါက်ကွင်းက ဖယ်ရှားအစားဝင်ထားပြီးပြီ ဖြစ်သော်လည်း၊ ကိုလံဘီယာ တက္ကသိုလ်ပုံနှိပ်တိုက် အကူအညီဖြင့်မြန်မာ ရာဇဝင်များ၏ ဝိညာဉ်မှာ ဆက်လက်ရှင်သန်နေပေတော့မည်။”

③ Local Scholars in Southeast Asia：Biographical Sketches and Reflections on the Writing of a Common History［EB/OL］.（2016－04－05）［2020－10－21］. https：//www.youtube.com/watch? v＝GRgGd2kDDCQ.

们闻名世界。"① 2016 年,《缅甸新光报》(*The New Light of Myanmar*) 刊登了退休外交官吴钦貌的文章。他在文中列举了几位知名公务人员和学者,其中就包括貌廷昂。他对貌廷昂的评价是:"貌廷昂获得了博士学位,曾任仰光大学校长,是国际知名学者,尤其受到美国霍普金斯大学的敬重。"2019 年 1 月 9 日,缅甸新光网报道了《瑞导杂志:缅甸儿童文学史上的里程碑》(*Shwe Thway: A Milestone in the History of Children's Literature in Myanmar*) 一文,文章这样评价貌廷昂的《缅甸民间故事》编写意图:这本书用英文写就,意在用民间故事这种形式将缅甸传统文化本质特征传播到世界各地。② 此外,貌廷昂影响了一批学者投身于缅甸民间故事搜集、整理、翻译与研究之中。这些足以肯定貌廷昂的历史功绩,确立他在缅甸文化史上的地位与影响。

二、貌廷昂的文化史影响

经过对貌廷昂缅甸民间故事集多视角研究,我们发现貌廷昂搜集与整理缅甸民间故事是时代赋予他的神圣使命。同样,貌廷昂不辱使命,出色地完成任务,不仅为缅甸留下宝贵的文化财富,还影响了一批有共同兴趣爱好的学者。貌廷昂缅甸民间故事内容繁多,涉及面广,内涵丰富,意义深远。这项研究将进一步确立貌廷昂文化史地位。但与此同时,我们应该反思貌廷昂缅甸民间故事的成功留给我们的启示及其所产生的影响,主要表现在以下两个方面。

第一,民间文学内在特质决定其在国际交流中的重要地位和影响。从貌廷昂缅甸民间故事集在国际社会所产生的影响来看,它们是世界人民接触和了解缅甸文化的重要载体。貌廷昂缅甸民间故事集问世以来,《缅甸民间故事》(*Burmese Folk Tales*, 1948),先后传入多个国家,如英国、中

---

① မြန်မာကို ကမ္ဘာဘာက သိစေခဲ့သူ ဆရာကြီးဒေါက်တာထင်အောင် [EB/OL]. (2017-09-08) [2020-11-13]. https://www.mmload.com/news/10704/.

② Shwe Thway: A milestone in the history ofchildren's literature in Myanmar [N/OL]. (2019-01-09) [2021-07-06]. https://www.gnlm.com.mm/ shwe-thway-a-milestone-in-the-history-of-childrens-literature-in-myanmar.

国、美国、德国、日本、泰国、新加坡等。它被翻译成多国文字，深受传入国人民喜爱。也正是这些民间故事集的传播为国际社会了解缅甸及其文化提供了重要素材。貌廷昂缅甸民间故事集何以能产生如此大的影响？这与其内容和传播途径有着密切关系。缅甸作为佛教国家，佛本生故事是日常佛事重要内容。而缅甸民间文学的主要内容就是经过佛本生故事改编和加工的故事情节和人物。不仅如此，它们还为作家文学提供大量素材，对其产生重要影响。姜永仁认为："在缅甸封建王朝时期，由印度民间故事发展而来的佛经故事是缅甸文学创作的永恒主题。"① 一般而言，缅甸古代文学题材主要有佛教文学、宫廷文学和爱情文学三种，而佛教文学地位最高、影响最大。正如缅甸作家佐基（Zaw Gyi, 1907—1990）② 所言："古代作家过分重视本生故事，以至于不再创作自己的故事，而只是修改本生故事。"③ 足见本生经故事在缅甸所产生影响之大。不仅如此，佛本生故事对缅甸戏剧也产生了重要影响。貌廷昂在《缅甸戏剧》（*Burmese Drama*, 1937）一书中将缅甸戏剧发展史划分为6个阶段，其中一个就是佛本生故事剧时期。可见，佛本生故事影响领域非常广泛。即便到了近现代，这种影响依然存在，从中能够看到佛本生故事影响的长久持续性。也就是说，以佛本生故事为创作之源的民间故事影响到缅甸文学的骨子里。无论何种文学样式都有民间文学烙印，具有鲜明的缅甸文化特色。当民间故事跨越国界传播时，缅甸文化也如影随形，一同跨越国界，走向世界。

另外，从民间故事产生与传承方面也可以说明这一点。民间故事产生年代早，由人民大众创作，活在人们记忆中，通过口头形式流传。民间故事生于民众之中、长于民众之中，是民众心灵上长出的花朵，它们承载着民众心灵世界的价值取向和精神寄托。为此，在对外交往中，加强民间文学研究与交流不仅可行，而且还非常重要。就中缅关系而言，当前中缅致力于共建"一带一路"、"命运共同体"建设、"经济走廊"建设，这些都

① 姜永仁. 缅甸民间文学［M］//陈岗龙，张玉安，等. 东方民间文学：第三卷. 北京：昆仑山出版社，2006：376.
② 佐基（ဇော်ဂျီ），缅甸著名诗人、文学评论家。
③ 林琼. 佛本生经故事对缅甸文学的影响［M］. 北京：蓝天出版社，1993.

无不要求加强中缅两国人民之间的"民心相通"。诚然,加强对象国政治、经济、法律等学科建设固然很重要,但是轻视对象国家语言、历史、宗教、文学、民俗等学科建设与研究并不可取,尤其是文学和民俗两个方面内容。这些内容与民众日常生活和心灵世界密切相关,忽视它们无益于"民心相通",甚至还会给两国关系带来损害。

第二,跨国民间文学交流机制和平台建设应引起足够重视。当前,相比而言,从事民间文学研究的学者还比较少,尤其是涉及亚非国家民间文学时,那就更少了。举例来说,20世纪50年代以来,貌廷昂的《缅甸民间故事》(*Burmese Folk Tales*,1948)就被翻译成汉语,20世纪80年代再次被翻译,即便进入21世纪以后,依然有学者翻译和编写缅甸民间故事集。然而,从目前所掌握的资料来看,相关研究成果几乎还是空白。仅有少数几位学者在进行缅甸或东南亚政治、经济、文化、文学、法律研究时偶尔提及它们,或选取其中某个或某几个故事同其他国家民间故事进行比较研究。至于貌廷昂另外两部独具缅甸浓郁文化特色的民间故事集《缅甸法律故事》《缅甸僧侣故事》尚未引入我国,它们的名字也只是偶尔出现在缅甸民间文学相关介绍之中。这不能不说是一种遗憾。为什么会出现这种情况? 一方面,由于掌握亚非国家语言人数比较少,他们更多地将精力集中于语言学习,即便要从事相关研究工作,也更多地关注政治、经济、法律等这些"硬学科",而轻视文学、历史、宗教、民族等"软科学"。①张玉安认为:"'软科学',即人文科学,决定着人类的价值取向,对于任何一位学习和研究东南亚的学生或学者都是不可或缺的。"② 这样看来,学

---

① 张玉安在《东南亚学研究中几个值得关注的问题》(见《中国东南亚学研究:动态与发展趋势》16-24页)一文中将有关东南亚研究分为两个学科,即人文学科和社会应用学科。前者包括东南亚国家的语言、文学、历史、宗教、民族(民俗)等学科内容,属于"软科学";后者是指东南亚的政治、经济、历史,属于"硬科学"。这里的"软"和"硬"是指受关注度和研究成果数量。"软科学"受关注度低,研究人员数量少,研究成果也少,而"硬科学"则相反。

② 张玉安. 东南亚学研究中几个值得关注的问题 [C] //李谋,杨保筠. 中国东南亚学研究:动态与发展趋势. 香港:香港社会科学出版社有限公司,2007:16-24.

术界已经关注到这个问题。但是，具体到民间文学方面，还有很长一段路要走。

面对这种现实，政府和学术团体应该反思，积极引导更多学者积极投身到跨国民间文学研究与交流之中，从普通民众视角寻求"民心相通"的文化基石。倡导多学科与跨学科研究是一种有效路径。北京大学张玉安、裴晓睿等在这一领域取得了一定成就。他们共同承担教育部重大课题"东方文学比较研究"中的子课题"印度的罗摩故事与东南亚文学"，就是采用民间文学、民俗文化学、文学文化学等多学科理论进行的研究。他们的代表性成果是与子课题名称相同的专著《印度的罗摩故事与东南亚文学》(2005)①。该书从深层结构上呈现印度文学与东南亚文学之间的内在结构，真实地反映了东南亚民间文学传播与流变的内在规律，并揭示了文学与宗教、道德、艺术之间的关系。另外，政府应该积极引导，搭建平台，建立激励机制，促进我国与其他国家民间文学研究，以实际行动促进"人类命运共同体"建设。

小　结

经过研究发现，貌廷昂缅甸民间故事集不仅内涵丰富，而且貌廷昂还在这个领域做出了重要贡献。从理论贡献来看，貌廷昂对"民"和"民间"有着独特的见解，他对两个概念进行重新界定，即"乡村即民间""生活于乡村之人即民"；在搜集与整理缅甸民间故事过程中，貌廷昂对民间故事"类"的理解具有缅甸特色；貌廷昂对民间故事的价值进行了再认识，它们是缅甸传统文化的结晶，是缅甸人民的和民族的。从影响与地位方面来看，直到今天，貌廷昂民间故事集依然是学校教育教学的重要内容。不仅如此，貌廷昂是将缅甸文化推向世界的重要学者，使得世界上更

---

① 　张玉安，裴晓睿. 印度的罗摩故事与东南亚文学［M］. 北京：昆仑出版社，2005.

多读者了解缅甸文化的本质特征，并使其闻名世界。从貌廷昂缅甸民间故事的启示意义来看，我们更加深刻地认识到民间文学的价值与意义，更加明确中缅交流中民间文学之功，更加肯定民间文学交流机制与平台建设的必要性。

结　论

　　貌廷昂缅甸民间故事不仅具有重要的文化价值，而且能够对世界文学做出应有贡献，能够丰富和完善学术界对故事学的认识。尽管本书梳理和发现了貌廷昂缅甸民间故事的内在结构特征和丰富的文化内涵，但是不能就此而忽视书中存在的不足与缺点。希望更多学者能够投身到缅甸民间故事乃至民间文学宝库开发与研究中，挖掘出更多文化财富以供人类共享。

一、主要研究发现

　　民间故事的搜集、整理、研究颇具历史。200 多年前德国雅各布·格林（Jacob Grimm）和威廉·格林（Wilhelm Grimm）就开启了民间童话与传说的搜集与整理工作。"格林兄弟创造了一种民间童话的编写范例，既延续了民间文化传统又融入了个性解放的时代之声。这种新文体创造了德国人的民族童话，使得寻求自由之自我的现代性成为德意志民族的精神内涵。"① 这既说明了民间故事与传统文化之间的关系，更肯定了民间故事所蕴含的民族精神实质。

　　不过，我们应该清醒地认识到，民间故事在不同国家、不同民族、不同文化中往往存在不同层次之间的张力。对缅甸民间故事来说更是如此，缅甸人民信仰佛教，又遭受过英国的殖民统治，西方文化的侵入造成缅甸文化分裂。这种文化分裂造成缅甸国内外矛盾四起。这样一来，在强势文化不断侵入的同时，如何捍卫缅甸传统文化，重构传统文化阵地，唤起民

---

① 黎亮. 林兰民间童话的结构形态与文化意义研究 [D]. 武汉：华东师范大学, 2013.

众文化认同，团结一致，共同采取行动，关系到缅甸国家的前途命运。

这也正是本书的研究目的所在。民间故事绝不是人类发展史上偶然出现的一种文化现象，它们也不会昙花一现，淹没在滚滚历史洪流之中。如果将民间故事放在人类历史长河中进行观察，就会发现不论是在无文字时代，还是少数人掌握文字的时代，还是大多数人掌握文字的时代，民间故事在文化史变迁中业已成为一种集体记忆与历史记忆的重要文化样态。无论时代如何发展，人类都不会将这种文化作为垃圾抛入历史长河中，这既是人类的历史记忆，也是人类文化生活内容，会随着人类的发展走向更远的地方。

第一，故事功能项具有统一性与独特性。普罗普在研究俄国 100 个神奇故事基础上，发现了 31 个功能项，在每一个故事中，它们并不一定全部出现，但是排列顺序是一致的。这个发现不仅对民俗学产生了重大影响，而且为文学研究提供了一个全新视角和方法。貌廷昂缅甸民间故事不仅涵盖了这 31 个功能项，而且还多出 7 个功能项，它们并没有涵盖在普罗普所发现的 31 个功能项中。这说明貌廷昂缅甸民间故事具有一般故事的功能项，与俄国神奇故事乃至世界民间故事存在一致性。与此同时，不能忽视貌廷昂缅甸民间故事所具有的其他功能项，这些功能项体现了缅甸民间故事的独特性，彰显了缅甸人民在民间故事乃至民间文学甚至整个文学领域为世界人民贡献了自己独特的智慧。

第二，故事类型划分具有可行性。学术界关注到民间故事以来，就发现故事数量庞大而分类困难这个问题。学者们进行了各种尝试，编写民间故事类型索引、母题索引等，希望能够对众多故事进行比较科学的分类。在继承前人的基础上，审视貌廷昂缅甸民间故事的独特性，将其划分为"弱胜型""得宝型""公断型""滑稽型"四个类型。尽管这四个类型并不能将貌廷昂缅甸民间故事中所有作品纳入其内，但是它们具有典型性和代表性。通过这四个类别的划分，对貌廷昂缅甸民间故事进行类别划分探索。经过对民间故事作品梳理和归类，它们既能容纳具有典型性和代表性的故事，又能体现出缅甸民间故事的文化特征。

第三，故事具有独特的母题。母题，或称故事情节，是民间故事研究中一个非常重要的概念。它可以是故事中一个人物或角色或行为。在本书中，貌廷昂缅甸民间故事被分为 4 个母题，即"动物"母题、"怪异儿"母题、"法律公主"母题和"僧侣"母题。不难发现，这些母题都是按照人物来进行划定的，这主要是考虑到貌廷昂缅甸民间故事自身的独特性。一般来说，人们对"动物"母题和"怪异儿"母题并不陌生，对"法律公主"母题和"僧侣"母题相对比较陌生。而貌廷昂不惜运用大量笔墨记录这类故事。法律公主母题故事主要收集在貌廷昂的《缅甸法律故事》中，而僧侣母题故事则主要收集在他的《缅甸僧侣故事》中。足见，这两个主题在貌廷昂心目中的地位和影响力。貌廷昂单独出版《缅甸法律故事》和《缅甸僧侣故事》并不是随意为之。缅甸文化对他的洗礼是重要原因。貌廷昂出生之后，深受两种文化影响，一个是缅甸传统文化，另一个是西方殖民文化。他在缅甸的生活、观察、体验、感悟、认知等使其敏锐地感受到了缅甸传统文化。在面对西方殖民文化时，他从内心深处感受到了两种文化的尖锐对比，敏锐地抓住了缅甸文化内在本质特征。正是基于此，他才单独出版了这两部缅甸民间故事集。

第四，故事具有丰富的文化内涵。如第八章所探讨的，民间故事对颂扬智慧、崇尚公平、重视道德、推崇价值引领四个方面均产生深刻影响。从颂扬智慧来看，故事歌颂智慧者，智慧者不仅能够自救，而且能够在危急时刻解救他人。自从人类有了智慧，生命意识不断增强，战胜困难的本领不断提高，这是人类辉煌史中不可或缺的重要基因。从崇尚公平来看，我国伟大思想家孔子早有"不患寡，而患不均"的至理名言，很好地诠释了人类对不公的担忧和不满。这是人类追求的永恒主题之一。在道德教育方面，在人类社会中，道德教育也是非常重要的内容之一，它不仅有利于社会和谐稳定，而且更能彰显人的本质特征。与道德密切相关的一个概念就是价值引领，它回答了什么样的价值应该被推崇，什么样的价值应该被摒弃，进而表现出民族文化特色。

民间故事产生的年代久远，是人民大众喜爱的一种文化形式。在口耳相传的过程中，尽管形式和细枝末节内容不断进行演变，但是所蕴含的文化内在特征具有相对的稳定性。由于传承历史悠久，经过数代人传承，成为国家或民众重要的文化以及素材。学术界用"共识"来概括巩固着集体认同的知识，它包含两个方面内容，即"智慧"和"神话"，它们分别对应两种常见形式——谚语和故事传说。① 杨·阿斯曼（Assmann）将巩固集体认同的知识的作用定义为两种，即规范性和定型性。规范性文本着重回答了人们应该如何行事，教会人们判断是非、寻找问题的正确答案以及做决定的方法。而定型性文化包含着部落神话、传说、歌谣、族谱等内容，着重回答他们是谁的问题。在讲述共同的故事时，同时也传播了巩固着集体认同的知识，这种知识有利于集体采取统一行动。杨·阿斯曼认为："这种发挥着巩固作用的故事会产生一定的推动力，我们将之称为'神话动力'。"② 由此可见，民间故事是凝结着集体认同的重要文化形式，能够唤起共享者的"共鸣"，具有一定的号召力，引起人们采取统一行动。这也就解释了民族危亡之际这种文化能够被重新发现与重视的根本原因。

　　第五，故事与传统文化密切相连。研究认为民间故事不仅仅是虚构的、娱乐性的文化形式，更是传统文化的结晶，是构建、巩固民族文化史的必然组成部分。要充分发挥民间故事的这一作用，则必须与当下文化建设中的具体工作结合在一起进行讨论。讨论民间故事与民族文化史绝不是牵强附会，也不是当代话语下的强拉硬拽。民间故事与民族文化有整体性的必然联系：民间故事久经传承、吸纳广深、内涵丰富，构成了传统文化的内核。正是因为存在这种整体性关联，探讨民间故事叙事模式和文化意义才有了深刻的意义。杨·阿斯曼认为：

　　　　在口述传统中，一个讲述者是否称职完全取决于他所知多少，看他能够讲述七个、二十个或者三百个故事。一个人所能讲述的故事越多，他所享受的地位就越高（在有些没有文字的文化里，这样的人甚至被视为主宰者）。在这样的文化里，保持知识的唯一媒介就是讲述者的记忆，而人们获取知识的途径就是这位讲述者所遵循既定的形式

---

① 杨·阿斯曼. 文化记忆：早期高级文化中的文字、回忆和政治身份［M］. 金寿福，黄晓晨，译. 北京：北京大学出版社，2015：147-148.

② 同①。

完成讲述的程序。重复在这里绝对不是不应该发生的事情，反而是该文化内部结构所必需的。如果没有重复，知识得以传承的进程便会中断。①

从这一论述中，可以肯定故事讲述者在人类早期历史上的重要地位和影响。文字出现初期，能够学习和使用文字的人还比较少，口头传统依然非常重要。直到近代以来，人们才对口头传统及其民间故事的价值有了更深入的认识。正如艾瑞克·霍布斯鲍姆（Eric Hobsbawm）和兰杰所言："民间传说被认为是从远古时代流传下来的，但在 18 和 19 世纪，伴随着民族主义抵抗运动的兴起，民间传说被继续生产，或者被重新编写并获得了固定形式。"② 换句话说，民间故事是早期文化的源头，后来发展成一种大众文化，再后来又发展成民族主义的重要形式，最后人们真正地认识到它们是传统文化的精髓和结晶。

二、研究不足

虽然本研究已基本完成，但是不能忽视存在的不足。由于研究者自身缅甸语能力水平有限、第一手资料短缺、研究视野受限等，给研究带来一定不利影响。希望日后能够有更多研究者克服这些困难，投身到包括缅甸民间故事在内的更多文学体裁或文化现象研究之中。

从研究材料方面来看，本书主要研究了缅甸民间故事的叙事模式和文化意义，研究对象主要是貌廷昂搜集、整理、翻译、出版的《缅甸民间故事》《缅甸法律故事》《缅甸僧侣故事》，这些著作均用英文出版，在翻译过程中，是否会存在信息"遗失"或"失真"，程度如何，目前尚无法做出正确判断。

从研究方法方面来看，人类学和民俗学都强调"田野调查"，获取第一手资料，但限于当时缅甸疫情防控和国内形势的实际情况，无法前往缅

---

① 杨·阿斯曼. 文化记忆：早期高级文化中的文字、回忆和政治身份 [M]. 金寿福，黄晓晨，译. 北京：北京大学出版社，2015：98.

② HOBSBAWM E，RANGER T. The Invention of Tradition ［M］. Cambridge：Cambridge Unlversity Press，1983.

甸开展相关调查工作。再从表演理论上来看，民间故事应该存在于人们口耳传播中，应该在讲述者和听众互动中，应该在讲述者声情并茂的表演中。然而目前，这些都无法做到。研究方法上的缺陷，必然会给研究结果带来损害。寄希望这方面的问题能够在以后条件成熟的情况下得到很好的解决，或者寄希望其他学者能够克服困难，在这一领域做出更大成就。

从研究资料溯源方面来看，书中已经明确提出缅甸文学深受印度和泰国文化影响。但是，限于尚未掌握泰国和印度等国的语言，还不能读懂相关文献，再加上个人能力和篇幅限制，没有将缅甸民间文学作品、泰国民间文学作品、印度民间文学作品进行对比分析。在它们之间的传播与影响方面，也没有进行过多探讨，而是孤立地研究貌廷昂搜集、整理、翻译的缅甸民间文学作品，这就会给论文研究的深度、广度、说服力等带来一定负面影响。但是，笔者相信在不久的将来，具备多种语言能力和学术研究能力的学者会在这一领域做出更大贡献，将这个研究继续向前推进。

缅甸是一座民间文学宝库，蕴藏着丰富多彩的民间文学作品，它们在等待着学者去挖掘，希望更多学者能够投身到缅甸民间文学研究中去。另外，不能孤立地研究缅甸民间文学，而是要将其与我国民间文学或文学或文化进行对比研究，寻求两国千年"胞波"情谊背后的文化交流与演化史，全力助推中缅"一带一路"和"命运共同体"建设。呼吁不同学科背景学者通力合作，共同开发这座文化宝库。相比而言，我国掌握缅甸语的人数还比较少，而且他们将更多精力放在外交和经贸往来上，从事缅甸文学，尤其是缅甸民间文学的学者还比较少，这方面研究也很少，与中缅"胞波"情谊极其不相称。

参考文献

一、中文文献

（一）著作

［1］布雷蒙．叙述可能之逻辑［M］//张寅德．叙述学研究．北京：中国社会科学出版社，1989.

［2］陈惇，刘象愚．比较文学概论［M］．北京：北京师范大学出版社，2010.

［3］陈岗龙，张文奕．东方民间文学：下［M］．北京：北京大学出版社，2021.

［4］寸雪涛，陈仙卿．语境理论视域下的缅甸本部民间口头文学研究［M］．广州：世界图书出版公司，2015.

［5］寸雪涛，李堂英．缅甸民间故事采集实录［M］．昆明：云南人民出版社，2020.

［6］寸雪涛．民俗学语境下缅甸缅族民间叙事文学研究［M］．北京：中国社会科学出版社，2022.

［7］寸雪涛．文化和社会语境下的缅族民间口头文学［M］．广州：世界图书出版公司，2012.

［8］迪达登．缅甸故事［M］．仰光：鸳鸯出版社，1955.

［9］段宝林．笑话：人间的戏剧艺术［M］．北京：北京大学出版社，1991.

［10］法朗克·塔拉基．缅甸：从王国到共和国［M］．伦敦：保尔·莫

尔出版公司，1966.

[11]傅光宇. 傣族民间故事选[M]. 上海：上海文艺出版社，1985.

[12]贺圣达. 缅甸史[M]. 北京：人民出版社，1992.

[13]黄涛. 中国民间文学概论：第三版[M]. 北京：中国人民大学出版社，2013.

[14]基吴. 缅甸传统谜语[M]. 仰光：南无出版社，1985.

[15]季羡林. 比较文学与民间文学[M]. 北京：北京大学出版社，1991.

[16]姜永仁. 缅甸民间文学[M]//陈岗龙，张玉安，等. 东方民间文学概论：第三卷. 北京：昆仑出版社，2006.

[17]拉法格. 拉法格文论集[M]. 北京：人民文学出版社，1979.

[18]李谋，姜永仁. 缅甸文化综论[M]. 北京：北京大学出版社，2002.

[19]李谋，张哲. 缅甸诗选[M]. 北京：作家出版社，2019.

[20]李谋. 缅甸与东南亚[M]. 广州：世界图书出版公司，2014.

[21]梁英明. 东南亚史[M]. 北京：人民出版社，2010.

[22]林琼. 佛本生故事对缅甸文学的影响[M]. 北京：蓝天出版社，1993.

[23]刘成纪. 物象美学：自然的再发现[M]. 郑州：郑州大学出版社，2002.

[24]刘守华，陈建宪. 民间文学教程[M]. 武汉：华中师范大学出版社，2002.

[25]刘守华. 比较故事学[M]. 哈尔滨：黑龙江人民出版社，2003.

[26]刘守华. 比较故事学论考[M]. 哈尔滨：黑龙江人民出版社，2005.

[27]敏西都. 缅甸神灵信仰史：上古时期[M]. 仰光：日月世界书局，1992.

[28]敏西都. 缅甸神灵信仰史：中古时期[M]. 仰光：日月世界书局，1993.

[29]宁宁埃. 爱儿故事集[M]. 仰光：墨闵出版社，2000.

[30]宁宁埃. 生活之光故事集[M]. 仰光：墨闵出版社，2000.

[31]庞希云. 东南亚文学简史[M]. 北京：人民出版社，2011.

[32]浦安迪. 中国叙事学[M]. 北京：北京大学出版社，1996.

[33]姗吞昂. 联邦民间游戏[M]. 仰光：缅甸文学宫出版社，1993.

[34]世界民间故事宝库编委会. 世界民间故事宝库：东亚·东南亚卷[M]. 沈阳：沈阳出版社，1996.

[35]万建中. 中国民间散文叙事文学的主题学研究[M]. 北京：北京大学出版社，2009.

[36]王娟. 民俗学概论：第二版[M]. 北京：北京大学出版社，2011.

[37]吴埃乃. 缅甸12个月传统节日[M]. 仰光：缅甸宗教部，1980.

[38]吴丁拉，吴觉昂，欣漂琼昂登. 传统故事论文集：上、下册[M]. 仰光：文学宫出版社，1989.

[39]吴摩敏. 惊奇故事[M]. 仰光：目标出版社，2002.

[40]邢莉. 民俗学概论新编[M]. 北京：北京师范大学出版社，2016.

[41]姚秉彦，李谋，杨国影. 缅甸文学史[M]. 广州：世界图书出版公司，2014.

[42]姚卫群. 佛教入门[M]. 北京：中国人民大学出版社，2006.

[43]尤金·H. 福尔克. 主题建构类型：纪德、库提乌斯和萨特作品中母题的性质和功用[M]//佛朗西斯·约斯特. 比较文学导论. 上海外语学院外国语言文学研究所. 长沙：湖南文艺出版社，1988.

[44]俞田荣. 中国古代生态哲学的逻辑演进[M]. 北京：中国社会科学出版社，2014.

[45]张岱年. 张岱年全集[M]. 石家庄：河北人民出版社，1996.

[46]郑振铎. 中国俗文学史[M]. 北京：中国文联出版社，2009.

[47]中共中央马克思恩格斯列宁斯大林著作编译局. 马克思恩格斯全集：第9卷[M]. 北京：人民出版社，1961.

[48]钟敬文. 民俗学概论：第二版[M]. 北京：高等教育出版社，2010.

[49]钟小鑫.缅甸乡村的日常生活与社会结构[M].北京：学苑出版社，2019.

[50]钟智翔，尹湘玲.缅甸文化概论[M].广州：世界图书出版公司，2014.

[51]宗白华.美学散步[M].上海：上海人民出版社，2005.

[52]马昂.缅甸"实验文学"与中国"五四"新文学之比较[C]//钟智翔.东南亚文学论集.广州：世界图书出版公司，2017.

[53]陈鹏翔.主题学研究论文集[C].台北：东大图书公司，1983.

[54]钟智翔.东南亚文学论集[C].广州：世界图书出版公司，2017.

（二）译著

[1]阿莱达·阿斯曼，扬·阿斯曼.昨日重现：媒介与社会记忆[M].余传玲，等译.北京：北京大学出版社，2012.

[2]艾伯华.中国民间故事类型[M].王燕生，周祖生，译.北京：商务印书馆，1999.

[3]查·索·博尔尼.民俗学手册[M].程德祺，贺哈定，邹明诚，等译.上海：上海文艺出版社，1995.

[4]丁乃通.中国民间故事类型索引[M].郑建成，李倞，商孟可，等译.北京：中国民间文艺出版社，1986.

[5]佛本生故事选[M].郭良鋆，黄宝生，译.北京：人民文学出版社，1985.

[6]哈布瓦赫.论集体记忆[M].毕然，郭金华，译.上海：上海人民出版社，2002.

[7]杰里·D.穆尔.人类学家的文化见解[M].欧阳敏，邹乔，王晶晶，译.北京：商务印书馆，2016.

[8]拉曼·塞尔登.文学批评理论：从柏拉图到现在[M].刘象愚，陈永国，等译.北京：北京大学出版社，2003.

[9]貌廷昂.缅甸民间故事选[M].丁振祺，译.昆明：云南人民出版社，1984.

[10]貌阵昂.缅甸民间故事选[M].殷涵，译.北京：中国民间文艺

出版社，1982.

[11]貌廷昂．缅甸史[M]．贺圣达，译．昆明：云南省东南亚研究所，1983.

[12]门罗·C.比厄斯利．西方美学简史[M]．高建平，译．北京：高等教育出版社，2006.

[13]普罗普．故事形态学[M]．贾放，译．北京：中华书局，2006.

[14]普罗普．神奇故事的历史根源[M]．贾放，译．北京：中华书局，2006.

[15]荣格．原型与集体无意识[M]．徐德林，译．北京：国际文化公司出版公司，2011.

[16]斯蒂·汤普森．世界民间故事分类学[M]．郑海，等译．上海：上海文艺出版社，1991.

[17]吴登佩敏．旭日冉冉[M]．贝达勉，译．北京：北京大学出版社，1982.

[18]扬·阿斯曼．文化记忆：早期高级文化中的文字、回忆和政治身份[M]．金寿福，黄晓晨，译．北京：北京大学出版社，2015.

[19]伊泰洛·卡尔维诺．意大利童话[M]．刘宪之，译．上海：上海文艺出版社，1985.

（三）期刊

[1]蔡普民．人学视野下人与自然关系演变的历史与逻辑[J]．理论导刊，2006(7).

[2]蔡祝生，许清章，林清雨．缅甸古代文学及其题材的基本特征[J]．东南亚研究，1989(4).

[3]陈金文．民间文学中的历史记忆[J]．鲁东大学学报(哲学社会科学版)，2013，30(6).

[4]陈金文．盘瓠神话：选择性历史记忆[J]．民族艺术，2018(3).

[5]寸雪涛．论缅甸民间文学和缅甸文化的关系[J]．东南亚纵横，2017(2).

[6]刀承华．佛教对傣泰民族民间故事的影响[J]．中央民族大学学报

（哲学社会科学版），2007（2）.

　　[7]郭辰.伟大民族精神的三重维度及其时代价值[J].理论导刊，2019（8）.

　　[8]何道宽.破解史诗和口头传统之谜：《口语文化和书面文化》评析[J].南方文坛，2008（2）.

　　[9]胡银根.人类敬畏森林论[J].宜春学院学报，2001（1）.

　　[10]黄浩.关东傻子故事的母题与文化来源[J].北方论丛，2005（4）.

　　[11]蒋澄生，廖定中.试析幽默的语用理据[J].外语教学，2005（5）.

　　[12]金泰万.讽刺理论初探[J].国外社会科学，1997（6）.

　　[13]李小凤，木拉迪力·木拉提.民间故事"老鼠嫁女"在丝绸之路上的西传及流变[J].喀什大学学报，2018，39（5）.

　　[14]列维通，刘方.血亲婚[J].民族文学研究，1990（3）.

　　[15]刘法民.怪诞与优美、滑稽、崇高、悲剧：审美形态的形态学比较[J].江西教育学院学报（社会科学版），2000（1）.

　　[16]刘魁立.民间叙事的生命树：浙江当代"狗耕田"故事情节类型的形态结构分析[J].民族艺术，2001（1）.

　　[17]刘守华.比较故事学引言[J].民间文学论坛，1994（2）.

　　[18]刘寿康.船主和船夫：缅甸民间故事[J].世界文学，1964（4）.

　　[19]罗宏.森林，赋予人类生命力[J].森林与人类，1994（6）.

　　[20]王丹.民间文学的功能性记忆[J].华南师范大学学报（社会科学版），2017（3）.

　　[21]王继国.刍议人与自然关系的演变[J].河北大学成人教育学院学报，2007（4）.

　　[22]王金玲.论幽默语言的特征与技巧[J].外语学刊，2002（3）.

　　[23]王晶.论缅甸民间故事与我国傣族民间故事审美倾向的一致性[J].云南民族学院学报（哲学社会科学版），2000（2）.

　　[24]王立.主题学回归于民间文学的新创获：读《中日民间故事比较

研究》[J]. 中国比较文学, 1997(2).

[25]王明珂. 历史事实、历史记忆与历史心性[J]. 历史研究, 2001 (5).

[26]王媛."口耳相传"的数字化重建:社交媒介时代的口语文化[J]. 现代传播(中国传媒大学学报), 2020(6).

[27]韦惠玲. 中缅蛇郎故事之比较[J]. 南宁职业技术学院学报, 2011(1).

[28]伍红玉. 经典的误读与再读:对世界文化遗产"格林童话"的历史文化解析[J]. 文化遗产, 2008(2).

[29]向玉乔. 财富伦理:关于财富的自在之理[J]. 伦理学研究, 2010(6).

[30]徐第. 对森林的崇拜[J]. 半月谈, 1994(5).

[31]许清章. 缅甸文学发展简介[J]. 东南亚研究资料, 1963(1).

[32]许永璋, 于兆兴. 英国对缅甸殖民统治政策之史的考察[J]. 河南大学学报(社会科学版), 1995(2).

[33]姚秉彦, 李谋. 缅甸文学概述[J]. 外国文学, 1982(1).

[34]姚秉彦, 许清章. 缅甸文学发展概述[J]. 世界文学, 1963(11).

[35]姚秉彦.《基度山伯爵》与缅甸现代小说[J]. 国外文学, 1991(3).

[36]易嘉. 传统与求新:缅甸贡榜时期的戏剧[J]. 云南民族大学学报, 2013, 30(3).

[37]尹湘玲. 缅甸阿瓦时期僧侣诗人笔下的女子形象[J]. 解放军外国语学院学报, 2010, 33(1).

[38]于长敏. 日本民间故事及其文化内涵[J]. 日语学习与研究, 2004(3).

[39]张晶. 兔子在斯拉夫文化中的寓意[J]. 俄语学习, 2015(4).

[40]张新木. 布雷蒙的叙事逻辑理论[J]. 西北工业大学学报(社会科学版), 2020(1).

[41]张智, 寸雪涛. 我国缅甸文学研究的历史回顾与展望[J]. 文化与传播, 2019, 8(1).

[42]张智. 缅甸民间故事中的财富伦理思想研究：以缅甸作家貌廷昂搜集与整理的缅甸民间故事集为例[J]. 文化与传播，2023，12(1).

[43]张智. 廷昂博士：缅甸民间故事辑录与研究的先驱[J]. 缅甸研究，2021(1).

[44]张智. 廷昂《缅甸法律故事》中的"法官"形象研究[J]. 名作欣赏，2022(27).

[45]张智. 以书刊为媒介的缅甸民间故事辑录与研究[J]. 科技传播，2021，13(15).

[46]赵世瑜. 传说·历史·历史记忆：从20世纪的新史学到后现代史学[J]. 中国社会科学，2003(2).

[47]周大鸣，秦红增. 参与发展：当代人类学对"他者"的关怀[J]. 民族研究，2003(5).

[48]周福岩. 民间故事与意识形态建构：对民间故事观念研究的思考[J]. 西北民族研究，2006(1).

[49]周君燕. 论黔北仡佬族民间故事的叙事结构[J]. 贵州民族研究，2015，36(5).

[50]邹建雄. 论瑶族民间故事中英雄崇拜的叙事结构[J]. 贵州民族研究，2014，35(6).

(四)论文

[1]柴楠. 民间故事的生成与接受[D]. 沈阳：辽宁大学，2013.

[2]刀叶喊. 傣、泰、掸"灰姑娘型"故事比较研究[D]. 昆明：云南民族大学，2010.

[3]管春梅. 佛本生故事的叙事特征[D]. 青岛：青岛大学，2016.

[4]黄令令. 缅甸37神传说原型批评[D]. 南宁：广西民族大学，2020.

[5]黎亮. 林兰民间童话的结构形态与文化意义研究[D]. 武汉：华东师范大学，2013.

[6]木拉迪力·木拉提. 民间故事"老鼠嫁女"的历史流变研究[D]. 银川：北方民族大学，2020.

[7]沈美兰. 缅甸神奇故事形态学研究[D]. 南宁：广西民族大学，2017.

[8]王红. 汉译佛经叙事研究[D]. 西安：西北大学，2012.

[9]张惠美. 缅甸机智人物吴波吴故事类型研究[D]. 南宁：广西民族大学，2019.

[10]赵纪彬.《百喻经》故事研究[D]. 徐州：江苏师范大学，2012.

[11]郑仪东. 中国东北地区民间故事类型研究[D]. 长春：吉林大学，2020.

二、英文文献

(一)著作

[1]Abbott G，Thant H K. The Folk-Tales of Burma：An Introduction (Handbook of Oriental Studies/Handbuch Der Orientalistik)[M]. Leiden：Koninklijke Brill，2000.

[2]ASHER S F. Why Rabbit's Nose Twitches：Adapted from the Burmese folktale[M]. California：Youth PLAYS，2019.

[3]AUNG H. A Kingdom Lost For A Drop Of Honey：And Other Burmese Folktales[M]. New York：Parents Magazine Press，1968.

[4]AUNG M H. Burmese Drama[M]. London：Oxford University Press，1937.

[5]AUNG M H. Burmese Law Tales[M]. London：Oxford University Press，1962.

[6]AUNG M H. Folk Tales of Burma[M]. New York：Sterling，1976.

[7]AUNG M H. Selections Burmese Folk-tales[M]. London：Oxford University Press，1951.

[8]AUNG M H. Selections from Burmese Folk-tales[M]. Lordon：Oxford Vniversity Press，1951

[9]AUNG M H. Thirty Burmese Tales[M]. London：Oxford University Press，1952.

[10]BIGANDET P A. The Life or Legend of Gaudama: The Buddha of the Burmese[M]. London: Trhbner Press, 1912.

[11]CHIT K. M. A Wonderland of Burmese Legends[M]. Bangkok: The Tamarind Press, 1984.

[12]CROSTHWAITE C. The Pacification of Burma[M]. London: Routledge, 1968.

[13]DUNDES A A. Interpreting Folklore[M]. Bloomington: Indiana University Press, 1980.

[14]FORCHAMMER E. The Jardine Prize(an essay on the sources and development of Burmese law)[M]. Rangoon: Printing Press, 1885.

[15]FROESE D, WANG K. The Wise Washerman: A Folktale from Burma[M]. Connecticut: Hyperion Press, 1996.

[16]GRIGGS W C. SHAN FOLK LORE STORIES-9 Children's Stories from the Hill Country of Old Burma[M]. London: Abela Publishing, 2010.

[17]HLA L U. Folktales of Burma [M]. Mandalay: Kyi - pwa - yay Press, 1972.

[18]HLA L U. Folktales of Ludu U Hla[M]. Mandalay: Kyi-pwa-yay Press, 1994.

[19]HLA L U. Prince of Rubies, and Other Tales from Burma[M]. Mandalay: Kyi-pwa-yay Press, 1980.

[20]HLA L U. Tales of Indigenous Peoples of Burma[M]. Mandalay: Kyi-pwa-yay Press, 1974.

[21]HOBSBAWM E, RANGER T. The Invention of Tradition[M]. Cambridge: Cambridge University Press, 1983.

[22]LEDGARD E. The Snake Prince and Other Stories: Burmese Folk Tales[M]. New York: Interlink Books, 2007.

[23]MAY K K, NUGENT N. Myanmar[M]. Beijing: Higher Education Press, 2017.

[24]MERRILL J. Shan's Lucky Knife: A Burmese Folk Tale Retold[M].

Massachusetts: Addison-Wesley Publishing, 2000.

[25]MILNE P M. Selected Short Stories of Thein Pe Myint with Introduction, Translation and Commentary [M]. London: The University of London Press, 1971.

[26]MOUSE A E. Two Burmese Folktales-Two Moral Tales from Burma (Myanmar): Baba Indaba Children's Stories[M]. London: Abela Publishing, 2017.

[27]ONG W J. Orality and literacy : The Technologizing of the Word[M]. London: Rontledge, 1982.

[28]PROPP V. Morphology of the Folk Tale[M]. State of Texas: University of Texas Press, 1975.

[29]SENDKER J-P, KARNATHL, SENDKER J, et al. The Long Path to Wisdom: Tales from Burma[M]. New York: Other Press, 2018.

[30]SHERMAN H J. World Folklore for Storytellers: Tales of Wonders, Wisdom, Fools, and Heroes[M]. London: Routledge, 2015.

[31]SPENCER L. Folklore & Fairy Tales from Burma [M]. Berkshire: Abela Publishing Ltd, 2015.

[32]SPIRO M E. Buddhism and Society: A Great Tradition and Its Burmese Vicissitudes[M]. California: University of California Press, 1970.

[33]STOREY J. Inventing Popular Culture [M]. New Jersey: Blackwell Publishing, 2003.

[34] STOREY J. Inventing Popular Culture [M]. Oxford: Blackwell Publishing, 2003.

[35]The Dog Holding the Moon in His Mouth and Other Folktales From Shan State[M]. School for Shan State Nationalities Youth, 2009.

[36]TROUGHTON J. Make-Believe Tales: A Folk Tale from Burma(Folk Tales of the World)[M]. NewYork: Peter Bedrick Books, 1991.

[37] WOODMAN D. The Making of Burma [M]. London: The Cresset Press, 1962.

（二）期刊

[1]AMALI H L. The Function of Folktales as a Process of Educating Children in the 21st Century：A Case Study of Idome Folktales[J]. 21st Century Academic Forum Conference Proceedings，2014(1).

[2]AUNG M H. Burmese Crocodile Tales[J]. Folklore，1931，42(1).

[3]AUNG M H. Burmese Rain-making Customs[J]. Man，1933，33.

[4]AUNG M H. George Orwell and Burma[J]. Asian Affairs，1970(1).

[5]AUNG M H. Orwell and the Burma Police[J]. Asian Affairs，1970(1).

[6]BÓDIS Z. Book review：Lwin，S. M. Narrative Structures in Burmese Folk Tales[J]. ASEAS-Austrian Journal of South-East Asian Studies，2016(2).

[7]CARTERA H. Review of Burmese Monk's Tales[J]. Books Abroad，1967(4).

[8]GOODERHAM D. Children's Fantasy Literature：Toward an Anatomy[J]. Children's Literature in Education，1995，26(3).

[9]LEBAR F M. Review of Burmese Monk's Tales[J]. The Journal of Asian Studies，1966(1).

[10]NASH M. Burmese Buddhism in Everyday Life[J]. American Anthropologist，1963，65(2).

[11]STERNBACH L. Review of Burmese Law Tales by Maung Htin Aung[J]. Journal of the American Oriental Society，1963，83(1).

[12]SUWANPRATEST O. An Analysis of the Prominent Cultural Values of Asian People through Similar Folktales[J]. International Journal of Social Science and Humanity，2016，6(11).

[13]TEHAN T M. Review of Narrative Structures in Burmese Folk Tales[J]. Journal of the Southeast Asian Linguistics Society，2016(9).

（三）其他文献

[1] HILL E F. A Comparative Study of the Cultural, Narrative, and

Language Content of Selected Folktales Told in Burma, Canada, and Yorubaland[D]. Edmonton: The University of Alberta, 1990.

[2]Geography[EB/OL]. (2019-07-27) [2021-05-19]. https://myanmar. gov. mm/ geography.

[3]Htin Aung [EB/OL]. (2021-07-12) [2021-09-21]. https://en. wikipedia. org/ wiki/Htin_ Aung.

[4]Htin Aung [EB/OL]. (2018-09-5) [2020-10-21]. https://hlamin. com/2018/09/05/trivia-1004-htin-aung-2/.

[5] Local Scholars in Southeast Asia: Biographical Sketches and Reflections on the Writing of a Common History[EB/OL]. (2016-04-05) [2020-10-21]. https://www. youtube. com/ watch? v=GRgGd2kDDCQ.

[6]Myanmar[EB/OL]. (2019-07-27) [2021-05-19]. https://www. britannica. com/place/Myanmar.

[7]The Best and the"Baddest": Remembering U Myint Thein [EB/OL]. (2020-03-21) [2020-11-08]. https://frontiermyanmar. net/en/the-best-and-the-baddest-remembering-u-myint-thein.

[8] Shwe Thway: A Milestone in the History of Children's Literature in Myanmar[N/OL]. (2019-01-09) [2021-07-06] https://www. gnlm. com. mm/shwe-thway-a-milestone-in-the-history-of-childrens-literature-in-myanmar.

[9]၂၄ နှစ်နဲ့ ပါရဂူဘွဲ့ရသူ ဒဂါက်တာထင်အောင်[EB/OL]. (2019-07-27) [2021-05-19]. https://www. bbc. com/burmese/in-depth-49084816.

[10]၂မန္တရာဇဝင်မ်ားကို ခုခံကာကပြဲသူ ဒေါက္တာထင့်အောင့် ဆိုတာ[EB/OL]. (2013-05-14) [2021-06-15]. http://historyistruthmm. blogspot. com/2013/03/blog-post_ 14. html.

[11]မြန်မာကို ကမ္ဘာက သိစခဲ့သူ ဆရာကြီးဒဂါက်တာထင်အောင်[EB/OL]. (2017-09-08) [2020-11-13]. https://www. mmload. com/news/10704/.

附　录

附录一：貌廷昂缅甸民间故事目录

说明：本书将貌廷昂缅甸民间故事分为"弱胜型""得宝型""公断型""滑稽型"四个类型。这些类型涵盖了貌廷昂缅甸民间故事的主要内容，但并非全部。在这里，之所以将三部故事集目录全部呈现，一方面可以使读者在全面了解貌廷昂缅甸民间故事基础上客观评判本研究，另一方面希望能够为后来学者提供一个比较完整的参考资料。

（一）《缅甸民间故事》的编号

编号	英文标题	中文标题
A1	Why The Snail's Muscles Never Ache	为什么蜗牛从来不会感到肌肉酸痛
A2	Why The Wren is Small	为什么鹪鹩身材小
A3	The Coming of Daywaw	老虎与贼（怕漏）
A4	The Rabbit Has Cold	兔子感冒了
A5	How The Rabbit Rid The Forest Of Its Tyrant	兔子如何除掉森林暴君
A6	Why The Tiger And The Monkey Are Sworn Enemies	为什么老虎与猴子之间有不共戴天之仇
A7	Master Po And The Tiger	坡和老虎
A8	Judge Rabbit	兔法官
A9	How The Crocodile Lost His Tongue	鳄鱼如何丢掉了舌头
A10	The Three Foolish Animals	三只愚蠢的动物

续表

编号	英文标题	中文标题
A11	Golden Rabbit And Golden Tiger	金兔与金虎
A12	Why The Rabbit's Nose Twitches	为什么兔子的鼻子总是抽搐
A13	The Over-Cunning Rabbit	狡猾的兔子
A14	Why The Tiger Is So Bitter Against The Cat	老虎向猫学习本领
A15	Why The Cormorant Has No Tail	为什么白杨鱼没有尾巴
A16	He Puffer Fish And The Grasshopper	河豚与蚱蜢
A17	The Crow And The Wren	乌鸦与鹪鹩
A18	Why The Crow Looks After Cuckoo's Eggs	为什么乌鸦照看杜鹃鸟的蛋
A19	How The Crow's Leg Became a Plant	乌鸦的腿如何变成植物
A20	How The Friendship Began Among Birds	鸟的友谊如何开始
A21	How The Crow Became Small In Size	乌鸦为何变小
A22	Why The Quail Stands On One Leg	为什么鹌鹑单腿站立
A23	Why The Vulture Is Bald	为什么秃鹫没有羽毛
A24	The Bridegroom For Miss Mouse	老鼠嫁女
A25	The Little Chicken And The Old Cat	小鸡和老猫
A26	How The Bats Escaped Paying Taxes	蝙蝠如何逃税
A27	How The Galon-Bird Became a Sail-Marker	伽龙鸟与那伽
A28	Why The Buffalo Has No Upper Teeth	河马与马
A29	Why The Barking Deer Barks	赤鹿学狗叫
A30	Little Miss Frog	青蛙姑娘
A31	The Frog Maiden	青蛙姑娘
A32	The Wonderful Cock	神奇的公鸡
A33	The Golden Crow	金乌鸦
A34	The Five Companions	五个同伴
A35	The Two Faithful Servants	两位忠诚的仆人
A36	Maung Pauk Kyaing	貌宝鉴
A37	Master Thumb	拇指哥如何打败太阳
A38	The Diminutive Flute Player	拇指长笛手
A39	Golden Tortoise	金龟

编号	英文标题	中文标题
A40	Master Head	头郎
A41	The Big Egg	巨蛋
A42	Mister Luck And Mister Industry	幸运和勤奋
A43	The Big Tortoise	巨龟
A44	The Snake Prince	蛇王子
A45	Rain Cloud The Crocodile	鳄鱼雨云
A46	The Rainbow	彩虹
A47	The Old Man In The Moon	月中老人
A48	The Eclipse Of The Moon	月食
A49	The Three Dragon Eggs	三个龙蛋
A50	Why There Are So Many Pagodas At Pagan	为什么蒲甘会有那么多佛塔
A51	The Pincers Of Pagan	蒲甘钳子
A52	The Fortune-Teller Of Pagan	蒲甘占星家
A53	The Origin Of The Coconut	椰子的起源
A54	The Great King Eats Chaff	吃糠的国王
A55	The Drunkard And The Opium-Easter	醉汉与吸毒者
A56	The Opium-Eater And The Four Ogres	吸毒者与四个食人妖
A57	The Drunkard And The Wrestling Ghost	醉汉与鬼
A58	The Tree-Spirit Who Likes To Tickle	喜欢挠痒痒的树精
A59	The Thieves And The Pot Of Gold	贼和一罐金子
A60	The Foolish Boy	愚蠢的男孩
A61	The Four Foolish Men	四个智力障碍者
A62	The Four Mighty Men	四个强壮之人
A63	The Four Young Men	四位吹牛的年轻人
A64	The Four Deaf People	四个聋人
A65	The Four Deaf Men	四个聋人
A66	Master Crooked And Master Twisted	弯曲先生和扭曲先生
A67	Crooked Master Z	Z 先生
A68	The Boatmaster And The Boatman	船主与船夫

续表

编号	英文标题	中文标题
A69	TheBoatmaster And The Man From The Hills	船主与山里人
A70	The Musician Of Pagan	蒲甘音乐家

（二）《缅甸法律故事》的编号

编号	英文标题	中文标题
B1	Tiger As Judge	老虎法官
B2	Rabbit As Judge	兔法官
B3	The Young Scholar Who Has Afraid To Bu Buried	害怕埋葬的青年学者
B4	The Drum Of Justice	正义之鼓
B5	A Kingdom Lost For a Drop Of Honey	一滴蜜失王国
B6	The Ardent Young Lover As Judge	热情的年轻法官
B7	The Three Faithful Lovers	三位忠诚的求婚者
B8	The Three Animal Litigants	三位动物当事人
B9	The Promise	诺言
B10	The Daintiest Of Women And The Ablest Of Men	最美的公主与才华出众的王子
B11	The Three Mighty Men Of Valour	三位大能之士
B12	East And West	东与西
B13	The Four Observant Scholars	四位善于观察的学者
B14	The Four Young Men Who Were So Refined	四位才华横溢的青年
B15	Longer Forefinger	两位青年
B16	Tainted Witness	证人证言
B17	The Two WoodsmenWho Quarreled	争吵的两位樵夫
B18	The Two Woodsmen Who Fought	斗殴的两位樵夫
B19	The King's Sword	国王之剑
B20	The Cormorant And The Gudgeon	鸬鹚与白杨鱼
B21	Gold Into Brass And Child Into Monkey	金子变铜，儿子变猴
B22	The Four Mendicants	四位乞丐
B23	The Seven Mendicants	七位乞丐

编号	英文标题	中文标题
B24	Iron Eaten By Rats, Son Carried Away By Hawk	鼠吃铁，鹰叼子
B25	The Fisherman And The King's Chamberlain	渔夫和国王的内务大臣
B26	The Cat With Four Different Legs	四腿不同的猫
B27	The Four Jolly Adventurers	四位冒险者
B28	The Division Of Cattle	分牛
B29	Another Division Of Cattle	分牛
B30	The Elephant-Driver Who Lost His Elephant	丢失的大象
B31	The Cuckoo And The Crow	布谷鸟和乌鸦
B32	Creditor And Debtor	债权人与债务人
B33	A Mat Against One Hundred Baskets Of Paddy	值一百筐稻谷的垫子
B34	The Greedy Stall-Keeper And The Poor Traveller	摊贩与旅行者
B35	The Two Captains	国王的两位贴身随从
B36	The Irate Wife	发怒的妻子
B37	The Four Scholars Who Were Killed By a Boar	四位学者与猪
B38	The Four Scholars Who Were Killed By a Tiger	四位学者与老虎
B39	The Chief Minister Who Lost His Wife	首席部长
B40	The Owl, The Squirrel And The Frog	麻雀、猫头鹰和青蛙
B41	Poisoned Mushrooms	毒蘑菇
B42	The Collision On The Bridge	桥上的碰撞
B43	The Bee-Hunter And The Elephant-Driver	采蜜人和赶象人
B44	The Woodsman Who Coughed	咳嗽的木工
B45	The Young Man And The Lost Cow	青年与丢失的牛
B46	The Old Cock And The Young Cock	小公鸡和大公鸡
B47	The Squirrel And The Rat	麻雀和老鼠
B48	The Toddy Fruit	棕榈果
B49	The Rich Man Who Became a Beggar	变为乞丐的富翁
B50	The Rich Man's Son With a Ruby Ring	戴着宝石戒指的富家公子
B51	The Snake Who Claimed His Share	要求分家产的蛇
B52	Richman's Son And His Three Wives	富家公子的三个妻子

编号	英文标题	中文标题
B53	Mistress Money And The Lazy Footman	富家小姐与懒汉
B54	The Young Man Who Changed Sex	变性的青年
B55	The Poor Scholar And The Alchemist	穷书生与炼金师
B56	The Lady And Her Two Lovers	富人的女儿
B57	The Adulterous Crow	通奸的乌鸦
B58	The Husband Whose Wife Was Unfaithful	出轨的妻子
B59	The King Who Eloped With The Wife Of His Slave	国王与奴隶之妻
B60	The Rich Man Who Died By Proxy	替死鬼
B61	The God Who Lost His His Tree	失去树的神
B62	The Case Of The Small Cucumber	黄瓜案件
B63	The Tiger And The Cat	老虎与猫
B64	The Boatmaster And The Boatman	船主与船夫
B65	The Believe Tales	虚构的故事

（三）《缅甸僧侣故事》的编号

编号	英文标题	中文标题
C1	The Hungry Man From The Hills	山里来的饿汉
C2	Gourd Is Forgotten And Gold Is Remembered	忘记葫芦，记得金子
C3	The Cucumber Alchemist	黄瓜炼金师
C4	A Cure For Asthma	哮喘治疗法
C5	TheHead-Clerk Who Could Not Wait For The Dawn	等不到黎明的庭长
C6	The Puppet Master Who Yawned Away The Night	木偶戏帮工
C7	The Novice Who Jeered At The Sabbath-Keepers	新僧
C8	Mistress Could Who Sold Pickled Fish	冷小姐卖腌鱼
C9	The Mother Who Wept With Her Son-In-Law	与女婿一起哭泣的岳母
C10	The Monastery-Donor Who Had His Eyes Washed	寺庙捐建者
C11	The Shaven-Head Who Preferred Pork To Cabbage	喜欢猪肉胜于白菜的僧侣
C12	Lucky And Unlucky Days	幸运日
C13	Saturday-Borns	生于周六

续表

编号	英文标题	中文标题
C14	Aloft He Plum Tree	摘李子
C15	The Father And His Absent Sons	父亲与远行的儿子
C16	The Dead Monk Without a Funeral Pyre	高僧的葬礼
C17	To Each His Own Foot	大象与老鼠
C18	The Hillman's Revenge	复仇的山里人
C19	The Monk And The Dwindling Tiger	僧侣和老虎
C20	When Will The Monk Return?	僧侣何时归
C21	The Old Maid Who Waited For Her Lover	等待情郎的大龄姑娘
C22	The Village Which Liked Long Sermons	喜欢长时间布道的村庄
C23	The Novice Who Mutinied Against His Abbot	新僧
C24	The Two Monks Who Fought	斗气的两位和尚
C25	The Eavesdropper	僧侣夜话
C26	The Old Widow And The Thief	寡妇与贼
C27	The Question Of Seniority	资历
C28	Soft Music Is Better Than Medicine	轻音乐
C29	The Widow Who Lost His Silver Coins	寡妇与银币
C30	Mistress Monastery-Donor Who Broke Into a Dance	寺庙捐赠人
C31	A Prescription Is Enough	一副药方
C32	How Master Lazybones Obtained a Wife	懒汉娶妻
C33	Why The Tawny Dog Ran Away	逃跑的黄狗
C34	The Abbot Who Missed His Lay Brother	不学无术的僧侣
C35	Monk Lily Tray From East Rangoon	来自仰光的僧侣
C36	The Monk Who Became An Oil-Vendor	变成油贩的僧侣
C37	Master Extraordinary And The Glutinous Rice	蒸米糕
C38	Master Tall And The Buffaloes	傻大个和水牛
C39	The Haughty Ferryman	高傲的摆渡人
C40	The Farmer Who Was Afraid Of His Wife	怕老婆的农夫
C41	The Townsman Who Pitied The Blacksmith	怜悯铁匠的城里人
C42	The Son-In -Law Who Talked Like An Advocate	说话文绉绉的女婿

编号	英文标题	中文标题
C43	The Caravan-Leader Who Bought a Coconut	山里人
C44	Can You Spell "Buffalo"?	"水牛"的拼写
C45	The Man From Middle Burma	来自缅甸中部的人
C46	The Ever-Moving Letter "O"	总是移动的字母"O"
C47	The Writing On The Wall	写在墙上的字
C48	Yesterday, The Hair-Knot; Today, Shaven-Head	情夫
C49	The Monk And The Farmer's Wife	农夫妻子与情人
C50	Master Talkative And His Dark-Skinned Wife	黑皮肤的妻子
C51	A Forest-Dweller Should Know How To Sing And Dance	隐居的僧侣
C52	The Origin Of Conical Hats	圆帽的来历
C53	Master Doll Who Journeyed To Rangoon To Sell Tobacco Leaves	多尔先生
C54	The Monk Who Hated Music	厌恶音乐的僧侣
C55	I Ran Because The Other Ran	山里人与路人
C56	The Mad Abbot And His Confessional	住持
C57	The Ecclesiastical Censor Who Lost His Self	宗教监督员
C58	Disputations With King Mindon	与敏东王的辩论
C59	The Great Monk In Despair	失望的高僧
C60	How The Pole Star Changed Its Place	变位的北斗星
C61	The Quiet Chicken	安静的鸡
C62	How The Head-Clerk Failed To Keep The Sabbath	安息日
C63	The Lay Brother Who Was Fond Of Eating Corn On The Cob	凡人修士
C64	The Scriptures As a Mischief-Maker	似恶作剧的经文
C65	The Stall-Holder Who Asked For Time To Say Farewell To His Wife	摊主
C66	The Merchant Who Demanded a Superior Sermon	商人
C67	How a King Of Arakan Went Forth To The Royal Park	若开国王

编号	英文标题	中文标题
C68	The Puppet Showman Who Overslept	木偶表演者
C69	The Widow And The Thief	寡妇与贼
C70	The Son-In-Law Who Set Fire To His Own Beard	烧胡子的女婿
C71	The Village Wiseman And The Elephant Tracks	智者与大象的足迹

附录二：貌廷昂缅甸民间故事结构形态分析示例

特别说明：表格右列中"功能事件"按照普罗普《故事形态学》所使用功能和代码进行标识。

1. "弱胜型"故事：A1 为什么蜗牛从来不会感到肌肉酸痛

故事内容	功能事件
路上，一匹马从蜗牛旁边经过时，轻蔑地嚷道："走路慢的必须给走路快的让路。"	1. 外出
蜗牛有尊严地回应道："我们蜗牛只有在赛跑时才会跑得很快。"一听这话，那匹马立刻大笑起来。于是，蜗牛向马发起挑战，相约第二天进行比赛。马接受了挑战。	10. 反抗
蜗牛召集来所有兄弟姐妹，说道："听着，兄弟姐妹们。马肉是一种药材，能够预防和治疗各种疼痛。你们想吃马肉吗？"所有蜗牛都不约而同地应声说道："愿意。"蜗牛说："很好。那么大家要听我安排。"于是，蜗牛让兄弟姐妹们提前隐藏到路边，每间隔一弗隆隐藏一只蜗牛。安排妥当之后，蜗牛就去睡觉。由于蜗牛爬行很慢，兄弟姐妹们用一整天时间才到达指定位置。	6. 欺骗

续表

故事内容	功能事件
第二天早晨，那匹马来到蜗牛面前，嘲笑地问道："长跑冠军，你准备好了吗？"蜗牛给出肯定回答，并说明比赛规则：参赛者不停地跑，每到一弗隆时，要呼唤对方名字，以确认对方是否落在后面。马同意比赛规则。于是，比赛正式开始。马跑得很快，然而蜗牛却悠闲地走着。 　到达第一个弗隆时，马喊道："长跑冠军，你在吗？" 　"当然，我在。"蜗牛回答道。马感到非常惊讶，停下来，仔细地向四周看看，发现蜗牛就在自己旁边。 　马认为那只蜗牛就是和自己比赛的蜗牛，说道："在下一个弗隆时，我一定要超过你。"然而，到达第二个弗隆时，发生了同样的事情。马已经失去耐心，不停地跑啊跑。直到最后一弗隆时，依然能看到蜗牛的身影。最后，马累死了。蜗牛和兄弟姐妹们吃了马肉。直到今天，对蜗牛来说，根本不知道什么是疼痛。	18. 胜利

2. "得宝型"故事：A35 两位忠诚的仆人

故事内容	功能事件
村里有位寡妇依靠卖糖果维持生计。她有个儿子，好吃懒做。一天，儿子看到一个陌生人牵着因偷吃国王早餐而将要被溺死的一条狗和一只猫。他就用家里仅有的粮食换下了它们的性命。	12. 赠予者的第一项功能
妈妈得知后，非常伤心，痛哭流涕。儿子答应妈妈第二天出去找工作。夜里，猫和狗商量要帮帮恩人。它们从大海底下一座宫殿盗取了许愿石，并把它交给恩人。	14. 法宝的提供与接受
恩人完成国王的任务和考验。国王答应把公主嫁给他。	31. 婚礼
他们全家、狗、猫都住在不同的金屋里，过着幸福美满的生活。	38. 回报

3. "公断型"故事：B34 摊贩与旅行者

故事内容	功能事件
一位贫穷的路人在一棵树下吃着自带的干粮，其实也就是米饭和煮菜。现在是凉季，从一个村庄到另一个村庄的路上会有很多卖油炸食品的摊位。离路人不远处，就有一个卖炸鱼的摊位。	1. 外出

故事内容	功能事件
摊主仔细观察着路人，见他已经吃完食物，就走过去说道："你应该为炸鱼支付 25 分银币。"	24. 非分要求
路人反驳道："女士，我没有走近你的摊位，更没有吃你家炸鱼，为什么要付钱？"摊主嚷道："你说谎，大家都看见你就着炸鱼的香味吃干粮。要是没有炸鱼的香味，你怎么可能吃得那么香？"	16. 交锋
很快，许多人围过来。尽管他们都同情路人，但是都认为炸鱼的香味确实朝路人方向飘过来。最后，他们来到法律公主面前。	15. 转移
裁决如下：摊主坚持认为路人吃饭时闻到了炸鱼的香味，路人也承认这个事实。既然如此，路人应该付费。摊主说一盘炸鱼的价钱是 25 分银币。法律公主就把二人带到庭外太阳光下，让路人拿出 25 分银币，让摊主看看这些钱的影子。并说："就这样，你们两清了，互不相欠。"	26. 解题

4. "滑稽型"故事：A54 吃糠的国王

故事内容	功能事件
国王带着一个随从在城市中微服私访。他停下来看到一位老太太在打谷子，谷糠闻起来香甜，国王非常想尝尝它的味道。他们走了几步远后，国王命令随从返回去拿一些谷糠。随从非常惊讶，并且说道："国王吃糠是一件丢人的事情，因为谷糠是用来喂猪、牛、羊的。"国王不听劝，随从只好去拿谷糠。国王吃得很美味。	1. 外出
之后，国王对随从说："如果你把这件事情告诉别人，你就会人头落地。"	2. 禁止
随从回家之后，忍不住想将这件事情告诉别人。他想通过吃东西、睡觉、唱歌等方式忘记这件事情，但是毫无意义，心里还是发痒痒，想说出这件事。他想："我只能小声说。"两三天过去了，随从生病了，变得非常憔悴，但是心里还是发痒痒，折磨得他非常难受。最后，他再也无法忍受，冲出屋子，想找一个没有人的地方把这件事情说出来。他驾船来到河流中央，但又担心渔夫听见。他来到墓地，但又担心挖墓人听到。	12. 赠予者的第一项功能
最后，他来到森林里，将头放进树洞里，低声说三遍："国王吃糠了，国王吃糠了，国王吃糠了。"说出之后，他感觉舒服多了，然后就回家了。	3. 违禁

续表

故事内容	功能事件
几个月之后，皇宫里用来告诉人们时间的鼓变旧了，需要重新做个新鼓。工人们进入森林，砍掉一棵大树，正好就是随从在树洞中说国王吃糠的那棵。新鼓做好了，非常漂亮。人们看着它，都感到非常满意。为此，需要举行一个盛大仪式，在众目睽睽下把新鼓安装上。击鼓时，它没有发出鼓声，而是发出"国王吃糠了，国王吃糠了"的声响。	28. 揭露

附录三：缅甸人名英汉对译索引

英文	中文
Maung	貌
Htin	廷
Aung	昂
Lu	卢
Hla	拉
U	吴
Kan	甘
Myin	敏
Thi	蒂
Tha	达
Thein	登
Chit	钦
Myo	苗
Chin	漆
Soe	梭
Marlar	玛
Lwin	伦
Sin	信

续表

英文	中文
Phyu	漂
Kyne	琼
Nan	南
Hpein	本
Daw	杜
Mi	蜜
Kyaw	觉
Saw	梳
Mu	穆
Tin	丁
Tut	吞
Kyi	季
May	玛
Mon	蒙
Phwar	帕
Hmee	密
Su	苏
Khin	清
Lay	莱
Oo	舞
Thant	丹
Han	汉

后　记

　　这部专著是在博士论文《貌廷昂缅甸民间故事的类型与文化内涵》的基础上完成的。说起该论文，离不开我在广西民族大学的读博经历。2018年9月，当我踏入广西民族大学开始攻读博士学位时，既兴奋，又迷茫。因为自己即将步入一个崭新的学术领域，走进一个陌生而神秘的学术殿堂，到处充满着新鲜感和挑战。在求学过程中，经历太多艰辛，因为自己常常处于"无知"状态。求学途中处处充盈着累累硕果，等待着我去细细品味；有着太多感激，每当自己进入如麻思绪，陷入困惑时，总有温暖援手向我伸来，引领我从一个学术高地走向另一个学术高峰，不仅使我收获广博知识，还增强了自信心，培养勇于攀登的学术追求的精神。在成果出版之际，我脑海中浮现出的是那些不辞艰辛浇灌我心灵、引导我攀登学术高峰的教师、学者和朋友，那些搜集、整理、翻译、出版缅甸民间文学著作的专家、学者、出版社，那些在生活和学习上给予我帮助的同学，以及默默地鼓励和支持我的同事和家人。

　　首先，要感谢缅甸貌廷昂博士。从20世纪二三十年代，他就开始搜集、整理、翻译缅甸民间故事，出版多部相关作品集。正是这些作品为我们研究缅甸民间故事提供了重要素材，为相关研究工作开展提供了灵感和思路。另外，没有牛津大学出版社、哥伦比亚大学出版社工作人员的辛勤工作，本研究素材将难以面世，研究工作也就无法得以开展。

　　其次，要感谢导师寸雪涛教授和张旭教授。寸老师将我带入一个全新领域，"新"包含两层意思，一是研究内容，即故事学；二是研究区域与国别，即东南亚语言与文化。刚步入这个领域时，我不知道从何处开始，漫无目的。寸老师总是那么耐心地教导我、引导我、鼓励我，教我知识，赠我书籍，引我前行，带我遨游，使我充满信心、满心斗志、乐此不疲。我进入广西民族大学不久，就在外国语学院举办的首届博士沙龙上结识了张旭教授。在那次学术沙龙上，我做了题为《东南亚文学史分期问题探析》的汇报。张老师进行中肯点评，从中我深切地感受到张老师对我及其所从事研究寄予的厚望。不仅如此，张老师还将其著作《视界的融合：朱湘译诗新探》赠送给我，让我认真阅读，从中领悟学术之道。

硕士生导师、西北农林科技大学李丽霞教授，不仅在学业上一直鼓励我不断攀登，还在生活上给予我无微不至的关心和帮助。在求学道路上，李老师的鼓励和支持是我奋进的重要动力。

再次，还要感谢在我求学道路上传授给我知识、指导我学习、帮助我进步的教师和同学。感谢广西民族大学陆晓芹教授、滕成达教授、覃慧宁副教授、吕瑞荣教授、卫彦雄副教授、覃秀红副教授、朱君老师、陈金文教授、杨令飞教授；感谢湘潭大学漆凌云教授、河北师范大学杨永亮副教授、新加坡社科大学梭玛伦（Soe Marlar Lwin）教授、南京师范大学陈爱敏教授、南宁师范大学林安宁教授、缅甸仰光大学蒙蒙昂（Mon Mon Aung）教授；感谢广西民族大学肖志兵博士；感谢广西医科大学蓝岚博士；感谢缅甸语专业老师米涛、沈美兰；感谢同门张惠美、黄令令、罗佳丽等；感谢广西民族大学缅甸留学生苏清莱舞（Su Khin Lay Oo）；感谢宁夏医科大学缅甸留学生帕苏玛（Pathuama）、北邱泽（Benjamin）；感谢南宁市中级人民法院许威博士；感谢吕梁学院外语系各位同仁。

最后，感谢家人。爱人不辞辛苦，既要上班，还要带孩子，有时还要帮我校对稿子，她做出的牺牲最大。没有她的付出和支持，我很难走到今天。还要感谢儿子，每当得知我要去广西学习时，他总是那么依依不舍，但是并没有过多纠缠，只是让我早点回来。

张智

2023 年 11 月